무협지
無俠誌

무협지 8
최필 新무협 판타지 소설

초판 1쇄 찍은 날 § 2003년 3월 11일
초판 1쇄 펴낸 날 § 2003년 3월 21일

지은이 § 최필
펴낸이 § 서경석

편집장 § 문혜영
편집책임 § 이종민
편집 § 장상수·권민정·유경화
마케팅 § 정필·강양원·이선구·김규진·홍현경

펴낸곳 § 도서출판 청어람
등록번호 § 제1081-1-89호
등록일자 § 1999. 5. 31
어람번호 § 제2-0194호

주소 § 경기도 부천시 원미구 심곡1동 350-1 남성B/D 3F (우) 420-011
전화 § 032-656-4452   팩스 § 032-656-4453
http://www.chungeoram.com
E-mail § eoram99@chollian.net

ⓒ 최필, 2002

값 7,500원

ISBN 89-5505-487-4 (SET)
ISBN 89-5505-636-2 04810

※ 파본은 본사나 구입하신 서점에서 교환하여 드립니다.
※ 저자와 협의하여 인지를 붙이지 않습니다.

◆ 태역선도 太易仙道

8

최필 新무협 판타지 소설

무협지
無俠誌

도서출판
청어람

목
차

제1장 아, 승신검! / 7
제2장 고승열전 / 41
제3장 소림별곡 / 75
제4장 무당산으로 / 111
제5장 속임수 / 143
제6장 태역검법 / 177
제7장 아비의 노래(1) / 215
제8장 아비의 노래(2) / 247

1장
아, 승신검!

내 진실로
검(劍)을 사랑했던가!
검객의 검 위로
꽃잎이 떨어진다.

1
아, 승신검!

 무산이 담을 넘어 다다른 곳은 탑림 근처에 있는 조사전이었다.
 멀지 않은 곳에서 병장기 부딪치는 소리가 들려오긴 했으나 조사전 근처까지는 아직 천무밀교의 무사들이 들이닥치지 않았다.
 무산은 곧장 지붕 위로 날아올랐다. 조사전은 비교적 높은 위치에 있는 만큼 경내가 한눈에 들어왔다.
 잠시 주위를 살피던 무산은 큰 소리로 뻐꾸기 울음소리를 내기 시작했다.
 "뻐꾹, 뻐꾹……!"
 당수정이 근처에 있다면 암호를 듣고 찾아올 것이다.
 '젠장, 무슨 절간이 이렇게 넓은 거야? 어휴, 기왓장 하나하나에 돈을 처발랐군. 이렇게 으리으리하게 해놔도 시주 들어오는 거 보면 참 용타. 그나저나 우리 꽃사슴은 왜 안 보이지?'
 시간이 흐르면서 무산은 조금씩 초조해졌다.

이미 소림의 절반 이상이 천무밀교의 무사들에 의해 점거되어 있는 상황이었다. 잿빛 법복의 소림 승려들과 정파인들이 곳곳에 섞여 있기는 했으나 오랜 시간을 버티긴 힘들 듯했다.

무산이 길게 한숨을 내쉴 때였다.

"용등연검법 제2초 홍단비상(紅團飛上)!"

20여 장 밖의 나한전 뜰에서 한 인물이 날아오르며 검기를 쏘아내는 모습이 눈에 들어왔다.

'어라, 저게 누구야? 배은망덕이잖아. 그놈 팔자 한번 더럽다. 편하게 살자고 중 되더니 이 꼴이 뭐냐? 저놈 아마 전생에 못된 짓 무척 많이 했을 거야. 그렇지 않고서야……'

무산은 쯧쯧, 혀를 차며 잠시 그곳에 눈길을 주었다.

혹시 당수정이나 용문가의 식솔들이 있지 않을까 하는 생각에서였다.

하지만 나한전 근처엔 쌍마불과 범현 거사를 비롯한 소림 승려 50여 명이 있을 뿐이었다. 반면 그들을 포위한 천무밀교의 무사들은 무려 200여 명이나 되었다. 대부분 백의를 걸치고 있었으며, 적의를 걸친 사내 역시 10여 명쯤 되었다.

그들은 검과 장(掌), 봉을 주고받으며 치열하게 싸우고 있었다.

콰, 콰, 콰, 콰, 쾅……!

"으아악……!"

이편이 쏘아낸 검기가 바닥에서 폭사하며 2, 30명의 백의인들을 쓰러뜨렸다.

범현 거사와 쌍마불 역시 그 명성만큼이나 위력적인 공격을 펼치며 천무밀교의 무사들을 상대해 나갔다.

특히 쌍마불은 한 쪽밖에 없는 팔을 빠르게 휘두르며 권풍을 몰아치고 있었다.

"쌍룡도미… 금룡헌조… 백룡회수… 용기횡강… 반룡탐조… 유룡퇴보……!"

"흑호시조… 호장파풍… 아호심양… 흑호좌동… 맹호신요… 백호추산……!"

퍼, 퍼, 퍼, 펑……!

천상마불의 용권연신(龍拳練神)과 지상마불의 호권연골(虎拳練骨)은 그야말로 권법의 진수였다.

도저히 외팔이들이라고는 믿을 수 없을 만큼 현란하며 빈틈이 없는 권법이었다. 더욱이 권(拳)과 권 사이에서 가끔씩 쏟아지는 장법에 천무밀교의 무사들은 속수무책으로 쓰러졌다.

범현 거사 또한 만만치 않은 실력이었다.

그는 한동안 항마십삼장(降魔十三掌)으로 적들을 상대했으나, 곧 제자 두 명과 함께 표권연력(豹拳練力), 사권연기(蛇拳練氣), 학권연정(鶴拳練精)을 펼치며 쌍마불과 합세했다.

그로써 용(龍), 호(虎), 표(豹), 사(蛇), 학(鶴)의 소림오권(少林五拳)이 한자리에서 동시에 펼쳐지는 진풍경이 벌어졌다.

소림오권은 동물들의 동작을 본뜬 것으로, 흔히 원시 무공으로 분류되기도 한다.

하지만 막상 그것이 고수들의 손에서 펼쳐지자 그 어떤 진보적인 무공보다 강맹한 위력을 발휘했다.

"하하, 범현아, 네놈 무공도 그런대로 쓸 만하구나."

싸움에 여념이 없던 천상마불이 유쾌한 음성으로 말했다.

그는 애초에 범현 거사를 못마땅하게 여기고 있었다. 하지만 한 편이 되어 싸우다 보니 자연스레 동료애가 생겨났다.

그것은 범현 거사 역시 마찬가지였다.

"사숙조님들에 비하면 부끄러울 따름입니다. 이 난리가 평정된 후, 부디 소림의 절학들을 제자들에게 전수해 주시기 바랍니다."

범현은 권을 날리는 도중에도 쌍마불을 향해 정중하게 말했다.

전에 없는 일이었다.

쌍마불은 한때 소림의 얼굴에 먹칠을 한 위인들이다. 의협심과 공명심이 강한 범현 거사로서는 그들이 마음에 들 리 없었다.

하지만 쌍마불의 손에서 펼쳐지는 소림오권을 보는 순간, 범현은 결국 그들이 한 뿌리임을 인정하지 않을 수 없었다.

콰, 콰, 콰, 쾅……!

"으아악—"

수적으로 불리한 상황이었음에도 나한전 근처의 싸움은 용호상박을 이루고 있었다. 범현 거사와 쌍마불, 그리고 배은망덕 이편의 무공이 상대를 압도했기 때문이다.

물론 천무밀교의 무사들 역시 만만치 않은 실력이었다. 특히 적의를 입은 10여 명의 무사들은 소림오권을 펼치는 5인을 압박해 들어가며 막상막하의 실력을 선보였다.

적의의 사내들, 그들은 천무밀교의 절정고수 집단인 적무단이었다.

웬만한 전투에선 다섯 명만으로도 전세를 뒤바꾸어 놓을 만큼 그 위력이 대단했다. 그런 만큼 그들 역시 지금의 싸움이 갑갑할 뿐이었다.

무려 열 명의 적무단원이 투입되었다. 게다가 수백 명의 백무단과 합세하고 있다. 그럼에도 몇 명의 고수들에게 밀리고 있는 것이다.

하지만 시간이 지나면 지날수록 상황은 정파인들에게 불리해졌다. 사방에서 정파인들이 무너지면서 천무밀교의 군사들이 나한전 쪽으로 몰려들고 있었기 때문이다.

"망덕아, 몇 놈이나 남았느냐?"

계속해서 밀려드는 적들에게 기가 질린 것인지 천상마불이 버럭, 신경질을 냈다.

"사부님, 원래는 200명 남짓했거든요. 그런데 제가 60여 명 때려눕혔고, 사부님들이 한 100여 놈을 처리했습니다. 그래서 지금은 한 300명 정도 남았습니다."

"뭐야? 이놈아, 무슨 셈이 그러냐. 빼고 또 빼는데 어떻게 늘 수가 있는 게야!"

"사부님, 인해 전술(人海戰術)이라고 들어보셨어요? 지금 상황이 그렇습니다. 사방에서 밀물처럼 쏟아져 들어오고 있다구요. 일단은 후퇴하는 게 좋겠습니다. 어라, 저기서도 밀려오네. 용등연검법 제3초 구사비상(求死飛上)!"

콰, 콰, 콰, 쾅……!

나한전은 이제 완전히 천무밀교 무사들에게 포위된 상태였다.

쌍마불과 범현 거사는 소림오권으로 박투를 벌이면서도 중간중간 장력을 날렸고, 배은망덕 이편은 끊임없이 검기를 쏘아냈다.

하지만 시간이 지날수록 내력의 소모가 커졌고, 끊임없이 밀려드는 적들로 인해 전의를 상실해 갔다.

'쯧쯧, 고수들도 별수없군. 그나저나 우리 배부른 꽃사슴은 어디에 있는 거야?'

아무리 살펴보아도 나한전 근처에는 당수정의 모습이 보이지 않았다.

무산은 다른 쪽으로 시선을 돌려 당수정을 찾기 시작했다. 입으로는 연신 암호를 외쳐 대며.

"뻐꾹, 뻐꾹, 뻐뻐꾹, 뻐꾹……! 에헤— 에헤……!"

"개수야, 저기 지붕 위에서 뻐꾸기처럼 울어대는 녀석이 혹 싸가지없는 네 사위 놈 아니더냐?"

천무밀교 무사 5, 6명을 도(刀)로 쳐낸 팽이가 조사전 지붕을 쳐다보며 말했다.

하지만 싸움에 여념이 없던 당개수는 미처 무산을 보지 못했다.

"하하, 형님도 참……. 그럴 리가 있겠습니까. 그냥 뻐꾸기겠지요."

"아니다, 분명 무산이 그놈이 맞는 것 같구나."

"형님, 우리 사위가 아무리 싸가지가 없다고 해도 설마 그러겠습니까. 장인이 이렇게 곤욕을 치르고 있는데…… 허엇!"

검을 회수하며 언뜻 조사전 지붕을 쳐다보던 당개수가 당혹스럽게 말을 끊었다.

"그것 보거라. 개수 네놈은 아직 무산이 놈의 정체를 모르고 있었던 것이니라. 저놈은 어렸을 때부터 싸가지가 황이었느니라. 저게 뻐꾸기 새끼지, 어디 사람 새끼더냐?"

"아니, 우리 사위가 왜 저기에서……?"

"어? 정말 두목이네. 히히, 우리 두목은 언제 봐도 멋있다."

천우막과 함께 타구봉법을 시전하던 석금이가 공격을 멈춘 채 헤벌쭉이 웃었다.

"그나저나 형님 제자 두백이는 어디에 있는 겁니까? 무산 아우랑 같이 왔을 텐데……."

천우막은 석금이를 향해 검을 휘두르던 무사를 타구봉으로 쳐내며 물었다.

평소 천상유수 이재천의 됨됨이를 못 미더워한 만큼 그가 달아난 것은 아닐까 의심하고 있었던 것이다.

"호호, 천 사숙, 구관조 오라버니는 얼굴만 뺀질뺀질하지, 인간성은 황이에요. 오죽하면 우리 할아버지가 약골 굼벵이 주접 배신자 구관조 이재천이라고 하겠어요?"

 내심 꿍해 있던 방초가 모처럼 웃으며 주접을 떨었다.

 방초는 얼마 전까지만 해도 배은망덕 이편 옆에 찰싹 달라붙어 있었다. 그런데 막상 싸움에 정신이 팔린 사이 이편이 어디론가 사라져 버렸다.

 이후 그녀의 손속이 매서워지기 시작했고, 애꿎은 천무밀교의 무사들만 처절하게 죽어 나갔다.

 열해도 팽이와 당개수, 천우막, 석금이, 방초 역시 수백 명의 적들에게 둘러싸여 있었다. 하지만 그들은 나한전에 있는 이편 일행보다는 얼마간 형편이 좋았다.

 탑림에는 수많은 석탑들이 세워져 있는 만큼 상대의 협공이 쉽게 먹혀들지 않았다. 이들 다섯 명의 고수는 애초에 지형 지물을 이용하기 위해 이곳에 터를 잡았고, 그런 작전은 유효하게 먹혀들고 있었다. 적어도 지금까지는.

 그러나 내분만은 어쩔 수 없었다.

 "방초, 요 못된 계집애. 왜 함부로 우리 두백이를 매도하고 있는 것이냐? 얼굴 잘난 게 죄냐? 아무튼 용문가의 제자들은 하나같이 싸가지가 없어요! 에이, 힝— 발랑 까진 계집애 같으니라고……."

 열해도 팽이가 들고 있던 도(刀)로 방초를 겨누며 소리를 내질렀다.

 그렇지 않아도 두백 이재천이 걱정되어 속을 태우고 있었던 것이다.

 "어머, 영감! 영감이 왜 난리야? 내가 구관조 오라버니 욕했지, 언제 영감 욕했어? 구관조 오라버니가 영감 자식이야! 도대체 왜……."

 방초 역시 채찍을 회수한 채 팽이를 노려보며 말했다.

 그녀는 가뜩이나 이편으로 인해 열받아 있는 중이었다. 그런 상황에서 어린 시절부터 우습게 봐온 팽이가 설쳐 대는 꼴이 영 아니꼬웠던 것이다.

 하지만 방초는 곧 말끝을 흐리며 입을 닫아야 했다. 팽이의 얼굴이 붉게 상기되어 있었기 때문이다. 마치 금방이라도 눈물을 쏟아낼 듯한 표정이었다.

"그래, 두백이는 내 자식이나 다를 바 없다. 설사 두백이가 이 늙은이를 버리고 달아났다 해도 난 그 아이를 원망하지 않는다. 차라리… 그래 주기를 바랄 뿐이다."

팽이는 어깨를 들썩이며 힘겹게 말을 마친 후 어금니를 꽉 깨물었다.

울음을 참기 위해서.

그런데 그때였다.

"파룡도법 제1초 뇌전란주(雷電亂走)!"

파, 파, 파, 팟……. 콰쾅……!

멀지 않은 곳에서 한 사내의 노호성과 함께 탑림을 울리는 굉음이 들려왔다.

뒤이어 자잘한 돌과 나뭇가지들이 허공으로 튀어 올랐고, 천무밀교 무사들의 비명 소리가 이어졌다.

"사부! 어디 있어요? 팽 사부……! 팽 아빠— 팽이아아—"

천상유수 이재천이었다.

그는 방금 전 담을 넘어 소림사 경내를 종횡하고 있었던 것이다. 제자 사랑이 무엇인지를 온몸으로 보여준 사부 팽이를 찾아…….

"재천아……!"

팽이는 낮게 제자의 이름을 부르며 바닥에 주저앉았다.

팔순(八旬) 노인 팽이의 입술이 파르르, 떨리고 있었다. 코끝이 찡하게 울렸고, 눈물이 어리기 시작했다.

늙은 나이에 어렵게 구한 단 한 명의 제자다. 객잔의 살림을 거들 내면서도 싫은 기색 한번 하지 않고 거두어 먹인 제자다. 팔불출 소리를 들으면서도 옥이야, 금이야 섬긴 제자다.

지금 그 제자가 자신을 찾기 위해 단신으로 적진에 뛰어든 것이다.
"두백아아—"
기쁨에 겨워 흐느끼던 팽이가 분연히 일어서며 큰 소리로 이재천을 불렀다.
도(刀)를 거머쥔 그의 손에 핏줄이 솟았다.
반면 붉게 상기되었던 얼굴엔 더없이 행복한 표정이 자리 잡고 있었다. 이 자리에서 당장 죽어도 여한이 없을 듯했다.
"어떤 놈들이 우리 두백이 길을 막는 것이냐? 이거나 먹어라, 이놈들. 파룡도법 제2초 천지개벽(天地開闢)!"
맹렬한 도기(刀氣)가 팽이 일행을 포위하고 있던 백무단원들에게 격출되었다.
열해도(裂海刀) 팽이. 오로지 도(刀) 하나에 의지해 살아온 인생이다.
하지만 적어도 지금 그에겐 도보다 더 중요한 것이 있었다. 혈육만큼이나 애틋하고 사랑스러운 두백이…….
제자를 위해 뻗은 그의 일도(一刀)는 정녕 바다를 가르고 하늘과 땅을 쪼갤 만큼 강맹하게 뻗어 나갔다.
콰, 콰, 콰, 쾅……!
거대한 폭음이 이는 것과 동시에 탑과 백무단원들이 풍비박산되었다.
잠시 후…….
강기의 폭사로 인해 휑하게 뚫린 길 저편에서 천상유수 이재천이 모습을 드러냈다.
이곳까지 오는 길이 결코 쉽지 않았던 듯, 그의 몸은 온통 피로 물들어 있었다. 그 뻔지르르하던 얼굴에도 가볍게나마 검상이 나 있었다.
"사부—"
"두백아!"

이재천과 팽이는 서로를 향해 달려들어 힘껏 부둥켜안았다.

전쟁터의 한가운데에서 봉오리를 연 찔레꽃처럼 뭉클하고 아름다운 정경이었다. 그런 풍경은 살기에 휩싸여 있던 탑림을 잠시나마 정적으로 몰아넣고 있었다.

"끼니는 거르지 않고 꼬박꼬박 챙겨 먹었더냐?"

"사부, 두백이가 굶는 거 봤어요?"

"오냐, 오냐! 잘했느니라. 그나저나 어쩌다가 그 잘난 얼굴에 상처를 입은 것이냐? 가만있어 보거라, 이 사부가 호, 호 불어주마."

"살살 불어요, 사부. 흉터라도 남으면 북경 여자들이 땅을 치고 울걸요."

…….

…….

…….

"뻐꾹, 뻐꾹, 뻐뻐꾹 뻐꾹……. 어라, 저기 저거 두백이랑 팽 영감이네?"

그때까지도 조사전 지붕 위에 걸터앉아 암호를 보내고 있던 무산이 비로소 탑림으로 고개를 돌렸다.

방금 전 일었던 거대한 폭음 덕분에 팽이 일행을 찾아낼 수 있었던 것이다.

'어? 우리 장인도 있네. 저건 싸가지없는 방초고, 천 방주… 석금이…… 헤헤, 저기 다 있었구나. 그런데… 왜 우리 마누라랑 사부는 안 보이는 거지?'

무산은 잠시 고개를 갸우뚱하다가 곧장 탑림을 향해 몸을 날렸다. 일단 일행을 만나 자초지종을 들어야 했기 때문이다.

2
아, 승신검!

"끄아악!"

당수정에게 검을 날리던 백무단원 하나가 끔찍한 비명을 내지르며 바닥에 고꾸라졌다.

후문을 향해 달아나던 당수정은 십여 명의 천무밀교 무사에 의해 포위되어 있었다. 한동안 그들을 상대로 공수를 주고받았으나, 임신 후기에 접어든 몸이 마음처럼 따라주지 않았다.

결국 빈틈을 찔러 들어오는 백무단원의 검에 속수무책으로 당할 위기에 처하고 말았다. 그런데 그때 무엇인가 희끄무레한 암기가 백무단원의 손목을 관통했다.

방금 전의 끔찍한 비명성은 바로 그 백무단원이 내지른 것이었다.

"어머, 승신검 사부님!"

암기가 날아온 방향으로 고개를 돌린 당수정은 비로소 안도의 한숨을 내쉴 수 있었다.

약 10여 장 밖에서 일소천이 빠르게 달려오고 있는 모습을 보았기 때문이다. 승신검 일소천, 강호제일의 검객이 나타난 이상 당수정으로선 두려울 것이 없었다.

"수정아, 괜찮은 게냐?"

순식간에 도착한 일소천이 당혹스런 표정으로 당수정을 살피며 물었다.

"호호, 승신검 사부님은 언제 봐도 멋있어요. 모닥불, 아니, 꼴뚜기에 비하면 사부님은 진짜 남자예요. 호호호!"

"꼴뚜기?"

"예. 변태토끼에서 꼴뚜기로 진화한 작자가 있답니다."

당수정은 무산이 화산으로 떠나기 전날 자신에게 섭섭하게 대했던 일을 떠올리며 되는대로 대답했다.

"음… 누군진 몰라도 퍽 불쌍한 놈이로구나. 그거 진화라기보다는 퇴화에 가까운 변화 아니더냐. 그나저나 잠시 기다리거라. 우선 이 불학무식한 놈들 먼저 매로 다스려야겠다."

일소천은 당수정의 어깨를 두드리며 진정시킨 후 천천히 주위를 둘러보았다.

"이런 꼴뚜기보다 못난 놈들. 어디 검을 겨눌 데가 없어서 임산부에게 겨눈단 말이더냐. 그래, 그 잘난 검술 좀 보자꾸나. 자, 나는 이 닭다리 하나로 싸울 테니 어디 한꺼번에 덤벼보거라."

일소천은 허리춤에서 닭발을 꺼내 든 후 그것으로 백무단원들을 위협했다.

언뜻 보기엔 장난처럼 보였지만 꼭 그렇지만도 않았다. 방금 전 백무단원의 손목을 관통했던 것도 사실 닭 날개 뼈 중 하나였던 것이다.

"정말 미치겠군. 쳐랏!"

백무단원 중 하나가 실소를 터뜨리며 명령을 내렸다.
　그는 갑작스레 나타난 일소천으로 인해 잠시 당혹스러워했다. 하지만 일소천이 닭발을 꺼내 드는 것을 보자 노망난 영감 정도로 치부했던 것이다.
　물론 실수였다.
　하늘도 알고 땅도 알듯 일소천은 초절정고수다. 실제로 그가 십여 명의 백무단원을 쓰러뜨리는 데는 채 일 촌도 걸리지 않았다.
　타, 타, 타, 탓……!
　일소천은 닭발을 움켜진 채 그것으로 백무단원들의 급소를 빠르게 타혈(打穴)해 나갔다. 마치 투계(鬪鷄)로 뼈가 굵은 빨간부리닭처럼…….
　"헉!"
　"크허헉……."
　"……!"
　백무단원들은 허탈한 표정과 함께 거품을 물며 쓰러졌다.
　그들은 분명 처음 검을 잡을 때만 해도 자신들이 닭발에 죽게 될 것이라고는 생각하지 못했을 것이다.
　"에이, 부실한 놈들. 꺼윽……."
　싱겁게 싸움을 끝낸 일소천은 거하게 트림을 했다.
　주방에서 몰래 구워 온 닭 한 마리를 통째로 먹은 탓에 트림에선 닭 냄새가 솔솔 풍겨 나왔다.
　"호호, 승신검 사부님 덕분에 건방진 소림사 닭들이 많이 얌전해졌을 거예요. 호호호!"
　얼마간 역겹긴 했으나 여우 같은 당수정은 일소천의 팔짱을 끼며 애교를 부렸다.
　어쨌거나 일소천으로 인해 죽을 위기를 모면한 것이다. 뱃속의 아기까지도.

"푸헤헤! 우리 방초가 수정이 너만큼만 싹싹했어도 내 말년이 이렇게 비참하지는 않았을 게다. 아이고, 귀여운 것! 그나저나 천무밀교 아이들이 이미 후문까지 점거한 모양이다. 이 늙은이랑 함께 가자꾸나."

"예, 사부님."

일소천은 당수정의 손을 잡은 채 빠르게 후문을 향해 달려가기 시작했다.

제삿밥이라도 제대로 얻어먹으려면 어떻게 해서든 당수정을 탈출시켜야 했다. 일소천의 머리 속에는 오로지 그 생각밖에 없었다.

챙, 채채채챙……!

타, 타, 타, 타, 탓……!

천무밀교 무사들은 어느새 소림사 전체에 퍼져 있었다.

일소천은 앞을 가로막는 백무단원들을 일일이 쳐내며 길을 열었다. 덕분에 두 사람은 얼마 후 무사히 후문에 다다를 수 있었다.

"하하하! 승신검, 어서 오시오."

일소천의 예상대로 후문에서는 낭만파 계휼이 기다리고 있었다.

계휼은 한 자루 검을 바닥에 세우고, 그 손잡이에 턱을 기댄 채 환하게 웃었다. 부하들을 물린 것인지 그곳에는 계휼 한 사람밖에 없었다.

"보리검이란 법명을 가지게 되었다 하였소? 푸하하. 썩 좋은 법명이오. 하지만 오늘 하루만은 그대를 낭만파라 불러도 되겠지요?"

일소천은 친근한 어조로 물으며 도포의 끈을 풀었다.

"아미타불……! 아마 부처님께서도 허락하실 거요."

"고맙소, 계 대협."

가벼운 미소로 화답한 일소천은 도포를 바닥에 벗어둔 후 당수정을 쳐다보았다.

"수정아, 낭만파 계 대협께 인사드리거라. 아마 저분이 너를 위해 후문을 열어주실 게다."

"사부님……!"

"푸헤헤, 수정아, 설마 이 사부를 물로 보는 것은 아니겠지?"

"알겠습니다, 사부님. 수정인 먼저 나가 꼴뚜기… 아니, 서방님에게 소식을 전하겠습니다. 사부님이 승신검이란 외호를 되찾게 되셨다고 말입니다."

당수정은 짐짓 웃는 표정으로 말한 후 계휼을 향해 걸어갔다.

"인사드립니다. 소녀 당수정, 용문가의 맏며느리입니다. 후문을 통과하고자 하는데, 길을 열어주시겠습니까?"

낭만파 앞에서 걸음을 멈춘 당수정은 예를 갖추어 인사를 올렸다.

"하하, 승신검 대협께선 참 아리따운 며느리를 얻으셨구려."

낭만파 계휼은 자리에서 일어나 길을 열며 당수정을 향해 활짝 웃어 보였다.

"승신검께선 곧 그대를 뒤따르게 될 것이오. 아무런 걱정 말고 달아나시오."

"……."

계휼의 말에 당수정은 얼마간 안도의 눈빛을 띠며 일소천을 돌아보았다. 그리고는 곧장 후문을 빠져나갔다.

당수정이 사라진 그 자리엔 이제 일소천과 계휼 두 사람만이 남게 되었다.

봄바람이 꽃 향기를 남긴 채 스쳐 지나갔다.

40여 년 만의 결전이었다.

세월은 그들의 머리를 백발로 만들었고, 숱한 주름을 남겼다. 하지만 정작 두 사람은 서로의 모습에서 40년 전의 바로 그 모습을 보고 있었다.

"용등연검법의 위력은 여전하겠지요? 아니, 더 깊어졌겠지요?"

"낭만파, 그대의 검법이야말로 더욱 견고하고 강맹해졌으리 믿고 있소."

"하하, 그럼 한번 확인해 볼까요?"

"자, 먼저 시작하겠소."

말을 마친 일소천은 허리를 감싸고 있던 연검을 튕겨냈다.

차르릉……!

미세하게 느껴지던 꽃 향기가 연검의 진동음에 흩어져 갔다.

환하게 소림사를 비추던 태양이 연검에 반사되며 눈부시게 빛났다.

"용등연검법 제1초 청단비상(靑團飛上)!"

바르르 경련하던 연검의 검단에 이슬처럼 태양이 맺혔다. 검에 내려앉았던 태양은 이제 허공으로 떠올랐고, 일소천의 신형 역시 화려하게 비상했다.

"보리불검(菩提佛劍) 제1검 낭만천류검(浪卍天流劍)!"

지상에는 분명 두 개의 태양이 있었다.

낭만파 계휼이 검을 뽑는 순간 또 하나의 태양이 지상, 그것도 좁디좁은 한 자루 검 위에 내려앉았다.

하지만 계휼의 검 위에 내린 태양은 다시 하늘로 비상하는 대신, 그 검에 차분하게 갈무리되고 있었다.

"용등연검법 제2초 홍단비상(紅團飛上)!"

허공의 한 지점에서 일소천의 연검이 멎었다.

그 위에 머물러 있던 태양이 수천 가닥의 빛으로 쪼개지며 사방으로 흩뿌려졌다.

일소천의 손에서 검이 놓여졌고, 검은 마치 잘 훈련된 한 마리 매처럼 그의 주위를 맴돌았다. 불그스레한 검기가 허공을 물들였다.

"보리불검 제2검 화화소소검(火花昭昭劍)!"

눈부신 태양으로 화한 검이 계휼의 손을 벗어나 서서히 허공으로 솟구쳤다.

심검(心劍)! 검술의 최고 경지가 펼쳐지고 있는 것이다. 한순간 세상의 모든 빛이 그 검에 빨려드는 듯했다.

"용등연검법 제3초 구사비상(求死飛上)!"

아니다. 계휼의 검으로 빨려드는가 싶던 빛은 일소천의 한 초식에 의해 소리없이 폭발했다. 자잘한 빛의 알갱이들이 낭만파 계휼과 숲을 뒤덮기 시작했다.

"보리불검 제3검 소예참지검(小禮懺之劍)!"

점입가경이었다.

낭만파를 감싸던 빛의 알갱이가 안개처럼 뭉개지며 오색으로 물들어 갔다.

후문을 감싼 채 조성된 그 숲은 더 이상 인세(人世)의 것이 아니었다. 모든 빛과 형체가 하나로 뭉뚱그려지고 있었다.

"용등연검법 제4초 고돌비상(孤咄飛上)!"

우우—웅, 우우우우우—우웅……!

빛의 안개 속에서 검이 울었다. 태초의 세상을 깨우는 듯한 심오한 검명(劍鳴)!

나뭇가지 위에 앉아 비무를 지켜보던 청설모가 피를 토하며 바닥으로 떨어져 내렸다. 하늘을 날던 새들이 날개를 꺾으며 추락하기 시작했다.

그것도 잠시…….

콰, 콰, 콰, 콰, 쾅……!

빛의 안개가 빠르게 깨져 나갔다. 계휼의 몸이 심하게 경련했다. 기혈이 뒤틀리고 내장이 진탕되는 듯한 느낌이었다.

하지만 그대로 주저앉을 수는 없는 일이었다.
"보리불검 제4검 여염부활검(餘炎復活劍)!"
소리[音]가 조각나는 것을 보았는가.
일소천의 연검에서 쏟아져 나오며 그물처럼 숲을 덮어가던 검명. 그런데… 어느 한순간 그것이 계휼의 검에 차단당하며 뚝뚝 끊기고 있었다.
푸르스름한 검기가 공허하던 허공을 다시 물들이기 시작했다.
현이 끊어진 비파처럼 일소천의 검명이 멎었다.
하지만 그사이 일소천의 검은 또 다른 초식을 펼쳐 냈다.
"용등연검법 제5초 오광비상(五光飛上)!"
쏴아악— 쿠콰콰콰쾅—
천지개벽이었다.
오색찬연한 빛줄기들이 숲을 뒤덮는가 싶었으나 그것은 시작에 불과했다. 지축이 갈라지듯 숲의 나무들이 우지끈, 뿌리를 드러내며 기울어졌고, 숲을 물들이던 오색이 사라졌다.
눈이 부셨다.
두 눈이 타 들어갈 것처럼 새하얀 빛이 낭만파 계휼을 덮쳐 갔다.
'까무러칠 만큼 아름답다……!'
계휼은 자신이 펼쳐야 할 초식도 잊은 채 잠시 그 빛에 몸을 맡겼다.
40여 년 만에 다시 보게 된 용등연검법의 진수다. 계휼은 자신의 심장이 바르르, 떨리는 것을 느꼈다. 더 이상의 희열이 있을 수 있을까.
그런 감상도 잠시, 계휼이 검을 뻗으며 허공의 한 지점을 향해 쏘아져 들어갔다.
"보리불검 제5검 보리파불검(菩提破佛劍)!"
우우웅— 우우우웅……!
또다시 검명이 숲을 덮었다.

하지만 이번엔 달랐다. 눈부신 빛 속에서 두 개의 검이 우는 것이다. 그것은 마치 태초의 하늘이 지상의 수많은 생명들에게 내렸던 소리와도 같았다.

검과 검이 부딪치는 음향도 없었다. 그저 두 개의 검이 눈부신 빛에 감싸인 채 으르렁거리며 울고 있었을 뿐이다.

그런데 그때였다. 검명을 쪼개며 일소천의 목소리가 들려왔다.

"용등연검법 제6초 삼고양박(三苦兩迫)!"

……

……

……

숨이 막힐 듯한 적막에 숲이 고통스레 꿈틀거렸다.

잠시 후…….

마치 시간을 되돌려놓은 듯 숲은 그 자리에 있었다.

뿌리를 드러낸 채 기울어졌던 나무도, 튀어 오르던 돌들도 언제 그랬냐는 듯 제자리에 돌아가 있었다.

일소천과 계휼, 그 두 사람 역시 처음의 그 모습 그대로 서로를 바라보며 서 있었다. 아무것도 변하지 않았다. 아니다…….

지극히 편안한 미소를 짓고 있던 일소천의 얼굴이 일그러졌다.

"커흡……!"

짧은 기침과 함께 그의 입에서 선혈이 흘러나왔다. 객혈이다.

그 모습을 지켜보던 계휼이 씁쓸한 표정으로 입을 열었다.

"승신검, 왜 그러셨소. 마지막 순간에 공력을 회수하지만 않았더라도 나를 쓰러뜨릴 수 있었을 텐데…….''

"하하, 낭만파, 그대는 여전히 겸허하구려. 그대의 무공은 예나 지금이나 천하제일이오. 만약 내가 양패구상(兩敗俱傷)하고자 했다 해도, 그대를 쓰러뜨릴 수 있었을지는 미지수요. 나는 지금 이대로 만족하오. 아니, 더없이 행복하오."

일소천은 입가의 선혈을 소매로 훔쳐 내며 환하게 웃어 보였다.

하지만 그 웃음을 보고 있는 계휼은 우울한 기분을 떨칠 수 없었다.

'무형의 칼날이었다. 베이지 않았으되, 이미 나는 베인 것이나 다름없다. 승신검은 인간의 한계를 벗어나 검신(劍神)이 되었다.'

일소천이 마지막으로 선보였던 용등연검법의 최종식 삼고양박(三苦兩迫)은 그야말로 심검(心劍)의 최고 경지였다.

색도, 형체도, 향기도 없었다. 그럼에도 극양(極陽)과 극음(極陰)의 거대한 힘을 조화롭게 아우르고 있었다.

일소천은 공력을 회수한 상태에서 이미 무형의 칼날로 계휼을 베고 지나갔다. 그로써 이미 승부는 갈린 것이다.

계휼 자신, 그 사실을 알았음에도 뒤늦게야 공력을 회수할 수 있었다.

'부끄럽다. 싸움에서 패한 자가 승자에게 상처를 입히다니······. 이 얼마나 수치스러운 일인가. 나 보리검의 진전이 정녕 여기까지였단 말인가?'

계휼은 뼈아픈 패배를 곱씹으며 얼굴을 붉혔다.

용등연검법의 제5초 오광비상이 펼쳐질 때만 해도 계휼은 가슴이 설레였다. 일소천은 40년 전과 조금도 달라진 것이 없었다.

덕분에 그들의 싸움은 그때 그 싸움의 재현이라는 생각까지 들었다.

용호상박(龍虎相搏), 계휼 자신이 천 년의 잠을 깬 호랑이라면 일소천은 용이었다. 자신이 만년의 파도라면, 일소천은 결코 잠식당하지 않을 거대한 산이었다.

부드러운 듯 날카로웠으며 빈 듯 비지 않았다.

하지만 그가 마지막 초식을 펼쳤을 때 일소천은 더 이상 과거의 일소천이 아니었다. 그는 이제 하나의 벽이었다. 결코 넘어서지 못할 만큼 높고 견고한 벽······.

"승신검이란 외호를 돌려 드리겠습니다."

계휼은 검을 바닥에 꽂은 후 일소천에게 절을 올렸다

"낭만파! 그만 일어서시오. 우리는 그림자인 양 함께 호흡하고, 함께 짜릿한 희열을 맛보았소. 그것이면 족하지 않소? 다만 나로선 그대와 같은 사람이 왜 천무밀교에 몸담고 있는지 이해할 수 없구려."

일소천은 길게 탄식하며 계휼을 내려다보았다.

하지만 그것은 어디까지나 계휼의 일이었다.

사람은 저마다의 사연에 얽매여 있는 것이고, 계휼 역시 다를 바 없다. 승신검 자신도 낭만파라는 하나의 허상에 얽매여 살아오지 않았는가.

"······."

계휼은 아무 말도 하지 못한 채 천천히 몸을 일으킬 뿐이었다.

한차례 바람이 지나갔고, 연검의 진동음에 흩어졌던 미세한 꽃 내음이 다시 그들 주위로 내려앉기 시작했다.

3
아, 승신검!

다시 탑림.

천무밀교의 무사들이 본격적으로 탑림을 에워싸면서 싸움은 보다 치열해지기 시작했다.

백무단원들이야 수가 많다 해도 워낙 기량의 차이가 커 팽이 등 정파 고수들의 상대가 되지 못했다.

하지만 적무단은 달랐다.

그들은 하나하나가 절정고수였다. 비록 팽이 정도의 무공은 되지 못한다 해도 방초나 당개수와는 충분히 겨룰 만했다.

문제는 그런 적무단원의 수가 20여 명이나 된다는 점이었다. 거기에 천 명가량의 백무단원이 탑림에 들어서 있었다.

반면 정파무림인의 수는 고작 여섯이었다.

팽이와 천우막, 석금이, 당개수, 방초, 그리고 방금 전 가세한 이재천이 전부인 것이다. 그들의 기량이 아무리 뛰어나다 해도 결코 승산이 없는 싸움이었다.

"헥헥…… 우막아, 우리 편은 도대체 뭘 하고 있기에 이놈들이 다 이곳으로 몰려드는 것이냐? 혹시 저희끼리 달아난 것 아니냐? 그렇지 않고서야 우리만 이렇게 미련하게 싸우고 있을 리가 없지 않느냐?"

사방으로 도(刀)를 휘둘러 적들을 쳐내던 팽이가 숨을 할딱거리며 물었다.

"설마 그러기야 하려구요. 다른 사람들은 몰라도 쌍마불과 범현 거사를 비롯한 소림 제자들은 아직 싸우고 있을 겁니다."

"어쭈! 중놈들에 대한 믿음이 대단하구나. 그나저나 열심히 밥만 축내던 거지 녀석들은 다 어디로 간 게냐? 방주랑 새끼 방주는 죽어라 하고 싸우고 있는데 어찌 한 놈도 모습을 드러내지 않느냔 말이지."

팽이는 머리 위로 날아드는 백무단원 하나를 빠르게 쳐낸 후 괴이한 표정으로 천우막을 쳐다보았다. 뭔가 수상한 구석이 있었던 것이다.

그런데 정작 대답을 한 것은 석금이였다.

"히히, 다 무당산에 갔다."

"뭣이라? 우막아, 저놈이 지금 무슨 소리를 지껄이고 있는 것이더냐? 개방의 거지 새끼들이 이 중차대한 시국에 무당산엔 왜 갔단 말이야?"

"하하, 형님, 그것이 저…… 어이쿠, 이놈 보게!"

천우막은 적들을 향해 더욱 빠르게 타구봉을 휘두르며 말을 얼버무렸다.

하지만 이번에도 아는 것을 안다 하고, 모르는 것을 모른다 하는데 익숙해진 석금이가 팽이의 질문에 대답해 주었다.

"영감 모르고 있었냐? 다 도망간 거다. 아까 영감이 소천이 영감이랑 주방에 가서 밥 먹을 때, 범현 땡초하고 우리 사부 영감이 그러기로 했다. 괜히 여기 있다가 한꺼번에 개죽임당하느니 쫄따구들이라도 살리자고 말이다."

"……."

한순간 팽이의 표정이 싸늘하게 굳어졌다.

다 합해도 3천밖에 안 되는 병력 중 태반이 빠져나갔다면 지금 이 싸움은 말 그대로 자살 행위였다.

더욱 화가 나는 것은 그런 중요한 사안을 천우막이 비밀에 부치고 있었다는 사실이다. 아니, 비밀이라고 할 수도 없다. 자신과 일소천만이 모르고 있었으므로.

하지만 석금이의 말이 모두 맞는 것은 아니었다.

언제나 그렇듯 석금이는 이번에도 보충 설명을 빼놓은 것이다.

사실 소림사에는 자신들과 소림 승려들 외에도 오룡문과 백천문의 무사들 일부와 일도(一刀) 파륭천, 고검왕(孤劍王) 고세영, 갑수(甲手) 추록, 상아검(象牙劍) 최륵 등 몇 명의 협객들이 더 남아 있었다.

물론 화산의 장소천과 아미파의 구소희, 개방 제자들과 그 외 대다수의 정파인들이 무당산으로 향한 것은 사실이지만…….

어쩔 수 없는 일이었다.

범현 거사는 한사코 정파무림인들에게 퇴각해 줄 것을 부탁했다. 도저히 승산이 없는 싸움인만큼 무의미한 피를 흘릴 수 없다는 이유에서였다.

또한 정파무림의 불씨를 살리기 위해 무당산에서 재봉기해야 한다는 명분도 내세웠다.

즉 소림에서의 봉기는 실패로 돌아가게 됐지만, 결코 천무밀교의 만행을 묵과할 수 없다는 것이다.

범현 거사는 무당 장문인 장소천에게 최악의 경우 황제와 손을 잡아야 한다는 주장까지 펼쳤다.

실제로 장소천은 오랫동안 황실과 교우를 가져온 만큼 누구보다 그 일에 적합한 인물이었다. 정파무림의 마지막 보루로 무당산이 지목된 이유도 그 때문이었다.

하지만 범현 거사 자신은 소림에 남기로 했다. 소림사와 그 운명을 같이하겠다는 것이다. 이후 모든 소림 제자들이 범현 거사와 함께 소림에 남을 것을 청하는 일이 벌어졌다.

범현 거사는 어쩔 수 없이 학승을 제외한 대부분의 소림 제자들과 함께 소림사를 사수하기로 했다.

그 모든 일들은 일소천과 팽이가 주방에 간 사이 결정되었다.

결국 두 노인네가 주방에서 소림사의 닭을 구워 먹는 동안 절반 이상의 정파인들이 후문을 통해 소림을 벗어난 것이다.

"이놈 우막아, 그럼 나는 개죽임을 당해도 상관없단 말이냐? 그래, 나야 상관없다고 치자. 하지만 우리 두백이는 어쩐단 말이더냐. 도대체 네놈이 뭔데 남의 제자 목숨을 가지고 장난을 치는 것이냐?"

팽이는 화풀이라도 하듯 연신 강력한 도기(刀氣)를 쏘아냈다.

아무리 생각해도 지금의 상황을 이해할 수 없었다.

소림사를 최후의 보루로 삼아 모든 정파인들이 목숨을 내건 일전을 치른다면 모른다. 하지만 2차 봉기를 계획하고 있다면 이렇게 무모하게 싸울 이유가 없었다. 천무밀교는 달아날 기회까지 주지 않았는가.

"형님, 고정하십시오. 달라진 건 아무것도 없습니다. 어차피 떠나고 싶은 사람은 떠나기로 하지 않았습니까. 우리는 황실과 타협하느니 강호인으로서 죽고자 남은 것입니다. 형님이 굳이 떠나고 싶으시다면 지금이라도 늦지 않았습니다."

적무단원 한 명을 상대로 힘겹게 싸우고 있던 당개수가 말했다.

그랬다. 오룡문과 백천문이 남은 이유도, 상아검 최륵 등의 협객들이 남은 이유도 모두 같았다. 그들은 협객으로서의 죽음을 원하고 있었던 것이다.
"환장하겠군……!"
팽이는 더 이상 아무 말도 할 수 없었다.
지극히 천우막답고 당개수다운 발상이었기 때문이다.
'이놈들이 은근히 훌륭한 놈들이었군. 그래, 자고로 사내라면 그래야 하지. 하지만 꽃다운 우리 두백이는 어쩐단 말인고?'
팽이는 씁쓸한 눈빛으로 이재천을 바라보았다.
그런 팽이의 마음을 아는지 모르는지 천상유수 이재천은 방방 날아다니고 있었다.
"어절씨구리……? 아비용! 파룡도법! 푸히히히, 작도만발(作刀滿發)……!"

"헥헥……. 이거, 베고 또 베도 끝이 없구나."
열해도 팽이는 도(刀)를 힘껏 휘두른 후 기가 질린다는 듯 말했다.
하지만 팽이는 그나마 사정이 나은 편이었다.
당개수는 이미 몸 여기저기에 검상을 입고 있었다.
그는 방금 전 적무단원 한 명을 어렵사리 베어넘겼으나 뒤이어 검을 뻗어온 또 다른 적무단원의 칼에 왼쪽 어깨를 찔렸다.
"크흡!"
당개수는 비명을 내지르는 동시에 곧장 상대의 복부에 검을 찔러 넣었다.
"끄어억!"
끔찍한 단말마와 함께 적무단원이 당개수의 검을 부여안은 채 고꾸라졌다.

운이 좋았다. 상대의 검이 어깨에 박히지 않았다면 분명 자신은 죽었을 것이다. 당개수는 상대의 방심을 틈타 검을 찌를 수 있었던 것이다.

당개수는 휘청거리며 뒤로 물러서서 팽이와 천우막, 석금이, 이재천 등이 이룬 진 안으로 들어갔다.

사실 진이라고도 할 것 없이 여섯 명 각자가 육방(六方) 중 하나씩을 맡아 싸우고 있었을 뿐이다. 그나마도 당개수가 빠짐으로써 이제 그들은 오방(五方)에 적을 두게 되었다.

"형님, 아마 이런 거 본 적 없을 거요. 우막아, 너도 잘봐두거라. 나 당개수, 익히기만 했을 뿐 이제껏 시전해 본 적이 없는 무공이니라."

자신이 빠짐으로써 생긴 빈틈이 마음에 걸린 것인지 당개수가 결연한 표정을 지었다.

그는 곧 소매 안에서 작은 금합을 꺼냈다. 그리고 뚜껑을 열어 백여 개의 은침(銀針)을 손으로 옮겼다.

'잘될지 모르겠군.'

지난 수십 년간 몸에 지니고만 다녔을 뿐 단 한 번도 사용해 보지 않은 은침이었다.

"만천화우(滿天花雨)……!"

허공으로 날아오른 당개수가 빠르게 회전하며 은침을 흩뿌렸다.

만천화우! 인간이 피할 수 있는 거의 모든 방위에 꽃비처럼 흩뿌려진다는 사천당문 최고의 암기 발사법이다.

보통의 경우 수십 명이 진을 이루어 암기를 뿌리지만, 지금과 같은 상황에선 한 개인에 의해 펼쳐지기도 한다.

"으아악……!"

"으악!"

…….

과거 사천당문의 악명이 강호를 떨게 했던 이유를 알 만했다.
만천화우에 당한 5, 60명의 적들이 순식간에 쓰러지며 비명을 내질렀다.
하지만 한순간 당개수의 입에서도 고통스런 신음이 흘러나왔다.
"흡……!"
어느새 바닥으로 내려선 당개수의 입에는 가느다란 선혈이 흘러내리고 있었다.
방금 전 당개수가 만천화우를 시전하는 틈을 노려 적무단원 하나가 그의 가슴에 일장을 날렸던 것이다.
가슴을 어루만지던 당개수는 다급히 가부좌를 튼 후 운기조식에 들어갔다. 크게 비명을 내지르지는 않았으나 막강한 장력을 정통으로 가슴에 맞았다.
내장이 진탕되는 듯한 고통과 함께 선혈이 목구멍을 타고 넘어왔다. 공격에 온 정신을 집중하는 바람에 미처 대비하지 못한 것이다.
그럼에도 당개수는 행여 자신으로 인해 주위가 산만해질 것을 두려워해 고통을 드러내지 못했다.
'결국 당문의 식솔인 내가 소림사에 뼈를 묻게 되는구나.'
당개수는 씁쓸한 미소를 머금으며 비틀거리는 신형을 바로잡았다.
스스로 느끼기에도 중상이었다.
'후훗! 수정이에게 이런 꼴을 보이지 않게 되어 다행이군.'
혼미해지는 정신을 가다듬기 위해 애를 쓰는 당개수의 머리 속으로 많은 얼굴과 기억들이 스쳐 가기 시작했다.
그런데 그때였다.
"뻐꾹뻐꾹! 비켜! 꺼져 버리란 말이야, 임마! 뻐뻐꾹 뻐꾹! 수정! 장인 어르—은!"

콰, 콰, 콰, 콰쾅!

무산의 목소리가 폭음과 함께 천무밀교 무사들을 가르며 들려왔다.

"어라, 저놈, 무산이 아니냐. 언제 지붕에서 내려왔지? 그나저나 참 요란스럽게도 나타나는구나."

"가정교육을 못 받아서 그래요, 사부. 사람들이 괜히 가문과 부모를 따지는 게 아닙니다."

팽이와 이재천이 파룡도법을 시전해 적들을 밀어내며 구시렁거렸다.

당개수의 만천화우에 이어 쏟아진 팽두파의 강기는 천무밀교의 무사들에게 적지 않은 타격을 주었다. 게다가 막무가내로 밀고 들어오는 무산으로 인해 탑림의 분위기는 얼마간 묘하게 변해갔다.

"형님, 제대로 당하셨구려."

"쯧쯧, 개수야, 너도 속깨나 터지겠다. 사위라고 하나 있는 게 뻐꾸기 새끼처럼 노래나 하고 있으니……."

"사부, 인성 교육이 덜 돼서 그렇다니까요."

"호호, 두백 오라버니, 무산이 쟤, 그래도 용 된 겁니다. 용문에 살 때만 해도 아예 사람 구실 못할 줄 알았어요. 그런데 장가까지 들었잖아요. 호호, 뭐 좀 못생긴 계집애에게 머슴처럼 팔려가긴 했지만……."

천우막과 팽이, 이재천, 방초 등은 잠시 숨을 돌리며 건전한 대화를 주고받았다. 천무밀교 무사들의 시선이 무산에게 쏠리고 있는 덕분이었다.

"크흡……! 우막아, 드디어 우리 사위가 나타난 것이냐? 혹시 수정이가 옆에 있더냐?"

"예, 무산 아우가 맞긴 한데 수정이를 찾고 있습니다. 서로 만나지 못한 모양인데요?"

"두백아, 저런 덜 떨어진 놈이랑 화산까지 다녀오느라 수고가 많았겠구나?"

"제가 많이 참았죠. 뼈대있는 가문의 자식이 근본도 모르는 놈하고 주먹질을 할 순 없잖아요."

"호호, 두백 오라버니, 그 심정 방초도 잘 알아요."

…….

콰, 콰, 콰, 콰쾅!

또 한 번의 폭사와 함께 수십 명의 백무단원이 튕겨 나갔다. 그리고 드디어 무산의 모습이 나타났다.

"그놈들 정말 성가시네. 비켜, 비키란 말이야. 장인어른!"

일행을 발견한 무산은 환한 얼굴로 백무단원들을 가르며 달려왔다.

"팽 영감, 천 방주님, 석금아, 방초야, 두백아! 많이 보고 싶었다! 살아 있어줘서 고맙다!"

…….

…….

무산은 수십 년 만에 만난 가족이기라도 한 듯 그들을 일일이 껴안으며 감격스러워했다.

반면 이제껏 무산을 씹고 있던 일행은 무산이 보여주는 뜻밖의 행동에 얼마간 무안해했다. 그저 멍하니 하늘을 쳐다볼 수밖에…….

하지만 그것도 잠시, 일행은 곧 가식적인 웃음을 내비쳤다.

"무사했구나, 친구야!"

"무산아, 우리가 걱정 많이 했느니라. 하지만 네놈이 정의를 수호하기 위해서라도 반드시 나타나리라 믿고 있었느니라."

"호호, 무산이 너 그동안 많이 멋있어졌다."

…….

…….

잠시 어색한 침묵이 흐른 후, 일행의 뒤편에서 당개수가 모습을 드러냈다.

"그동안 고생이 많았네. 커흡……!"

당개수는 웃음을 내비치려던 의도와는 달리 한 움큼의 핏덩이를 토해 내며 허리를 꺾었다. 내력을 끌어올리려 했으나 상처가 워낙 심해 그조차도 쉽지 않았다.

"아니, 형님!"

"개수야!"

천우막과 팽이가 동시에 당개수를 부축하며 당혹스러워했다.

당개수의 상태가 그 정도까지일 것이라고는 아무도 생각지 못했던 것이다.

"장인어른……!"

무산 역시 다급하게 당개수에게 다가갔다.

"이런, 세상에……."

당개수의 상태를 살피던 천우막의 입에서 장탄식이 새어 나왔다.

얼마나 강하게 충격을 받은 것인지 가슴 뼈가 무너져 내렸고, 내장도 많이 상한 듯했다. 도저히 어떻게 손을 쓸 방도가 없었다.

더 큰 문제는 자신들이 여전히 적들에게 포위된 상태라는 점이었다.

무산의 등장과 함께 대치 국면은 잠시 소강 상태에 접어들었으나 당개수의 상처를 본 천무밀교의 무사들이 다시 거리를 좁혀오기 시작했다.

2장 고승열전

죽음은
싱그럽다.
사무치게 사랑한 것이 무엇인지
깨닫게 한다.

1
고승열전

"망덕아, 이제 거의 다 끝나가는 것이더냐?"
아예 목까지 쉬어버린 천상마불이 힘없는 목소리로 물었다.
그는 이미 녹초가 되어 있었으나 한 쪽밖에 남지 않은 팔을 휘휘 저으며 계속해서 장풍을 쏘아냈다.
"후— 사부님, 아까 제가 몇 놈이나 남았다고 했죠?"
"300명이라 하였느니라."
"그렇습니까? 어휴, 그사이에 우리가 200명 정도를 쓰러뜨렸습니다. 그래서 지금은 한 500명 정도 남은 것 같습니다."
배은망덕 이편이 후들거리는 다리를 힘겹게 세우며 대답했다.
"이놈아, 너는 어떻게 매번 셈이 그러냐? 300명에서 200명을 빼는데, 어떻게 500이 되는 것이냐구? 이번에도 인해 전술이냐?"
곁에 있던 지상마불이 짜증스런 목소리로 끼어들었다.
"잘 아시네요. 사부님들, 그냥 여기에 뼈를 묻고 죽을 생각을 하시는

게 속 편합니다. 헥헥, 용등연검법 제4초 고돌비상!"

콰, 콰, 콰, 콰콰쾅……!

절반은 미쳐 있는 배은망덕 이편이 다시 검기를 쏘아냈다.

솔직히 이편은 상당히 불쾌했다. 인간들이 어찌나 미련하던지 되지도 않을 싸움에 집착하고 있는 것이다. 달아나자고 그렇게 얘길 했건만, 통 듣질 않았다.

"덕분에 소림의 제자 중 벌써 절반 이상이 죽어버렸단 말이지!"

이편이 혼자 투덜거리며 검기를 쏘아낼 때였다.

"다들 여기 계셨구려."

나한전 지붕 위에서 누군가의 목소리가 들려왔다,

오륜문의 천검 오관필과 백천문의 백검 백승목을 위시한 몇 명의 협객들이었다.

그들 역시 영 형편없는 몰골이었다. 게다가 부하들의 대부분을 잃은 것인지 채 20명도 되지 않는 인원이었다.

"아직 소림을 떠나지 않고 있었소이까?"

범현 거사가 상기된 음성으로 물었다.

"하하하! 떠나고 싶어도 길이 막혀 떠날 수 없소이다. 게다가 부하들도 거의 모두 죽어버렸으니, 무슨 면목으로 살겠습니까."

범현 거사 일행이 있는 곳으로 몸을 날린 백검 백승목이 허탈한 음성으로 말했다.

뒤이어 천검 오관필과 갑수(甲手) 추록, 상아검(象牙劍) 최륵 등 지붕 위에 있던 정파인들이 모두 땅으로 내려섰다.

"하하, 소림에 뼈를 묻으면 혹시라도 극락왕생할 수 있을지 모르겠습니다그려."

천검 오관필이 농담처럼 뇌까린 후 18수천류검법을 시전하며 곧장 싸움에 가세했다.

　오관필을 시작으로, 뒤에 가세한 정파인들이 차례로 검을 뽑았다. 그로써 나한전에선 새로운 대치 국면이 펼쳐지게 되었다.

　하지만 그들의 가세가 결코 반가운 것만은 아니었다. 이제껏 분산되어 있던 천무밀교의 무사들이 나한전으로 집중 투입되고 있었기 때문이다.

　더욱이 예상보다 많은 손실을 입었다고 판단한 천무밀교 측에선 새롭게 궁수들을 배치하고 있는 눈치였다.

　나한전에서 이제 천무밀교의 천라지망이 펼쳐지기 시작한 것이다.

　"여러 대협들께 진심으로 감사드립니다. 하지만 이미 대세가 기운 듯합니다. 여기 계신 대협들 모두 하실 만큼 하셨으니, 이제 남은 일은 저 범현에게 맡겨주십시오."

　범현 거사는 전력을 다해 항마복호장(降魔伏虎掌)을 펼친 후 주위를 둘러싼 정파인들에게 말했다.

　"그게 무슨 말이더냐, 이놈. 절밥을 먹었어도 우리가 더 먹었고, 싸움을 해도 우리가 더 잘하는데 어린놈이 건방지게 못하는 소리가 없구나."

　지칠 대로 지쳐 아예 자리에 퍼질러 앉아 있던 천상마불이 튕기듯 일어나며 소리를 내질렀다.

　"사숙조님들께선 부디 이 말학의 말씀을 들어주십시오. 대부분의 학승이 빠져나간 만큼 소림사의 불학(佛學)은 끊기지 않을 것입니다. 하지만 소림의 역대 절기들을 모은 장경각에 이미 불길이 치솟고 있습니다. 사숙조님들이 아니라면 그 진전을 이어줄 무승이 없습니다. 부디 여러 대협들과 함께 소림사를 떠나주십시오."

　범현 거사는 애절한 눈으로 쌍마불을 바라보며 말했다.

　사람의 일이란 참으로 알 수 없는 것이다. 처음 만났을 때만 해도 범현 거사는 쌍마불을 어떻게 다시 뇌옥에 가둘까로 고심했으나 지금은 달랐다.

 직접 겪어보며 알게 된 사실이지만 쌍마불이야말로 득도의 경지에 다다른 고승들이었다. 뇌옥에서 보낸 80년이 그들을 그렇게 만들어놓은 것인지, 아니면 마륵의 도래를 외치며 미쳐 날뛰던 80년 전부터 그랬던 것인지는 알 수 없었다.

 하지만 한 가지 확실한 것은, 그들의 탈속한 행동들이야말로 부처의 뜻에 근접해 있으리란 것이었다.

 "이놈… 저번에 네 사부를 욕했던 건 사과하마. 뒤늦게 생각이 났는데, 그 녀석이 참 쓸 만한 후학이었느니라. 이제 보니 너도 네 사부를 닮아 제법 괜찮은 녀석이구나. 그런데 도망이라니? 쌍마불은 평생 그런 말을 모르고 살았느니라."

 눈이 없으니 범현의 애절한 눈빛을 볼 수 없었다.

 그럼에도 쌍마불은 새삼 범현에 대한 애정이 싹트는 것을 느끼고 있었다.

 "에이, 사부님들, 두 분 다 다리에 힘이 풀려서 제대로 싸우지도 못하시잖아요. 여기는 망덕이, 아니, 청혜가 지킬 것이니 심려하지 말고 도망가십시오."

 배은망덕 이편이 짐짓 단호한 음성으로 말했다.

 이편은 삶이 고달픈 색마였다.

 정말이지 사는 것이 지긋지긋했고, 하루도 빼놓지 않고 찾아오는 밤이 두려웠다. 그런 까닭에 굳이 달아나고 싶다는 생각이 들지 않았다.

 게다가 제법 멋있게 죽을 수 있는 기회였다.

 평생 지은 죄를 얼마간 씻고 죽는다면, 아니, 절간을 지키다 죽는다면 그나마 죽어서 아귀지옥은 면할 수 있지 않을까 하는 생각도 들었다.

 하지만 단 한 번이라도 이편의 뜻대로 풀리는 일이 있었던가.

"청혜 사숙! 사숙께선 여기 계신 대협들과 사숙조님들을 모시고 가야 하지 않겠습니까?"

범현이 깍듯이 예의를 갖추어 이편에게 말했다.

"사, 사숙이라니요?"

이편은 화들짝 놀라며 범현을 바라보았다.

그도 그럴 것이, 쌍마불의 제자가 된 후 처음으로 범현의 입을 통해 듣게 된 말이었기 때문이다.

사실 항렬로만 따지자면 이편은 범현의 사숙이었으나, 모든 정황에 비추어 볼 때 범현에게서 그 말을 듣게 될 가능성은 없었다. 또 그러고 싶지도 않았다.

하지만 죽음을 앞둔 범현에게 불가능한 것이 무엇이랴. 지금 그는 오로지 소림사와 정도무림의 부활만을 염원하고 있었던 것이다.

"사숙조님들께서 후학들에게 욕먹지 않고 소림의 재건에 힘쓰신 데는 사숙의 힘이 컸습니다. 앞으로는 더욱 그렇겠지요. 아직 저의 녹옥불장(綠玉佛杖)이 주인을 찾지 못한 것으로 알고 있습니다. 부디 사숙께서 새로운 녹옥불장의 주인이 되어주십시오."

범현은 진지한 음성으로 말했다.

평소 완고하며 다소 거만하게까지 보이던 범현의 모습은 어디에도 남아 있지 않았다. 대신 지극히 사람을 편하게 하는 표정이 그의 얼굴에 자리 잡고 있을 뿐이었다.

"범현 거사님의 뜻을 받들겠습니다."

이편은 합장 대신 포권지례로 답한 후 천검 오관필을 비롯한 정파인들에게 시선을 주었다.

망설임이 없었던 것은 아니다.

하지만 이편은 생전 처음 신념이라는 것을 가지게 되었다. 죽기 전에 자신이 무엇인가를 위해 몸을 바쳐야 한다는 사명감에 한편으론 행복한 마음이 일기도 했다.

그때였다.

일행을 에워싸고 있던 천무밀교의 무사들 사이로 백여 명의 궁수들이 포진하기 시작했다. 더불어 나한전의 지붕 위에서도 시위를 당기고 있는 궁수들의 모습이 보여졌다.

더 이상 지체할 시간이 없었다.

"후일을 기약하는 것 역시 용기입니다. 여러 대협께서는 저와 함께 무당산으로 향하시지요. 저와 쌍마불 사부가 먼저 길을 뚫겠습니다."

이편이 다급히 나서서 말한 후 곧장 쌍마불의 손을 잡고 나한전의 지붕으로 날아올랐다.

"활을 쏴라!"

한 사내의 음성에 이어 화살이 빗발처럼 날아들기 시작했다.

"어딜……!"

뒤이어 날아오른 천검 오관필과 백검 백승목이 재빨리 검을 휘둘렀다. 순간 넓게 검막이 형성되며 수십 개의 화살을 튕겨냈다.

그 사이 지붕에 내려선 이편은 빠른 동작으로 궁수들을 베어갔다.

"으아악―"

"커헉―"

삽시간에 지붕 위의 궁수들이 쓰러졌다.

하지만 나한전 마당의 사정은 좋지 않았다. 고수들이 한꺼번에 빠져나간 만큼 범현 거사 등이 이루고 있는 진 곳곳에 허점이 드러난 것이다. 상대를 베는 것은 고사하고 사방에서 날아드는 화살에 소림 제자들이 쓰러져 갔다.

그런데 그 순간…

"끄아아아아—"

고막을 찢어놓을 듯한 소리가 쌍마불의 입에서 터져 나왔다.

아직 힘이 남아 있었던 것인지 나한전의 양쪽 용마루에 올라서서 음공(音功)을 펼친 것인데, 그야말로 기염만장(氣焰萬丈)했다.

'어휴, 지겨워. 늙은이들이 정말 힘이 남아돌아요…….'

이편은 다급히 내력을 끌어올렸고, 뒤이어 지붕으로 날아올랐던 정파인들도 비틀거리며 그 자리에 좌정했다.

하지만 쌍마불의 음공은 잠시 후에 멎었다.

"범현아, 차후 오늘의 일과 너의 법호를 소림 역사에 남기리라. 부디 정토에 닿아 우리 쌍마불의 거처를 마련해 놓거라. 크하하하하!"

"그래, 아가야. 멀지 않은 날 만나자꾸나. 우리 쌍마불의 눈알과 잘려진 팔도 준비해 놓고 있거라. 눈과 팔이 없으니 영 불편하구나. 헤헤헤헤헤!"

쌍마불은 말을 마친 후 곧장 탑림 쪽으로 신형을 날렸다.

'젠장! 앞도 못 보는 인간들이 왜 저렇게 설쳐 대나 몰라. 휴— 어떻게 또 저 인간들이랑 한솥밥을 먹고 살지?'

이편은 길게 한숨을 내쉬며 마지막으로 나한전 마당에 시선을 주었다.

그곳에선 천무밀교의 궁수들이 피를 토한 채 바닥을 나뒹굴고 있었다. 그들은 활만 전문적으로 다루는 만큼 상대적으로 내공이 약해 쌍마불의 음공을 견뎌낼 수 없었던 것이다.

덕분에 범현 거사를 비롯한 소림사의 무승들은 화살의 위협으로부터 벗어나 다시 맹공을 퍼붓기 시작했다. 물론 수적 열세로 인해 채 일각을 버티기 힘든 상황이긴 했지만.

"범현! 그대의 뜻을 이 사숙은 잊지 않을 것이오. 부디 죽음 이전에 열반에 이르길 빌겠소!"

이편은 다소 애매한 말을 남긴 채 쌍마불이 날아간 곳으로 신형을 날렸다.

"우리가 반드시 정도무림을 지켜내리다."

지붕 위의 인물들 역시 이편을 따라 신형을 날리며 마지막 인사를 남겼다.

잠시 후,

"아미타불……! 부처님의 뜻대로 이루어질 것이오."

한동안 지붕 위에 시선을 주던 범현 거사는 곧장 전방의 천무밀교 무사들을 향해 일장을 쏘아냈다.

퍼, 퍼, 퍼, 펑……!

"으아아악!"

십수 명의 백무단원들이 비명과 함께 쓰러졌다.

하지만 그사이 또 몇 명의 소림 제자들이 적무단원들의 칼에 죽임을 당했다. 일단 진이 깨지고 나자 소림 제자들은 적들의 공격에 속수무책으로 무너졌던 것이다.

백무단원들은 그렇다 쳐도 절정고수의 수준에 가까운 적무단원들은 어렵지 않게 소림 제자들을 꺾었고, 더 이상 범현 거사의 뒤를 받쳐 줄 사람은 남지 않았다.

'이제 시간이 다 되었군.'

범현 거사는 전신의 내력을 끌어올렸다.

이미 한 시진 가까이 쉬지 않고 공력을 소모한 만큼 탈진 상태에 가까웠다.

하지만 꺼지기 직전의 모닥불도 한 번쯤은 거대한 불길로 치솟기 마련이다.

"항마복호장!"

범현 거사는 노호성과 함께 몸을 휘돌려 두 팔을 빠르게 교차해 나갔다.

퍼펑, 퍼퍼퍼펑……!

팔방(八方)으로 쏘아진 장력에 근 백여 명의 적들이 피를 토하며 쓰러져 나갔다.

하지만 범현 거사의 공격이 끝나는 바로 그 순간……

"잘 가시오!"

송골매처럼 쏘아져 들어온 한 명의 적의인이 범현의 가슴에 칼을 박아 넣었다.

"흡!"

범현은 두 눈을 부릅뜬 채 눈앞의 적의인을 노려보았다.

그것도 잠시, 이내 범현의 입에서 낮은 단말마가 바람 소리처럼 새어 나왔고 기우뚱, 몸이 기울어지며 바닥으로 쓰러졌다.

바닥에 누운 범현의 얼굴로 맑은 햇빛이 쏟아져 내리고 있었다.

한 시대를 풍미했던 영웅의 죽음. 하지만 그의 얼굴을 비추는 것은 여느 봄날에나 흔히 볼 수 있는, 지극히 평범한 햇빛이었을 뿐이다.

2
고승열전

다시 탑림.

팽이와 천우막, 이재천, 석금이, 방초 등이 원을 형성한 채 천무밀교의 무사들과 대치하고 있었다.

"사위, 자네에게 그늘이 되어주고 싶었건만, 커흡……! 또 이렇게 짐이 되고 마는군."

팽이 등이 이룬 원 안에서 당개수가 가쁘게 숨을 몰아쉬며 말했다.

"장인어른… 기운 내십시오. 혹 잘못되시기라도 하면 저는 꽃사슴, 아니, 집사람한테 맞아 죽습니다."

무산은 당개수를 부축해 일어나며 주위를 살폈다.

현재로선 장인 당개수를 살리는 것이 급선무였다. 어떻게 해서든 소림사를 벗어나야 했다.

하지만 결코 쉽지 않은 상황이었다. 탑림은 천무밀교의 무사들로 빼곡하게 들어차 있었고, 당개수는 몸도 제대로 가누지 못할 만큼 중상을 입은 것이다.

더욱이 당개수를 제외한 일행은 모두 여섯 명.

열해도 팽이와 개방 방주 천우막 같은 고수가 있다고는 하나, 수십 겹으로 에워싼 천무밀교의 무사들을 헤집고 나가기는 어려운 상황이었다.

"아니, 우리 편은 다 어디 간 겁니까?"

무산은 답답한 마음에 소리를 내질렀다.

"너도 한심하냐? 난 더 한심하다, 이놈아. 글쎄, 우막이 이 녀석이 제 새끼들을 모두 빼돌렸지 뭐냐. 게다가 네놈 사부는 일찌감치 꽁무니를 빼더니 감감무소식이구나. 이놈들이야 정파무림을 지키겠다느니 어쩌겠다느니 하지만, 나랑 두백이는 그런 데 별로 관심이 없다. 현 대륙의 정치와 교육, 두백지향의 재정난을 걱정하기도 바쁘단 말이지."

"맞아요, 사부. 난 우리 객잔 생각에 밤잠도 잘 안 와요."

팽이와 이재천은 한마디씩 내뱉은 다음 다정한 눈길을 주고받았다.

"형님, 그게 무슨 말씀입니까. 사내로 태어난 이상, 강호에 몸담은 이상 정의를 위해 초개같이 목숨을 버릴 수도 있어야지요."

의협남아 천우막은 궁지에서 벗어나기 위해 필요 이상 큰 목소리로 팽이에게 대들었다.

하지만 그런 억지도 통할 놈이 있고 통하지 않을 분이 있다.

"염병! 그래서 네놈은 그 잘난 거지 새끼들을 몽땅 도망치게 했느냐?"

"맞아요, 사부. 무산이네 장인이 저 꼴 난 것도 다 천 방주 탓이지요."

팽이와 이재천은 한마디씩 던진 후에야 만족스럽다는 듯 웃음을 배어 물었다.

"팽 형님, 그, 그만 하시구려. 형님 실력이라면 지금이라도 달아날 방도가 있겠지요."

당개수가 내심 미안한 표정을 지으며 말했다.

"그게 무슨 말씀이십니까, 장인어른. 우리도 함께 달아나야지요. 천방주님이야 워낙 정의감이 넘쳐 나는 분이니 어쩔 수 없지만, 장인어른은 노선이 다르잖아요. 당문을 생각하십시오. 장인어른이 여기서 장렬하게 전사하시면 그날로 당문의 미래는 없습니다."

무산은 불쑥 말을 뱉어낸 후 일행의 얼굴을 살폈다.

아무리 좋게 생각해 줘도, 일행 중 정의로운 사람은 천우막 하나밖에 없었다.

물론 석금이 역시 천우막과 함께 정의감에 불타고 있지만, 바탕이 산적 놈이다. 그저 멋모르고 날뛰고 있는 것뿐이다.

당개수라고 해서 다를 바 없었다.

그는 평생 '정의' 라는 단어에 강박을 가지고 살아왔다. 당문이 워낙 지저분하고 께름칙한 가문이었기 때문이다. 그래서 필요 이상 설쳐 대는 것뿐이다.

나머지 인물들은 생각할 필요도 없다.

팽이? 두백이? 그들은 정의하고는 담쌓고 평생을 살아온 인물들이다. 그저 자신들의 아집에 사로잡혀 인생을 낭비한 자들이다.

물론 정치와 교육을 꾸준히 걱정한다지만, 그건 어디까지나 취미 생활이다. 사실은 제 앞가림도 제대로 못하는 위인들이다.

나머지 인물, 방초? 그 아이가 정의로운지 아닌지를 생각하는 것 자체가 정의에 대한 모독이다.

'그런데, 그런데… 도대체 왜 이 위인들이 지금 목숨 걸고 이곳을 사수하려 드는 것일까? 정말… 수수께끼다.'

무산은 머리가 깨질 듯 아파왔다.

하지만 그 수수께끼는 뒤이어 나온 팽이의 한마디로 인해 모두 풀려 버렸다.

"우막아, 이 정도면 우리는 의리를 지킬 만큼 지켰느니라. 이렇게 개 수를 죽일 작정이더냐? 그만 달아나자꾸나."

그랬다. 의리! 괴팍한 인간들일수록 의리에 목숨 거는 경향이 있다. 괴팍한 인간들을 무작정 미워할 수 없는 이유도 바로 그것이다. 의리!

"팽 형님, 그래도 사내로 태어났으면 정의를… 헉!"

의리라는 말에 주춤하면서도, 기어코 정의를 내세우던 천우막은 끝내 말을 잇지 못한 채 앞으로 고꾸라졌다.

팽이가 그 무식한 도(刀)의 면으로 뒷머리를 가격한 것이다.

"아무튼 정의로운 놈들은 사귈 게 못 돼. 꾸준히 사람을 피곤하게 하는 구석이 있단 말이지. 석금아, 네놈 사부를 짊어지거라."

"히히, 문제없다. 석금이는 역발산기개세다."

…….

말 많고 정의로운 천우막이 기절함으로써 상황은 일단락되었다.

하지만 천무밀교의 무사들로 빽빽하게 채워진 탑림을 벗어나는 것은 도저히 불가능해 보였다.

물론 팽이 정도의 고수라면 어떻게 해볼 수도 있겠으나, 딸린 짐이 많았다. 당개수도 그렇고, 천우막도 그렇고…….

"팽 영감, 이제 어떻게 해야 하지? 그래도 여기서 제일 늙은이는 팽 영감이잖아. 영감의 경륜과 그 기상천외한 기지를 발휘해 봐. 영감의 능력을 보여줘!"

무산은 주위를 둘러보며 갑갑하다는 듯 말했다.

그는 당개수를 등에 업은 후 벗어둔 웃옷으로 단단하게 엮고 있었다. 일단 달아날 준비를 철저히 해둔 셈이다.

하지만 도저히 엄두가 나지 않았다.

"음… 사실 모두 빠져나간다는 것은 다소 무리가 있구나. 방식은 두

가지가 있느니라. 사방으로 흩어져서 각자 살길을 찾는 것과 죽이 되든 밥이 되든 뭉쳐서 적진을 뚫는 것! 후자의 경우 떼죽임당할 확률이 크지만, 동료와 함께 죽는다는 뿌듯함이 있을 것이다. 반면 전자의 경우엔 재수 좋은 한두 명이 살아남게 되겠지. 가령, 나나 두백이 정도……."
"영감, 그럼 생각할 것도 없군. 후자를 택하지!"
…….

"지금이다!"
팽이의 신호가 떨어지는 것과 동시에 무산과 석금이, 방초가 전방을 향해 날아올랐다.
쿠, 쿠, 쿠, 쿠쿵……!
굉음과 함께 무산 등이 날아오른 방향으로 폭사가 일어났다.
뒤이어 천무밀교의 무사들이 쓰러지며 길이 열렸다.
"한 번 더 부탁해, 영감!"
무산은 석금이와 함께 폭사의 여운이 채 가시지도 않은 바닥으로 내려서며 외쳤다.
"하나, 둘, 셋!"
석금이와 보조를 맞추며 날아오르는 순간, 뒤에 남아 있던 팽이와 이재천이 장력과 강기를 격출해 냈다.
쿠, 쿠, 쿠, 퍼펑……!
"으아악!"
강기의 폭사와 함께 수십 명의 천무밀교 무사들이 쓰러지며 비명을 내질렀고, 또 얼마간의 길이 뚫렸다.
딸린 식구가 없어 몸이 가벼운 방초는 그 기회를 놓치지 않고 빠르게 신형을 날렸다. 평소 망아지처럼 날뛰던 기질이 유감없이 발휘된 최고의 경공이었다.
 하지만 무산과 석금이는 좀체 빠른 경공을 펼칠 수 없었다. 등에 당개수, 천우막을 업고 있었기 때문이다.
 '젠장! 사위 노릇하기 정말 힘들군. 일찍 혼자 되신 양반이 뭘 그렇게 잘 자셔서 이렇게 무거운 거야. 당문의 앞날을 걱정하느라 밤잠도 잘 못 주무신다더니… 잠 안 오는 시간에 밤참만 드셨나?'
 버릇처럼 구시렁거리면서도 무산은 열심히 날고 달리고 했다.
 그런데 그 바쁜 와중에도 석금이는 무산을 향해 꾸준히 지껄이고 있었다.
 "두목! 석금인 무척 슬프다. 우리 사부가 석금이 때문에 걱정을 많이 해서 살이 쪽 빠졌나 보다. 이건 뭐, 깃털처럼 가벼워서 업은 것 같지도 않다!"
 "석금아, 그래, 너 역발산기개세다. 힘세서 정말 좋겠다, 임마!"
 무산은 앞을 가로막는 천무밀교 무사들을 쳐내기 위해 연검을 뽑아내며 대답했다.
 '정말 부러운 놈의 쉬키! 저놈, 밤일도 무척 잘할 거야……'
 차르릉, 채채챙……!
 무산이 용등연검법의 초식을 적절히 변화시키며 백무단원들을 쳐내는데, 뒤에 바짝 붙어서 쫓아오던 석금이가 무산을 지나쳤다.
 "석금인 지금 무척 슬프다. 역발산기개세의 앞을 가로막지 마라! 끄아아아아—!"
 석금이는 자신이 들고 있던 죽봉과 천우막의 타구봉을 동시에 휘두르며 괴성을 질러댔다.
 퍼, 퍼, 퍼, 펑……!
 막강한 강기가 연신 폭사하며 길을 열었다.

'굉장해! 저런 괴물 같은 녀석이 부하였다는 사실이 나를 뿌듯하게 하는군. 하지만 이거 상대적으로 초라해지는걸…….'

무산은 석금이의 무공에 새삼 혀를 내두르며 자신도 신형을 날렸다.

"용등연검법 제5초 오광비상!"

쇄아악— 쿠콰콰콰쾅!

섬광과 함께 거대한 폭풍이 주위를 뒤덮었다.

지축이 갈라지듯 땅이 우는 소리가 났고, 수십 명의 천무밀교 무사들이 비명 한번 내지르지 못한 채 기폭풍(氣爆風)에 휩쓸려 갔다.

'정말 끝이 없군.'

허공에 떠오른 무산의 눈에 아득하게 잡히는 숲의 모습이 들어왔다.

탑림이 끝나는 지점에서 후문이 있는 숲까지의 거리는 대략 800여 장. 하지만 자신들은 아직 탑림도 벗어나지 못한 상황이었다.

'젠장, 저건 또 뭐야!'

무산은 10여 장 앞에서 시야를 가로막으며 떠오른 일곱 명의 적의인을 보며 오싹한 한기를 느꼈다. 멀리에서 보기에도 그 기도가 상당했던 것이다.

"헥헥, 석금아, 잠시 멈춰라!"

여전히 타구봉과 죽봉을 휘둘러 대는 석금이에게 무산이 소리를 내질렀다.

"무림맹에 너희 같은 후기지수들이 있었나?"

무산이 바닥으로 내려설 즈음 한 노인의 음성이 들려왔다.

일곱 명의 적의인 중 가운데에 자리해 있던 노인이다.

이마 정중앙에 검은 점이 찍혀 있는 그 노인은 7척의 장신으로, 뼈만 남은 사람처럼 말라 있었다. 그런데 그 기이한 체형에선 섬뜩한 살기가 치지직거리며 타오르고 있는 듯했다.

"두목, 저 영감 무지 세 보인다!"
걸음을 멈춘 석금이가 입을 벌리며 슬금슬금 무산 곁으로 다가왔다.
그 역시 상대의 기도에 주눅이 든 것이다.
"음, 바쁠 것도 없으니 우선 인사나 나눌까?"
약 3장가량 떨어진 곳에 내려선 노인이 담담한 음성으로 입을 열었다.
노인의 뒤편엔 6명의 적의인이 쇄겸도를 든 채 공손한 자세로 서 있었다.
그들은 노인보다는 다소 젊어 보였으나 현역으로 뛰기엔 역시 많은 나이였다.
얼굴을 뒤덮은 주름은 그렇다 쳐도, 하나같이 앙상하게 뼈를 드러낸 체형이었다. 몸을 휘도는 기도만 느껴지지 않았어도 송장으로 치부될 만한 나이인 것이다.
"우리는 칠무귀(七武鬼). 천무밀교의 현역으로선 최고령자들로 모였지. 나는 칠무귀의 첫째인 귀아(鬼鴉)! 아주 드문 예이지만 적무단과 백무단을 함께 통솔하지. 자네의 검법은 상당한 수준이더군. 그 내력(來歷)이 궁금한데 이야기해 줄 수 있겠는가?"
귀아라고 자신을 소개한 노인은 가벼운 미소를 내비치며 물었다.
하지만 귀아는 눈썹이 모두 뽑혀 있는 까닭에 그 웃음이 결코 남에게 호감을 줄 만한 것은 아니었다.
"영감, 영감도 불에 뎄나? 히히, 동병상련할 수 있는 외모다."
용문도장 화재 사건의 최대 피해자인 석금이가 앞으로 한발 나서며 물었다.
따지고 보면 석금이의 외모도 남에게 호감을 줄 만한 것은 못 되었다.
가뜩이나 듬성듬성 생겨먹은 위인이 얼굴에 온통 화상을 입는 바람에 더욱 흉측해 보였던 것이다.

"하하, 너는 개방의 제자지? 네 타구봉법도 볼 만하더구나."

귀아는 여전히 웃음을 머금은 채 고개를 끄덕였다.

인상과는 달리 꽤나 진중하며 사려 깊은 노인인 듯했다. 하지만 그들은 지금 적으로 만난 상황, 결코 편안한 상대가 아니었다.

"헤헤, 노인장, 내 무공의 내력을 이야기해 주면 길을 열어주겠소?"

무산은 석금이의 팔을 잡아 뒤로 당기며 농담을 건넸다.

"타하하하! 우리 칠무귀가 길을 열어주면 무사히 빠져나갈 수 있다고 생각하는 겐가?"

"타헤헤헤! 일단 노인네들을 두드려야 하는 고충은 사라지는 셈입지."

"음… 경로 사상이 투철한 모양이군."

무산의 태도가 거슬린 것인지 귀아가 웃음을 거두며 빈정거리듯 말했다.

하지만 무산은 계속해서 귀아의 염장을 질러댔다. 그것이 특기였으므로.

"헤헤, 워낙 성질 더러운 노인네를 먹여 살리다 보니… 후천적으로 그렇게 변했다고 할 수 있습지. 물론 개인적으론 벽에 똥칠하기 전에 죽어야 한다는 생각이지만……."

"그래, 늙는다는 것은 서러운 일이지. 하지만 버릇없이 까불다가 젊은 나이에 반신불수가 되면 더 서럽지 않을까?"

귀아는 좀 전과는 다른 웃음을 내비치며 무산을 빤히 쳐다보았다.

'젠장, 말발에서도 밀리는군. 기분 정말 더러운걸!'

무산은 등에 짊어진 당개수를 힐끔 쳐다본 후 연검을 쥔 손에 힘을 실었다.

어느새 그들 주위로는 백무단원들이 칼을 겨눈 채 몇 겹으로 서 있었다. 한 번씩만 밟혀도 반신불수 되는 덴 별문제가 없을 듯했다.

"헤헤, 노인장, 혹시 공정하게 겨루어볼 생각은 없소? 일 대 일, 그게 부담스러우면 이 대 칠로라도……."

무산은 어떻게 해서든 부담을 줄이기 위해 칠무귀와의 공정한 비무를 제안해 보았다.

하지만 칠무귀는 별로 그러고 싶은 생각이 없는 듯했다.

"타하하하! 이미 말하지 않았는가. 우리는 그다지 바쁠 것이 없네. 자네 입으로 내력을 말하지 않았으니, 나는 자네들이 싸우는 모습을 좀 더 지켜보며 그 내력을 파악해 낼 생각이네. 그럼 잠시 수고해 주시게나."

귀아는 사특한 웃음과 함께 뒤로 몇 걸음 물러선 후 백무단원 중 제법 서열이 있어 보이는 사내에게 눈짓을 건넸다.

"쳐라!"

사내의 명령과 함께 팔방에서 천무밀교의 무사들이 압박해 들어왔다.

차르릉, 챙, 챙, 채챙……!

타, 타, 타, 타, 탓……!

생각 따위 할 겨를이 없었다.

무산과 석금이는 서로 등을 맞댄 채 검과 봉을 휘두르며 백무단원들의 검을 쳐냈다. 하지만 거기에도 한계가 있었다.

가뜩이나 지친 상태였다. 그런데 위와 아래, 좌와 우를 가리지 않고 수십 개의 칼날이 동시에 찔러 들어왔다. 그것을 일일이 쳐내자니 내력이 급속히 소모되었다.

일정한 거리가 유지되고, 상대의 수가 한정되어 있다면 그에 적합한 초식으로 대응할 수 있다. 그러나 지금은 상황이 달랐다. 코앞에 있는 수백 명의 무사와 박투를 벌여야 하는 것이다. 동물적인 감각에 의지하는 수밖에 없었다.

"헥헥, 환장하겠군. 칼 맞아 죽기 전에 심장 마비로 죽겠다. 석금이 넌

괜찮냐?'

무산은 쉴 새 없이 연검을 휘두르며 석금이의 안부를 물었다.

물론 그럴 상황이 아니란 건 잘 알고 있었다. 그래도 어쩌겠는가. 무산은 대부분의 피로를 수다로 푸는 경향이 있는 것이다.

"두, 두목, 캐캑! 마, 말시키지 마라."

"역발산기개세가 웬일이냐?"

석금이의 반응이 하도 뜻밖이어서 무산은 휙, 고개를 돌려보았다.

'맙소사……!'

다시 고개를 돌려 검을 쳐내긴 했으나 무산은 너무 놀라 하마터면 검을 놓칠 뻔했다.

역발산기개세 석금이는 죽봉과 타구봉으로 검을 쳐내는 동시에 봉 끝으로 품속의 만두를 찍어 입 안에 넣고 있었던 것이다.

"히히, 두목, 몰래 먹으려고 그랬던 거 아니다. 그냥 배가 고파서… 두목도 하나 줄까?"

석금이는 스스로 생각하기에도 무안했던지 특유의 순박한 음성으로 물었다.

"아니다, 두목은 석금이 먹는 것만 봐도 배부르다. 석금이 많이 먹어라. 후우……!"

무산은 긴 한숨을 내쉬며 힘껏 검을 쳐냈다.

'그래, 내가 잘못한 거다. 석금이는 약장수 사족이 따라다니며 재주를 부렸어도 대성했을 거야. 누가 감히 저런 묘기를 부릴 수 있겠어…….'

3
고승열전

퍼, 퍼, 퍼, 펑……!

"으아아악!"

무산과 석금이가 죽음의 위기에 직면한 순간, 굉음과 함께 백무단원들의 비명성이 들렸다.

"두백아, 이제 후문이 보이냐?"

열해도 팽이의 목소리.

"예, 한 850여 장 남았어요. 이야~ 방초는 벌써 숲 앞까지 갔는데요? 확실히 기마 민족의 피는 속일 수가 없나 봐요. 어라, 싸가지없는 산이도 보이는데요?"

뒤이어 들려오는 이재천의 목소리.

"그놈들 모두 벌써 후문에 다다른 것이더냐?"

"웬걸요. 산이랑 석금이는 바로 코앞에 있어요."

"아니, 그놈들 거북이냐? 기껏 길을 열어줬더니 아직 그만큼밖에 못

갔단 말이냐?"
"무공이 딸리는데 어쩌겠어요. 사부랑 두백이가 이해해야지."
열해도 팽이와 이재천의 등장으로 인해 백무단의 움직임은 잠시 주춤했다.
덕분에 석금이와 무산은 숨을 돌리며 싸가지없게 중얼거리고 있는 이재천을 바라볼 수 있었다.
'어쭈, 저놈에게 저런 재주도 있었나?'
무산은 황당한 눈으로 10여 장 뒤편의 공중에 떠 있는 이재천을 쳐다보았다.
천상유수 이재천은 치웅도로 연신 자신의 엉덩이를 때리며 허공을 질주해 오고 있었던 것이다. 물론 그것을 가능하게 한 것은 팽이의 장력이었을 것이다.
즉 이재천은 팽이가 쏘아내는 장력을 치웅도로 쳐내며 반탄력을 이용해 앞으로 뻗어 나오고 있었던 것이다.
'강호가 잠잠해지면 사당패나 하나 만들어볼까? 이거 돈 안 받고 보여주기엔 아까운 재주들 아닌가 말이야……'
무산이 내심 경탄성을 내지를 때 이재천의 신형이 바로 앞에 내려섰다.
바닥에 내려선 이재천은 물끄러미 주위를 한번 둘러본 후 담담하게 입을 열었다.
"산이, 도망 안 가고 여기서 뭐 하는 겐가?"
"두백이, 자네와 함께 가려고 기다렸다네."
"음… 자네의 우정이 일 다경에 한 번씩 나를 놀라게 하는군."
이재천은 미덥지 않은 표정으로 무산의 몰골을 살피며 말했다.
무산 역시 물끄러미 자신의 몰골을 살피며 한숨을 내쉬었다.

막아낸다고 막아냈건만 몸 여기저기에 검상을 입어 옷이 피로 물들어 있었던 것이다.

어깨로부터 오른쪽 가슴까지 대각선으로 옷이 찢겨 나갔고, 왼쪽 팔목 윗부분에 하얀 뼈가 드러날 만큼 심한 상처를 입었다.

석금이 역시 사정이 좋지 않았다. 옆구리가 찢겨 나갔는지 검붉은 피가 바지를 온통 적시고 있었으며, 이마에도 가벼운 검상을 입었다.

퍼, 퍼, 퍼, 펑······!

"크아아악!"

폭사의 여운을 뚫고 팽이가 모습을 드러낸 것도 그때였다.

5척 길이의 장도(長刀)를 마구잡이로 휘두르며 나타난 팽이는 일행의 얼굴을 물끄러미 쳐다보다가 이재천과 똑같은 말을 꺼냈다.

"무산아, 석금아, 도망 안 가고 여기서 뭣들 하고 자빠져 있는 게냐?"

"영감, 두백이한테 물어보쇼."

······.

무산의 대답에 팽이는 이재천을 빤히 쳐다보았고, 이재천은 어깨를 으쓱, 들어 보이며 상종하지 않는 게 좋다는 식의 반응을 보였다.

"이거 놀라움의 연속이군. 혹시 자네 하북팽가의 열해도 아닌가?"

이제껏 싸움을 관망해 오던 귀아가 백무단원들을 제치고 앞으로 나섰다.

자신의 외호가 거론된 데 놀란 팽이가 눈을 부릅뜬 채 귀아를 쳐다보았다. 하지만 좀체 그를 기억해 낼 수 없는지 한참이나 빤히 뜯어보았다.

"타하하하! 벌써 나를 잊은 것인가, 팽이?"

"어? 어, 어······! 자네 고비사막의 갈까마귀 탁비류 아닌가! 어허, 꼴을 보아하니 적성을 살려서 사파의 앞잡이가 된 모양이군."

"타하하하! 여전히 물불을 못 가리는구나, 열해도. 그나저나 행방불명이 되었다는 소식을 들은 지 40년 만에 이곳에서 만나다니, 인연은 인연인가 보군."

귀아는 이제껏 덮어두었던 쇄겸도의 칼집을 벗겨내며 싸늘하게 웃었다.

"영감, 저 갈까마귄지 귀아인지 하는 늙은이랑 아는 사이요? 하여간 친구 고르는 안목은 황이라니까."

무산은 가슴에서 흐르는 피를 옷으로 지압하며 투덜댔다.

치사하기 이를 데 없는 칠무귀로 인해 하마터면 저승 구경을 할 뻔했다. 곱게 보아줄래야 곱게 볼 수 없었던 것이다.

"이놈아, 누가 친구라는 게냐? 저 늙은이는 언뜻 보기에 나쁜 놈 같지만, 알고 보면 볼수록 훨씬 나쁜 놈이니라. 씨는 말갈족의 씨인데, 몽고에서 산적 노릇을 하다가 하북에 있는 사이비 종교에 귀의했었느니라. 그 단체의 교주로 오른 후 유부녀를 후리는 등 갖은 악행을 저지르다 나팽이에게 걸려 반쯤 죽어났었지. 요행히 목숨만은 건져 달아났는데 지금에서야 다시 만나게 된 것이다."

"음… 어쩐지 하는 짓이 치사하다 싶더니 바탕이 그런 늙은이였군."

팽이의 설명에 무산이 낄낄거리며 귀아를 쳐다보았다.

다시 보니 정말 못되게 생겨먹은 늙은이였다. 다른 것은 몰라도 표정관리 하나는 끝내준다 싶었는데, 아니나 다를까, 사이비였던 것이다.

"흐흐흐흐! 팽이야, 내가 예전의 탁비류로 보이느냐? 그래, 50년 전에 당했던 수모를 오늘 갚아주마. 흐흐흐흐, 네놈에게 패한 후 10년 동안 이를 갈다가 하북으로 찾아갔었다. 네놈이 행방불명되던 바로 그 해에 말이다. 흐흐흐흐. 그때 갚지 못했던 원한을 갚게 되다니, 다 무량귀불 교주님 덕분이구나."

"푸헤헤! 넌 반 칼거리도 안 되는 놈이니라. 자신있으면 또 한 번 맞짱을 떠보자꾸나."

팽이는 장도를 들고 앞으로 나서며 씩, 웃었다.

이미 한번 상대해 본 상대고, 당시 처절하게 꺾어놓았기 때문에 자신감이 넘쳤다.

하지만 팽이는 상대가 정말 치사한 자였다는 사실을 깜빡 잊고 있었다.

"타흐흐흐! 진정한 실력자는 자신의 힘으로 상대를 제압하지 않는 법! 백무단은 활을 준비하고, 칠무귀는 아혈진(鴉血陣)을 펼쳐라."

귀아는 다시 한 번 싸늘하게 웃은 후 다급히 뒤로 물러섰다.

나이가 들어서일까, 힘쓰는 일은 결코 하고 싶어하지 않는 듯했다.

어쨌거나 귀아가 모습을 감추는 순간부터 이제 6명이 된 칠무귀가 햇빛에 빛나는 쇄겸도를 치켜 올리며 서서히 팽이 일행에게 다가들었다.

"가엾은 녀석들. 왜 죽는지도 모르고 죽게 생겼구나!"

팽이는 곧장 장도를 들어 칠무귀 중 한 명을 찔러 들어갔다.

시간을 끌면 끌수록 자신에게 불리해질 것을 잘 알고 있었기 때문이다.

휘휘휘휙—

상상을 초월하는 빠르기였다.

팽이는 막연히 과거의 탁비류만을 염두에 둔 탓에 그의 부하인 듯한 6인의 칠무귀를 하찮게 여기고 있었다. 하지만 곧 그들이 펼치는 경공에 놀라며 호흡을 가다듬어야 했다.

스스슷……!

6인의 칠무귀는 마치 귀신처럼 숱한 허상을 만들어내며 전후좌우로 신형을 움직였다.

팽이를 포위한 채 36방(方)을 점하며 들고 나고를 반복했는데, 허와

실을 구분하기가 어려울 지경이었다.
 '음, 저것이 귀아가 말한 아혈진이군.'
 팽이와 얼마간 떨어진 거리에서 무산은 흥미로운 눈으로 그들의 진법을 살폈다.
 잠시 후 무산의 입가에 흐릿한 미소가 번졌다.
 '저거, 의외로 간단한 진법이군.'
 6인의 칠무귀, 아니, 육무귀의 진법은 수산건(水山蹇:주역의 한 괘로, 사방이 막히고 앞뒤가 위험으로 가득한 상황을 의미한다)의 보법을 오방(五方:동, 서, 남, 북, 중앙의 다섯 방위)에 적용한 것이었다.
 즉 각각의 무귀가 오방을 교차해 밟으며 허상을 만들어내 자신들의 공격을 예측하지 못하게 하는 것이었다.
 무산은 다행히 취설을 통해 얼마간의 진법과 기문둔갑을 배운 만큼 육무귀의 진법을 쉽게 간파해 낼 수 있었다.
 슈, 슈, 슉—
 36방에서 팽이를 향해 철심이 쏘아진 것은 무산이 막 진법의 파쇄법을 생각해 냈을 때였다.
 채, 채, 채, 챙……!
 팽이는 회오리를 일으키듯 빠르게 회전하며 철심들을 쳐냈다.
 하지만 그가 중심을 잡으며 동작을 멈추는 순간 곧바로 쇄겸도의 공격이 이어졌다.
 "헉, 허헉, 이런……!"
 팽이는 기묘한 보법으로 아슬아슬하게 쇄겸도를 피해 나갔지만 한순간 한순간이 위기였다.
 평소 힘만 믿고 설치느라 진법을 파쇄할 방법을 쉽게 찾아내지 못했던 것이다.

'쯧쯧……! 채 일각도 못 버티고 녹초가 되겠군. 그나마 모자란 머리를 받쳐 주는 뛰어난 운동 신경 덕분에 저 나이가 되도록 살아 있었던 모양이야.'

무산은 주머니에서 정확히 여섯 개의 엽전을 꺼내 들었다.

하지만 정작 그것을 던지기까지는 얼마간의 시간이 걸렸다. 육무귀의 움직임이 워낙 빨라 한 방에 쓰러뜨리기엔 무리가 있었던 것이다.

'음… 그동안 빚진 게 많으니 보답을 해야겠지? 그런데 저 인간이 과연 고마워할까? 워낙 성질이 더러운 영감이라 도와주고도 좋은 소리 못 들을지도 몰라. 고마워할 건지, 아닌지 물어본 다음에 도와줘? 쯧쯧, 망설이는 동안 죽어 나가겠군. 그래, 박애의 차원에서 일단 도와준 다음에 생색을 내자.'

쉬, 쉬, 쉭……!

무산의 손을 떠난 엽전 중 2개가 빗나갔지만 다행히 4개의 엽전이 무귀들의 머리를 관통했다.

"헉!"

"커헙……!"

네 명의 무귀가 쓰러지자 나머지 두 명의 무귀가 균형을 잃으며 동작을 멈추었다.

"엇!"

그 순간을 놓칠 팽이가 아니었다.

팽이는 빠르게 장도를 휘둘러 순식간에 두 명의 무귀를 쓸어갔다.

"으악!"

"크허헙!"

…….

느긋하게 싸움을 지켜보고 있던 귀아와 백무단원들의 표정이 일시에

고승열전 69

굳어졌다. 전혀 뜻하지 않은 결과가 펼쳐진 것이다.

"활을 쏴라!"

잠시 당혹스러워하던 귀아가 명령을 내렸다.

뒤이어 멈칫해 있던 백무단의 궁수들이 시위를 당기기 시작했다.

슈, 슈, 슈, 슉…….

채챙, 채, 채, 채, 챙……!

무산과 석금이, 이재천, 팽이는 빠르게 원을 형성하며 검과 도, 봉을 휘둘러 화살을 쳐냈다.

일단의 위기는 넘겼지만 그들은 여전히 포위되어 있는 상태였고, 마땅히 빠져나갈 구멍도 보이지 않았다. 그저 열심히 손을 움직이는 수밖에.

"영감, 나 아니었으면 어떻게 할 뻔했어? 그러게 손님들한테 바가지 씌울 생각만 하지 말고 평소에 진법 공부 좀 하지 그랬어."

그 와중에도 무산은 생색내는 것을 잊지 않았다.

"이런, 아둔한 놈! 도망갈 시간을 벌어주려고 일부러 질질 끌었건만, 미련하게 설쳐 대서 이런 위기를 자초하느냐?"

"……."

"푸헤헤, 농담이었느니라. 물론 이제껏 내가 도와준 것에 비하면 새 발의 피지만, 어쨌거나 고맙다. 살아서 팽가객잔으로 돌아가면 거하게 한턱 쏘마!"

팽이는 유쾌하게 웃으며 말했다.

하지만 궁수들 뒤편에 서 있는 귀아와 눈길이 마주치는 순간 그 웃음은 싸늘하게 식었다.

"탁비류, 일단은 네놈 먼저 손을 봐야겠지? 푸히히, 네놈이 사특한 술수로 내 눈알을 팽팽 돌게 만들었단 말이지. 네놈도 한번 당해보거라. 파룡도법 제2초 천지개벽(天地開闢)!"

팽이가 장도(長刀)를 휘두르며 빠르게 몸을 회전시켰다.

그러자 마치 팽이의 움직임이 분신술처럼 여러 동작으로 현란하게 나뉘기 시작했다.

"헛……!"

귀아는 다급성을 내며 신형을 날려 궁수들을 타 넘었다.

그리고는 곧장 쇄겸도를 휘두르며 회전하고 있는 팽이를 덮쳐 갔다.

'그래… 지난 50년 동안 이 장면을 수만 번은 되새겼을 것이다.'

귀아의 표정엔 묘한 흥분감이 자리 잡고 있었다.

그럴 수밖에… 50년 전의 탁비류, 즉 귀아는 그동안 단 한 번도 팽이를 잊어본 적이 없었던 것이다.

싸움에서 패한 탁비류는 이후 꿈속에서도 팽이에게 시달려야 했다. 자신의 몸을 휘감던 도기(刀氣), 팽이의 사특한 미소…….

'만약 똑같은 순간이 재현된다면 어떻게 할까?'

귀아는 어느 날 그런 생각을 하게 되었고, 이후 10여 년간 하북팽가의 도법을 연구했다. 그는 원래 검을 사용하는 검객이었으나 팽이를 깨기에 적당하다고 여겨진 쇄겸도로 무기까지 바꾸었다.

'간절하면 하늘의 뜻까지 움직인다고 했던가. 팽이, 네놈이 내 손에 걸리게 되었구나!'

주마등처럼 스쳐 가는 많은 생각들.

하지만 탁비류의 상황은 좋지 않았다. 한줄기 회오리와 함께 팽이의 장도에서 뻗어난 붉은 도기(刀氣)가 그를 덮어갔던 것이다.

'이게 아니다……!'

귀아는 그사이 달라진 팽이의 도법에 우선 당혹스러워했다.

팽이의 도법은 하북팽가의 도법과 전혀 다른 양상을 띠고 있었던 것이다.

당연한 일이었다. 귀아가 팽이의 도법에 얽매여 있는 동안, 팽이 역시 일소천의 용등연검법에 대항하기 위한 도법을 연구해 왔기 때문이다.
'하지만 어쩔 수 없지 않은가……!'
귀아는 쇄겸도를 힘껏 휘두르며 자신을 덮쳐 오는 도기(刀氣)에 그대로 몸을 던졌다.
"끄아아아악―"
"헉―!"
…….
빗발같이 퍼붓던 화살이 뚝 끊겼다.
귀아는 온몸에 화살을 박은 채 불에 그슬린 것처럼 처참하게 죽어 있었고, 팽이의 어깻죽지에는 귀아의 쇄겸도가 박혀 있었다.
"으… 이따위 녀석에게 일격을 당하게 될 줄이야……."
팽이는 신형을 비틀거리며 뒤로 한발 물러섰다.
팽이로서도 귀아가 동귀어진(同歸於盡)의 수를 쓰리라고는 미처 생각지 못했다. 그것이 실수였다.
방금 전 귀아는 백무단의 궁수들이 쏘아대는 화살과 팽이가 쏘아낸 도기(刀氣)를 그대로 맞으며 뛰어들었다. 그는 오로지 팽이의 정수리에 쇄겸도를 찍어내기 위한 한 수에 목숨을 버린 것이다.
한편 팽이는 귀아의 야비한 성격을 잘 아는 만큼 그의 공격을 허초라고 여겼다.
더욱이 이미 도기를 쏘아낸 상태이므로 사방에서 날아드는 화살을 쳐내는 것이 급선무였다. 그런데 귀아가 그대로 자신을 덮치며 쇄겸도를 내리찍은 것이다.
살심(殺心)만 있다면 꼬챙이 하나로도 살인을 저지를 수 있는 것이 인간이다.

도(刀)를 휘두르는 팽이의 모습을 보며 귀아는 순식간에 과거의 악몽 속에 빠져들었다. 50년이 지난 일이다. 부모를 죽인 원수라 해도 용서할 수 있는 시간이다. 하지만 이미 죽었다고 생각했던 팽이를 우연히 마주친 귀아는 가슴속에 잠자고 있던 살심이 깨어나는 것을 느꼈다.

팽이의 정수리에 쇄겸도를 내리찍던 순간 귀아의 쇄겸도는, 아니, 귀아 자신은 살심을 담은 꼬챙이 하나로 화했다.

군더더기없이 깔끔한 살수가 펼쳐진 것이다.

만약 위기를 느낀 팽이가 도를 들어 쇄겸도를 막으려 했다면, 쇄겸도는 지금처럼 그의 어깨를 찍고 있는 것이 아니라 목적했던 정수리에 그대로 꽂혀들었을 것이다. 모든 초식을 버린 귀아의 쇄겸도는 섬전처럼 빠른 속도로 내리꽂혔기 때문이다.

다행히 팽이는 도로 쇄겸도를 쳐내거나 뒤로 물러서는 대신, 고꾸라지듯 귀아를 향해 돌진했다.

귀아는 이미 팽이의 도기를 뚫고 나오며 통닭처럼 구워져 있었고, 그의 쇄겸도 역시 방향을 틀지 못한 채 팽이의 어깨에 찍혀 버렸다.

그야말로 순식간에 벌어진 상황이었다.

"사부, 지금 어깨에서 피나요. 많이 아프겠어요."

이재천이 치웅도를 늘어뜨린 채 팽이에게 다가서며 말했다.

백무단과 적무단을 지휘하던 귀아의 죽음으로 인해 싸움은 다시 소강상태에 접어들었다. 궁수들은 넋을 잃은 채 자신들의 화살에 박혀 죽은 귀아를 쳐다보았고, 검수들 역시 어정쩡하게 선 채 눈치만 살피고 있었다.

"푸히히, 두백아, 사부는 괜찮다. 빨리 빠져나갈 궁리나 하자꾸나."

팽이는 어깻죽지에 박힌 쇄겸도를 뽑아내며 가볍게 웃어 보였다.

그러나 고통이 만만치 않은지 입가의 웃음이 묘하게 비틀어졌다. 그 모습을 지켜보던 무산이 사특하게 웃으며 이재천에게 시선을 돌렸다.
"알고 보면 팽 영감이 정말 훌륭한 사람이야. 어휴, 저거 봐. 뼈까지 드러났잖아? 그런데도 제자가 걱정할까 봐 내색도 않고… 두백아, 너도 업을 사람 생겨서 좋겠다."
"두목 말이 맞다. 이런 상황에선 제자 된 도리로 이 공이 영감 업어야 한다."
석금이까지 가세하며 이재천을 빤히 쳐다보았다.
"이놈들……! 나까지 업히면 여길 어떻게 빠져나간단 말이냐? 더구나 우리 두백이는 뼈대있는 가문의 자손이다. 나를 업으면 품위가 손상될 것 아니더냐."
팽이는 건재함을 과시하기 위해 도(刀)로 바닥을 내리찍으며 말했다.
하지만 곧 신형이 비틀거렸다.
낫처럼 휘어진 쇄겸도의 칼날은 어깻죽지로부터 등을 파고들어 아슬아슬하게 심장을 빗겨갔다. 그만큼 중상이었던 것이다.
그 순간 팽이의 앞으로 다가온 이재천이 허리를 굽히며 눅눅한 음성으로 말했다.
"사부, 사부는 우리 아버지나 다름없어요. 아버지를 업는데 왜 품위가 떨어지겠어요? 어서 등에 업혀요. 사부는 두백이가 지켜 드립니다."
"……."
팽이의 눈가에 슬쩍 이슬이 맺혔다.
'두백이 이놈, 오늘 이 사부를 두 번이나 울리는구나. 흐흐흑……!'

3장 소림별곡

아홉은 수의 끝이다.
하나는 수의 시작이다.
끝이라 생각할 때,
삶은 다시 시작된다.

소림별곡

"정말 환장하겠군. 저건 또 뭐야!"

지붕과 담장을 건너뛰며 후문을 향해 달아나던 이편은 탑림과 맞닿은 미타전(彌陀殿)의 지붕 위에서 동작을 딱 멈췄다.

전방에 펼쳐진 탑림을 천무밀교의 무사들이 가득 채우고 있었던 것이다.

정말이지 눈앞이 캄캄했다. 후문으로 가기 위해선 반드시 탑림을 지나쳐야 하기 때문이다.

"청혜야, 이놈. 우리가 뭘 어쨌다고 장이 뒤집힌단 말이더냐?"

"이놈이 벌써부터 사부들을 괄시하는구나. 아이고, 분통해라."

이편의 뒤를 따르던 쌍마불이 차례로 소리를 내질렀다.

"사부님들, 그게 아니라요……."

퍽, 퍼버벅……!

이편은 뭐라고 변명을 하려 했지만 곧바로 날아온 주먹에 비명을 내지르며 지붕에서 떨어져 내렸다.
"끄아아아—"
쿵……!
쌍마불이 비록 좌우명을 불문곡직에서 일문곡직으로 바꾸기는 했지만 달라진 것은 아무것도 없었다. 한 번 물어보기는 했으나 어차피 상대의 대답은 안중에도 없었기 때문이다.
'천무밀교 애들보다 더 무서운 늙은이들이야, 저 늙은이들이…….'
이편은 길게 한숨을 내쉬며 다시 지붕 위로 날아올랐다.
이편을 발견한 백무단원들이 한꺼번에 몰려들었으므로.
"이런… 정말 환장하겠구려. 도대체 저길 어떻게 뚫고 나간단 말이오?"
뒤이어 도착한 천검 오관필이 한숨을 내쉬며 아예 용마루에 걸터앉았다.
'망덕이, 아니, 청혜가 하려던 말이 저 말이 아니었을까?'
'하긴 아무려면 심성 곧은 청혜가 우리 욕을 하려 했겠어? 우리가 또 앞서 갔나 보군.'
천검 오관필의 이야기를 듣고 있던 쌍마불은 겸연쩍은 표정을 지으며 귀를 어루만졌다.
방금 전 이편이 말했던 환장할 일이 결국 탑림의 상황 때문이었음을 알게 된 것이다.
"청혜야, 곁에 있느냐?"
천상마불이 고개를 이리저리 돌리며 이편을 찾았다.
비록 눈은 없으나 후각과 청각이라면 강호제일을 자처해도 될 쌍마불이었다. 이편이 아무리 멀찍이 떨어져 있다 해도 모를 그들이 아니었다.
하지만 무작정 주먹을 날린 게 나름대로 미안한지라 딴전을 피우고 있었던 것이다.

'염병! 내가 좀 젊어 보이긴 해도 지천명에 접어든 나이야. 그런데 매일 이렇게 맞고 살아야겠어? 나는 왜 찾아. 미안한 척하면서 또 때리려고? 대답 안 해, 아니, 죽어도 못해!'

이편은 기와 위에 납작 엎드린 상태로 숨소리도 내지 않았다.

"지상아, 아무래도 우리가 청혜를 너무 괴롭히고 있는 거 같지? 그만한 제자도 찾기 힘든데 말이야."

"맞습니다, 형님. 그렇게 심성 고운 아이가 우리를 욕할 리가 없는데… 이놈의 성질머리 때문에 애꿎은 청혜만 고생하고 있습니다."

"음, 그래. 이제부터라도 청혜에게 잘해주자꾸나."

"두말하면 잔소리지요. 차기 소림 방주가 될 아이인데, 함부로 손찌검이나 하고… 정말 우리가 나잇값을 못했습니다, 형님."

쌍마불은 가까운 곳에서 듣고 있을 이편을 의식하며 최대한 가식적인 대화를 나누었다.

그사이 탑림의 군사들이 미타전의 지붕 아래로 몰려들었고, 일백여 명의 궁수들이 3열로 포진해 활을 겨누고 있었다.

"아니, 저기 있는 이들은 개방의 천 방주 일행 아닙니까. 어허, 이런… 저쪽의 사정이 최악입니다그려."

백검 백승목이 고개를 설레설레 저으며 한숨을 내쉬었다.

그는 지붕 아래에 포진해 있는 궁수들은 아예 안중에도 없는 듯했다.

그럴 수밖에 없었다. 현재 미타전의 지붕 위에는 백승목 자신과 쌍마불, 천검 오관필, 배은망덕 이편, 갑수(甲手) 추록, 상아검(象牙劍) 최특, 그리고 오륜문과 백천문의 정예 6명이 모여 있었다.

나머지 인물들은 이미 천무밀교의 무사들 손에 죽임을 당했다.

즉 이곳까지 동행할 수 있었다는 것은 무공이 이미 절정고수의 수준에 이르렀다는 의미다. 궁수들이 쏘는 화살 따위에 떨 사람은 아무도 없었다.

"노선배님들, 혹시 탑림 외에 후문에 닿을 수 있는 길이 있습니까?"

백승목이 쌍마불을 쳐다보며 물었다.

"글쎄… 탑림이야 돌아가면 되겠지만, 그렇다고 길이 뻥 뚫려 있겠느냐?"

"제 말씀은 비밀 통로나 적들이 모르는 소로(小路) 같은……."

"이놈아, 방금 전 개방의 우막이가 곤경에 처해 있다고 하지 않았느냐? 그런데 우리끼리만 쏙 빠져나가자는 얘기냐?"

백승목의 말이 채 끝나기도 전에 천상마불이 노성을 터뜨렸다.

"선배님들, 하지만 지금 저 무리들 안으로 뛰어드는 것은 자살 행위나 다를 바 없습니다. 현재 탑림 안에선 근 2천의 적들이 수십 겹으로 그들을 에워싸고 있습니다."

천상마불의 말에도 불구하고 백승목은 솔직한 마음을 감추려 하지 않았다.

"허허… 이제껏 행동을 같이하기에 괜찮은 녀석인 줄 알았더니, 네놈이 소인배였구나."

지상마불이 두 사람의 대화에 끼어들어 백승목을 나무랐다.

그런데 곧 이어 가세한 오관필로 인해 지붕 위의 일행은 처음으로 갈등을 빚기 시작했다.

"그렇게만 생각하실 일이 아닌 듯합니다. 백 문주는 강호가 인정하는 협객입니다. 이곳까지 오게 된 것도 목숨을 초개처럼 버릴 줄 아는 의협심 때문이었구요. 하지만 지금 탑림으로 뛰어들어 저들과 함께 죽는 것이 정의라고는 할 수 없지요. 어차피 모두가 살아서 나갈 수는 없습니다. 범현 거사를 생각해 보십시오. 당장은 소림사를 벗어나는 것이 정의

입니다."

"끄응— 형님, 우리가 너무 많은 말을 들어주고 있는 것 아닙니까? 이놈들을 불문곡직하고 두드려 패시는 것이······."

지상마불이 불쾌한 표정을 지으며 천상마불을 바라보았다.

그런데 천상마불은 아무 대답도 없이 이편이 숨죽여 누워 있는 곳으로 고개를 돌렸다.

"지상아, 모처럼 우리도 의견이 갈리게 되었구나. 다시 들어보니 저놈의 말이 무조건 틀린 것은 아니다. 가끔은 살아남는 것이 정의이기도 하지. 이곳은 너와 내가 맡기로 하자꾸나. 우리야 어차피 마륵으로부터 세상을 구하는 것이 업보 아니더냐. 하지만 청혜 저 아이는 소림사의 진전을 이어야 할 아이다. 결코 죽어서는 안 되는 아이란 말이지."

"······."

천상마불의 입에서 나온 뜻밖의 말에 배은망덕 이편은 몸을 일으켰다.

"음··· 형님, 그 말이 맞는 것 같소. 크헤헤헤헤. 우리 형제가 이제 열반에 들 때가 된 모양이오. 이렇게 바람직한 사고를 할 수 있다니······."

"크하하하! 그래도 우리는 제자를 남기고 가게 되었다. 모두 그동안 쌓은 선행의 결과지. 아무렴!"

쌍마불은 눈동자가 없는 휑한 눈두덩을 서로에게 향하며 크게 웃었다.

"사부님들······."

배은망덕 이편은 쌍마불의 대화에 얼마간 감동한 나머지 얼굴이 붉게 상기되었다.

그것을 아는지 모르는지 천상마불이 담담한 음성으로 이편을 불렀다.

"청혜야, 이놈. 잠시 이리 와보거라."

"예? 왜, 왜요?"

이편은 화들짝 놀라며 한두 걸음 뒤로 물러섰다.

혹시 방금 전 자신이 쌍마불의 부름에 대답하지 않은 것을 빌미 삼아 매타작을 하려는 것이 아닐까 하는 의심이 불쑥 들었다. 어쩌면 이제까지 했던 말 모두가 자신을 유인하기 위한 계략일지 모른다는 생각도 들었다.

하지만 한 가지 확실한 것은 지금 가지 않으면 더 큰 후환이 기다리고 있으리라는 것이었다.

이편은 최대한 조심스럽게 천상마불 곁으로 다가갔다.

"아야야!"

아니나 다를까, 천상마불은 귀신같은 동작으로 이편의 귓불을 잡아당겼다.

"이놈아, 네놈이 사소한 일에 토라져 사부들의 부름을 무시했으렷다? 크하하하. 하지만 마지막이 될지도 모르니 특별히 용서해 주마."

천상마불은 털털하게 웃으며 두 손으로 이편의 얼굴을 감싸 어루만졌다.

그의 전음이 들려온 것도 동시였다.

[사랑스러운 놈……! 청혜야, 잘 듣거라. 너는 이제 일행과 함께 조사전(祖師殿)으로 향해라. 그 안에 들어, 제단 앞에 놓인 향로를 우측으로 돌리거라. 그러면 통로가 나올 것이다. 계단을 따라 조금 내려가면 열여덟 갈래 동굴이 나오는데, 좌측에서 세 번째는 정문으로 통하며 우측에서 두 번째는 후문으로 통한다. 나머지는 모두 사혈(死穴)이니 잊지 말아야 하느니라. 청혜야, 우리가 함께한 시간이 길지 않아 네게 많은 것을 가르치지 못했다. 하지만 너는 바탕이 맑아 깨우침도 빠를 것이다. 부디 소림의 역대 고승을 능가하는 훌륭한 중놈이 되거라.]

뒤이어 지상마불의 전음도 들려왔다.

[청혜야, 네놈은 이제껏 네놈의 정욕으로 인해 인생이 망가져 왔다 생

각했을 것이나, 그렇지 않다. 싯다르타가 가장 힘들게 떨친 유혹 역시 색(色)이었느니라. 너는 그 유혹에 맞서는 동안 다른 모든 욕망들을 제압했고, 이제 색(色)조차도 함부로 너를 어찌지 못한다. 만약 석가모니가 다시 사람으로 태어난다 해도 너처럼 유혹을 잘 극복해 내지는 못할 것이다. 천상 형님의 말씀대로 부디 소림을 빛내는 훌륭한 중놈이 되거라.]

······.

쌍마불의 전음을 듣는 동안 이편의 눈에서는 눈물이 흐르고 있었다.

비록 짧은 만남이었으나 인생을 살아오는 동안 쌍마불만큼 완전하게 자신을 이해해 준 사람들은 없다는 생각이 들었다.

"사부님들······!"

마음 같아서는 쌍마불과 함께 남아 천우막 일행을 돕고 싶었다.

하지만 그럴 수 없었다.

이제 자신이 해야 할 일이 무엇인지 명확히 깨달았기 때문이다.

어느 사이 시작된 것인지 궁수들이 연신 시위를 당겨 화살을 날렸고, 백승목과 오관필 등이 검막을 형성해 화살을 튕겨내고 있었다.

"절 받으십시오, 사부님들! 행여나 죽어 검림지옥을 헤매게 되시더라도 이 제자에 대한 믿음을 가지고 꿋꿋하게 견뎌내십시오. 못난 제자 청혜가 기필코 성불을 이루어 사부님들을 구하러 가겠습니다."

이편은 소매로 눈물을 닦으며 고개를 들었다.

마지막이 될지도 모르는 쌍마불의 모습을 오랫동안 쳐다보기 위해서였다.

하지만 그 순간 이편의 눈에 들어온 것은 묘하게 뒤틀린 두 늙은이의 사특한 표정이었다.

아니나 다를까······.

퍽, 퍽, 퍼퍼퍽……!

"끄아아—"

천상마불과 지상마불의 조직적인 폭력이 마지막으로 빛을 발했다.

"이런 씹어 먹을 놈. 아예 지옥에 떨어지라고 염불을 외거라! 지상아, 마지막 기회이니라. 천성 그대로 불문곡직하자꾸나."

"여부가 있겠습니까. 지옥에 떨어져도 이놈이 구해준다니 마음 놓고 두드립시다, 형님. 크헤헤, 아예 이놈 법호를 배은망혜로 바꿔 버릴까요? 보다보다 이런 싸가지없는 놈은 처음 봅니다. 검림지옥이라니……!"

퍽, 퍼버벅……!

"끄아아악—"

…….

…….

"지상아, 우리의 마지막 모습이 제법 멋지게 각인되었겠지?"

"크헤헤헤. 형님, 청혜 그 녀석이 제법 순진하지 않습니까. 아마 우리 마불 형제의 유언을 기록해 소림의 역사에 길이 남게 할 겁니다."

이편이 일행을 데리고 조사전으로 떠날 때까지 혼신을 다해 장력을 날려 길을 열었던 쌍마불.

그들은 방금 전 미타전의 지붕을 뚫고 전각 안으로 들어와 잠시 숨을 돌리고 있었다.

얼마 지나지 않아 천무밀교의 무사들이 들이닥칠 것이나 쌍마불로서는 조금이라도 시간을 벌 수 있었다.

이미 바닥까지 내력을 긁어모아 소모했다. 짧은 시간 안에 기력을 회복한다는 것은 불가능하다.

하지만 촌각의 시간이나마 쌍마불에겐 소중했다.

지난 80년간 뇌옥에 갇혀 지내며 단 한 번도 시간의 가치를 느끼지 못했다. 그런데 지금 쌍마불은 세상 그 무엇보다 소중한 것이 시간임을 느끼고 있었다.

그것 역시 시간만이 가지는 마술일지 모른다. 수십 년의 시간과 단 몇 각에 불과한 시간. 똑같은 단위로 재어지지만 그것들이 가지는 무게의 차는 하늘과 땅이다.

"형님, 어쨌거나 우린 한날한시에 죽게 되겠구려."

"크하하하! 어쩌면 내생에서도 다시 만나게 되겠구나."

"혹시 아우, 부부로 만나게 될지……."

"아서라, 이놈. 나는 다시 태어나도 중놈으로 살아갈 것이니라. 생각해 보거라. 철 따라 피고 지는 꽃들의 아름다움을 아는 자 누가 있겠느냐. 풀벌레 한 마리의 울음에 귀 기울일 수 있는 자 누가 있겠느냐. 오가는 사계의 바람이 지닌 색깔을 볼 수 있는 자 누가 있겠느냐. 시인 나부랭이는 기껏해야 손끝으로 그것을 느낄 수 있을 것이나, 우리 중놈은 온몸으로 그것들을 키운다. 그러니 마음은 우주가 되고……."

쉬쉭, 쉬, 쉬, 쉬, 쉭……!

천상마불의 말이 채 끝나기도 전에 전각 안으로 날아드는 파공성이 있었다.

화르륵……!

꿈틀거리며 공기를 집어삼키는 불길의 포효, 메케한 연기, 사방에서 피어오르는 그을음.

고수를 상대하며 많은 인명 피해를 본 천무밀교의 무사들이 화공(火攻)을 펼치기 시작한 것이다.

"크헤헤헤, 형님, 그런 주접은 청혜 그놈 있을 때나 떨지 그러셨수. 나야 이미 형님의 바탕을 아는데 그 따위 미사여구에 넘어가겠수?"

"크하하하! 지상아, 이놈. 어쨌거나 내생에서 만나자꾸나."
 천상마불은 막 번져 가기 시작하는 불길을 뚫으며 전각 밖으로 몸을 날렸다.
 "쯧쯧, 저 성질머리 하고는… 뭐 그리 급할 일이 있다고……."
 지상마불 역시 한 차례 호흡을 가다듬은 후 천상마불의 뒤를 따랐다.
 "크아아아아—"
 "크르르르르—"
 소림의 미타전 마당, 두 마리의 맹수가 터뜨린 사자후가 숭산 전체를 울리기 시작했다.

2
소림별곡

쾅, 쿠쿠쿠쾅……!

무산과 이재천, 석금이가 동시에 쏘아낸 장력은 대단한 기세로 폭사하며 백무단원들을 쓰러뜨렸다.

"으아아악—"

"끄아악—!"

끔찍한 비명 소리가 탑림을 울리는 것과 동시에 세 사람은 허공으로 떠올랐다.

방금 전 무산과 이재천, 석금이 세 사람은 검풍과 장력을 쏘아내며 그 반탄력을 이용해 5, 6장 밖으로 빠르게 신형을 옮긴 것이다.

"또 한 번!"

무산의 신호에 이어 다시 강기가 쏘아졌고, 멍하니 서 있던 백무단원들이 파편처럼 사방으로 튀어 나갔다.

"으아아악—"

…….

하지만 세 사람은 각자 당개수와 팽이, 천우막을 업고 있는 상태인만큼 동작에 제약이 따를 수밖에 없었다.

두 번째로 그들이 뻗어 나간 거리는 대략 4, 5장. 반면 탑림이 끝나는 지점까지는 아직 40여 장의 거리가 남았다. 더욱이 그곳에서 후문이 시작되는 숲까지의 거리는 8백여 장. 지금과 같은 속도로는 도저히 소림사를 빠져나가지 못할 듯했다.

'이거 산으로 소풍 가는 거북이 심정을 알 수 있을 것 같군!'

무산은 바닥에 내려서는 것과 동시에 좌우에서 덤벼드는 백무단원들을 향해 검을 날렸다.

"헉—"

"크헙—"

물이 오를 만큼 오른 무산의 검법. 검에 쓸려 나간 두 명의 사내는 지극히 단조로운 단말마만을 남긴 채 숨을 거뒀다.

"이야, 두, 두목 정말 빠르다."

"굼벵이도 헥, 헥… 구르는 재주가 있다더니, 삼십육계엔 일가견이 있구나."

뒤이어 바닥에 착지한 석금이와 이재천이 숨을 할딱이며 중얼거렸다. 다리에 힘이 풀리는 것이 아무래도 한계에 다다른 듯했다.

덕분에 상황은 얼마 전과 비슷한 양상이 되었다. 천무밀교의 무사들이 그들을 에워싸며 검을 들이댔고, 그 거리는 서서히 좁혀지고 있었다.

'젠장. 우리 꽃사슴이 반드시 아들을 낳아야 하는데… 그래야 제삿밥을 얻어먹을 수 있는데… 그나저나 우리 꽃사슴이 수절을 할 수 있을까? 개가라도 하면 제삿밥 얻어먹기 힘든데. 화산으로 떠나던 날 내가 좀 심했지? 속 좁은 마누라가 꽁하고 있지나 않을는지…….'

무산은 목전에 다가온 죽음의 그림자를 느끼며 당수정의 얼굴을 떠올렸다.

그런데 그때였다.

콰, 콰, 콰, 콰쾅……!

후문 쪽에서 굉음과 함께 강력한 기풍(氣風)이 휘몰아치며 폭사가 일어났다. 무산이 그쪽으로 시선을 돌렸을 때는 햇빛을 튕겨내는 검신이 허공에 솟구치고 있었다.

"사부……!"

무산의 입에서 낮은 탄성이 흘러나왔다.

"용등연검법 제4초 고돌비상(孤咄飛上)!"

허공에 모습을 드러낸 일소천이 태양을 가를 듯 검을 내뻗었다.

우우—웅, 우우우우우—우웅……!

익숙한 검명(劍鳴)!

고막을 찢고 머리를 쪼갤 것 같은 심오한 검명이 탑림 전체를 뒤흔들었다.

'아, 저것이 진정 사부의 모습이었단 말인가?'

무산은 몇 달 전 죽림에서 펼쳐졌던 일소천의 용등연검법이 상당히 절제된 시범이었음을 깨닫게 되었다. 지금 새롭게 그의 눈앞에서 전개되는 용등연검법에선 말 그대로 등천하는 용의 웅장한 기상이 느껴졌던 것이다.

콰, 콰, 콰, 콰, 쾅……!

다시 한 번 거대한 폭음과 함께 검기가 폭사되었다.

그렇지 않아도 검이 내지르는 음공에 기혈이 뒤틀려 푹, 푹, 쓰러지던 하급무사들이 끔찍한 비명을 내지르며 검풍에 휩쓸려 갔다.

"두백이, 석금이, 지금이다. 무조건 달려!"

무산은 내력을 바닥까지 긁어 빠르게 앞으로 내닫기 시작했다.

검을 찔러 들어오던 백무단원을 의식하며 달릴 때와는 달리, 무산은 모든 진기를 경공에 집중시킨 덕분에 바람을 가르며 쑥쑥 앞으로 뻗어 나갈 수 있었다.

"석금이도 같이 가자, 두목!"

"똥개도 집 앞에선 반 먹고 들어간다더니, 지네 영감 나타나니까 용이 뻗치는군?"

석금이와 이재천 역시 기회를 놓칠세라 신형을 뻗어 나갔다.

하지만 그들이 약 10여 장을 그렇게 뻗어 나갔을 때 여덟 명의 적의인들이 앞을 막았다.

천무밀교 무사들은 이미 경내를 완전 장악한 만큼 모두 이곳 탑림으로 집결하고 있었다. 앞을 가로막은 적무단원들 역시 지금 막 탑림에 투입된 것으로, 또 다른 다섯 명의 적의인은 20여 장 밖에 있는 일소천을 포위하고 있었다.

"놀랍군. 이 작은 절간을 접수하는 데 전력의 2할이 소모되었다. 최정예라 할 수 있는 우리 적무단도 30여 명이나 희생됐어. 하하하, 이빨 빠진 호랑이치곤 제법이었어. 하지만 네놈들의 운은 여기까지다."

앞을 가로막은 적의인들 중 한 명이 음산한 음성으로 말했다.

그는 별다른 무기 없이 우수에 쇠갈퀴 하나만을 끼워 넣고 있었다. 체형에 비해 기이할 만큼 머리가 작았으나 눈에서 보여지는 광염(狂炎) 탓에 오싹한 느낌이 전해졌다.

일단 적무단원들이 나타나자 백무단원들은 서서히 거리를 넓혀 그들로부터 10여 장 밖으로 물러서기 시작했다.

지금 앞을 가로막은 여덟 명의 적무단원에 대해 익히 알고 있는 눈치였다.

"석금아, 그만 이 사부를 내려놓거라."

언제 깨어난 것인지 팽이에게 일격을 당해 기절해 있던 천우막이 입을 열었다.

"어? 사부 영감 일어났구나. 히히, 도망가려면 아직 멀었다. 좀 더 자라."

"이 녀석아, 저놈들의 기도가 보통이 아니다. 너희 셋으론 감당하기가 힘들단 말이지."

"끙……! 두백아, 이 사부도 그만 내려야겠구나."

이재천의 등에 업혀 있던 팽이도 적의인들에게 시선을 준 채 입을 열었다.

'이쒸— 이거 뭐야, 나만 장인 업고 싸워야 하는 거야?'

무산은 입술을 삐죽 내민 채 석금이와 이재천을 노려보았다.

지금 자신이 업고 있는 당개수는 상처가 심한 데다 무공 또한 상대적으로 약했다. 내려놓는다고 해서 전력에 도움이 되지 않았다.

아니, 오히려 그를 보호하느라 제 기량을 펼치지 못할 형편이다. 죽이 되든 밥이 되든 업고 있어야 했다.

"사… 사위, 나… 도 등에서 내리는 게에에……."

당개수는 정신이 혼미해지는지 말도 끝맺지 못한 채 고개를 떨구었다.

'잘 생각하셨습니다. 그냥 푹 주무세요.'

무산은 당개수를 묶고 있는 상의를 다시 한 번 꼭 다잡아 묶은 후 적의인들에게 연검을 겨누었다.

하지만 그 역시 상처를 입고 있는 데다 이미 진기를 많이 소모한 상태였다. 다리가 후들거리고 눈까지 침침했다.

'젠장, 세상을 위해 아직 할 일이 많은데 여기서 죽게 생겼군……!'

무거운 한숨이 무산의 입을 비집고 새어 나왔다.
 한편 일소천은 자신을 포위한 적의인들과 이미 치열한 공방을 펼치고 있었다.
 방금 전 기염을 토해내던 모습은 어딜 간 것인지, 일소천은 적의인들의 칼날에 아슬아슬하게 쫓기며 숨을 할딱일 뿐이었다.
 어쩔 수 없었다. 일소천 역시 낭만파 계휼과의 일전에서 심한 내상을 입었다.
 게다가 방금 전 무리하게 공력을 이끌어 검기를 쏘아낸 탓에 고수 다섯을 한꺼번에 상대할 힘이 남아 있지 않았다.
 '어이쿠, 빈혈이야……. 이래서 늙으면 골로 가야 하는 게야. 요 새파란 녀석들에게 후달리고 있으니, 이거 영 체면이 아니군. 어쭈, 또 찔러 들어오냐? 그놈들 참 팔팔하구나…….'
 일소천은 긴 도포 자락과 연검으로 다섯 방향에서 동시에 파고드는 검을 힘겹게 쳐냈다.
 하나하나가 만만치 않은 고수였다.
 일소천이 동물적인 본능적으로 검을 쳐내고는 있었으나 튕겨 나간 검은 어느새 일소천의 급소 앞에 다다르곤 했다. 더구나 그들은 아직 힘이 넘쳐 나는 상태였으므로 검에 실린 힘 역시 상당한 것이었다.
 그런데 그런 사정을 아는지 모르는지 저편에서 팽이의 목소리가 들려왔다.
 "소천아, 이놈. 지금 거기서 놀고 있을 때가 아니다. 냉큼 이쪽으로 건너오너라!"
 적의인들의 등장과 함께 백무단원들이 빠져나가면서 일소천과 팽이 일행 사이엔 적의인들만이 길을 막고 선 상황이었다.
 덕분에 그들은 어렵지 않게 서로의 처지를 구경할 수 있었다.

"네놈이 이쪽으로 건너오너라. 너희는 여섯이고, 여기는 나 혼자가 아니냐, 이놈아."

일소천은 속이 터져서 팩, 소리를 내질렀다.

그런데 그 순간 앞쪽에 있던 적의인이 날린 검이 어느새 코앞에 들이닥치고 있었다.

쳐낼 시간이 없었다. 일소천은 다급하게 허리를 뒤로 꺾는 동시에 아래에서 위로 검을 휘둘렀다.

"헉!"

검을 날리던 적의인의 입에서 단말마가 새어 나왔다.

일소천으로선 가슴이 뜨끔한 상황이었다.

아니, 턱이 뜨끔했다. 재빨리 몸을 꺾어 검을 피하기는 했으나 상대의 검이 살짝 턱을 스치고 지나갔던 것이다.

문제는 그 다음이었다.

일소천은 후속 공격을 피하기 위해 허리를 꺾은 상황에서 곧바로 오른발을 축으로 회전했다. 그사이 회수된 검은 우측에서 치고 들어오던 적의인의 검을 쳐냈다.

하지만 그 순간 두 명의 적의인이 허공의 좌우에서 일소천을 향해 쏜살같이 검을 휘두르며 떨어져 내리고 있었다.

"헛!"

일소천은 다급성을 내지르며 곧장 우측의 적의인을 향해 몸을 눕혀 뻗어 나갔다.

그사이 연검의 끝이 바닥에 닿았고, 일소천은 그 탄력을 이용해 거꾸로 회전해 올랐다.

우측의 적의인이 미처 검을 날리기도 전 일소천의 좌각이 그의 얼굴을 가격했고, 바닥을 튕긴 검은 떨어져 내리던 두 사내의 검을 동시에 쳐냈다.
 "헥헥, 늙은 것도 서러운데 경로 사상이라고는 쥐뿔도 없는 놈들이군. 헥헥헥!"
 순식간에 두 명의 적의인을 쓰러뜨린 일소천은 아예 바닥에 퍼질러 앉아 숨을 헐떡였다.
 '헥헥, 더 이상은 때려죽인다 해도 못 움직이겠다. 가뜩이나 부실한 절간 밥 때문에 공력이 반으로 준 느낌이었는데, 그나마도 이젠 바닥이 났다. 헥헥!'
 단순한 푸념이 아니었다. 일소천은 하늘이 아예 노랗게 보일 지경이었다.
 "소천아, 이놈. 퍼질러 앉아 놀 시간이 있으면 이쪽 좀 거들어라!"
 다시 들려오는 팽이의 목소리.

 팽이 일행의 사정은 최악이었다.
 그들이 상대하고 있는 적의인들은 암기를 전문으로 다루는 자들로, 일행은 이미 몇 개의 암기에 당해 여기저기 상처를 입고 있었다.
 "끌끌끌……! 이건 완전히 시체나 다름없는 자들 아닌가. 그렇게 느려서야……!"
 갈퀴손의 적의인이 만족스런 웃음을 웃으며 팽이 일행을 둘러보았다.
 그들은 살풍(殺風)이라는 무리로, 적무단 내에서도 유독 악독한 자들이었다.
 원래는 개인적으로 행동하던 자들이나 어느 순간부터 무리를 이루었다. 암기에 주력을 하다 보니 혼자 행동하는 것보다는 다수를 이루는 것이 훨씬 유리했기 때문이다.
 무엇보다 그들이 무서운 이유는 철저하게 상대에게 자신의 공격법을 드러내지 않는다는 데 있었다.

 개인적으로 살수 활동을 해온 만큼 최대한 암습에 주력했고, 그것이 무리를 이룬 지금까지도 효과적으로 활용되고 있었던 것이다.

 방금 전 일행은 갈퀴손의 사내가 쏘아낸 철심에 한두 군데씩 상처를 입었다. 그런데 그것도 방심한 상태에서 당한 공격이었다.

 사내가 뭔가를 말하려는 듯 지그시 손가락을 펴 일행을 가리켰을 때 갑자기 갈퀴손에서 수십 개의 철심이 발사되었던 것이다.

 정파인들 중 갈퀴 안에 기관이 장착되어 있을 거라고 생각할 수 있는 사람은 아무도 없었다. 강호 경험이 많은 팽이와 천우막 역시 마찬가지였다.

 물론 암기와 독을 전문적으로 다루는 당문의 당개수가 있었지만, 그는 깊은 상처로 인해 혼절해 있는 상태였다.

 "헤헤! 그래, 너 무척 빠르다. 너 토끼다. 토끼라서 좋겠다."

 어깨에 박힌 철심을 빼내던 무산이 빈정거리듯 말했다.

 사실 철심은 무산을 향해 집중적으로 쏟아졌다. 만약 그가 연검을 휘둘러 철심을 쳐내지 않았다면 지금쯤 끔찍한 모습으로 바닥에 쓰러져 있었을 것이다.

 하지만 무산의 뛰어난 순발력에 불만을 가지고 있는 사람도 있었다.

 '산이 이 나쁜 놈! 너랑 친구 먹기로 했던 거 취소다.'

 좌측에 있던 이재천이 빠드득, 이를 갈며 무산을 노려보고 있었다.

 부챗살처럼 쏘아져 나간 철심에 각각 좌측 어깨와 오른쪽 가슴, 치웅도를 든 팔목을 관통당한 것이다.

 앞에서 무산이 연검으로 쳐낸 철심에 시야가 막혀 미처 자신에게 날아드는 철심을 모두 쳐낼 수 없었던 것이다.

 "끌끌! 너희 정파의 무리는 암기를 경시하는 경향이 있지. 그래서 늘 그것에 당해 죽게 되는 것이다. 오늘도 너희의 공부가 짧아 죽는 것이니 우리 살풍을 원망하지 말거라. 자, 그럼 본격적으로 시작해 볼까?"

갈퀴손 사내는 말을 마친 후 다시 갈퀴를 뻗어 일행을 겨누었다.

"헛!"

무산은 본능적으로 허공을 향해 시선을 돌렸다. 미세한 파공성을 들은 것이다.

이번에도 속았다.

갈퀴손 사내가 일행의 이목을 집중시키는 사이 뒤편에 있던 적의인들이 허공에 암기를 흩뿌린 것이다.

하지만 암기는 포물선을 그리며 힘없이 떨어지고 있었다.

무산은 암기를 쳐내기 위해 재빨리 허공으로 연검을 뻗었다.

그런데 그 순간 천우막의 다급성이 터졌다.

"독 가루다, 사방으로 흩어져라!"

천우막의 말로 인해 일행은 다급하게 신형을 날려 자신들을 포위하고 있던 적의인들과 맞부딪쳐 갔다.

차르릉……!

무산이 앞을 가로막는 두 명의 적의인을 상대로 연검을 뽑는 순간 그의 등 뒤에서 무엇인가가 툭, 터지며 바람 빠지는 듯한 소리를 냈다.

"호흡을 멈춰라!"

다시 천우막의 음성이 들렸다.

무산은 호흡을 멈추며 잠시 주춤거렸다. 방금 전 바닥에 떨어져 터진 것이 독 가루였던 것이다. 하지만 적의인들은 아무렇지도 않은 듯 묘한 웃음을 머금은 채 작은 철봉으로 무산을 공격해 왔다. 미리 해독약을 먹어둔 것이 분명했다.

'최대한 빨리 손을 써야 한다!'

무산은 숨을 멈춘 상태로 빠르게 연검을 휘둘러 두 개의 철봉을 쳐내며 쭉쭉 뻗어 나갔다.

긴장으로 목덜미가 뻣뻣하게 굳었고, 전신에서 소름이 돋았다. 마치 죽음이 목전에 다다른 느낌이었다.

그런데 오히려 그런 긴장감이 무산의 동작을 빠르고 절제되게 만들었다. 만신창이가 되어 꿈쩍할 것 같지도 않던 몸이 새털처럼 가벼워진 것이다.

아니, 연검이 만들어내는 빠른 속도에 무산 자신이 휩쓸려 가고 있는 느낌이었다.

반면 무산을 상대하고 있던 적의인들의 표정은 싸늘하게 굳어갔다.

하지만 한순간 그들의 철봉 끝에서 미세한 소리와 함께 바늘 수십 개가 발사되었다.

슈슈슛……!

아찔한 순간이었다.

만약 두 개의 철봉을 빠르게 쳐내지 않았다면 무산은 고슴도치 같은 모습으로 바닥을 나뒹굴고 있었을 것이다.

"헉!"

비명은 엉뚱한 쪽에서 흘러나왔다.

무산의 연검에 의해 방향이 바뀐 바늘들은 어이없게도 갈퀴손의 사내에게 쏟아져 들어갔던 것이다.

갈퀴손의 사내는 믿을 수 없다는 표정으로 무산과 두 명의 적의인을 바라보다가 그대로 바닥에 나동그라졌다. 수십 개의 바늘에 관통당한 듯 그의 머리와 심장에서 핏방울이 실오라기처럼 새어 나오기 시작했다.

"으악!"

"크허헉!"

뒤이어 철봉을 들고 있던 두 명의 적의인 역시 비명과 함께 피를 쏟으며 바닥에 너부러졌다. 무산의 연검이 그들을 훑고 지나간 것이다.

"후우—"

아찔한 위기를 넘긴 무산은 길게 한숨을 내쉬며 주위를 둘러보았다.

사정은 그다지 좋지 않았다. 팽이와 천우막은 각각 한 명씩의 적의인을 쓰러뜨린 상태였지만 독에 중독된 것인지 바닥에 주저앉아 있었다.

다행히 이재천은 무사히 독 가루를 피한 듯했다.

하지만 다섯 개의 철침을 몸에 박은 상태로 7, 8장 밖에서 한 명의 적의인과 힘겨운 싸움을 하고 있었다.

외양상으로 제일 멀쩡한 것은 석금이였다. 그는 한 명의 적의인을 때려눕힌 후 연신 거친 숨을 내쉬며 두 번째 적의인을 압박해 들어가고 있었다.

그런데 이상한 일이었다.

이재천이야 독 가루가 터진 곳에서 멀찍이 떨어져 있어 괜찮다 쳐도 석금이는 아니었다. 그는 방금 전 독 가루가 터졌던 바로 그 위치에서 숨을 헐떡이며 싸우고 있었던 것이다.

무산이 쳐다보니 공기 중으론 아직까지도 미세한 독 가루가 피어오르고 있었다.

'어? 그러고 보니 나 역시 숨을 몰아쉬고… 푸후! 멍청이, 바보!'

무산은 자신과 석금이가 왜 독에 중독되지 않았는지 이상하게 여겼으나 곧 실소를 터뜨렸다. 깜구의 피를 마신 이후 만독불침까지는 아니더라도 독에 내성이 생겼다는 사실을 떠올린 것이다.

하지만 무산의 웃음은 금세 뚝 끊겼다. 등에 업혀 있는 당개수가 걱정되었던 것이다.

당개수는 비록 당문 출신이지만 독이나 암기를 경멸한 탓에 그것들과는 얼마간 거리를 두고 있었다. 더욱이 혼절해 있는 까닭에 무방비로 독에 노출되어 있는 상태였다.

"장인어른……!"

깡충깡충 뛰면서 당개수를 불렀으나 아무런 대답도 없었다. 불길한 예감이 들었다.

잠시 생각에 잠겨 있던 무산은 바닥에 쓰러져 있는 적의인에게 다가가 품속을 뒤졌다.

'있다……! 그런데 이거 너무 많잖아?'

무산은 적의인들이 혹시 해독약을 가지고 있지 않을까 하는 생각에 품속을 뒤진 것인데, 그들의 주머니에는 열 개가 넘는 종이 뭉치들이 들어 있었다.

도대체 어떤 종이에 싸인 것이 해독약인지 알 수 없었다.

'젠장……!'

어쩔 수 없는 일이었다.

무산은 쓰러져 있는 적의인들의 품을 뒤져 모든 종이 뭉치들을 수거해 품에 갈무리했다. 그리고는 곧장 이재천에게 달려갔다.

"두백이, 되게 불쌍한 몰골이구먼!"

무산은 이재천을 도와 적의인을 협공하며 말했다.

이재천은 여기저기 철심이 박힌 몸으로 무거운 치웅도를 휘두르고 있었으므로 그 동작이 무척 힘겨워 보였다.

"산이, 그래도 자네 몰골을 보니 좀 위로가 되는군."

무산의 합세로 얼마간 숨을 돌린 이재천이 무뚝뚝하게 대답했다.

"우린 정말 좋은 친구지?"

"그럼. 자네처럼 불쌍한 친구도 드물거든."

"나 역시 자네의 박복한 팔자가 마음에 든다네. 자네처럼 기구하게 살아가기도 힘들지."

"아닐세. 누가 보더라도 자네가 더 불쌍하지. 태생부터가 그렇지 않은가. 나는 뼈대있는 가문의 자식이지만, 자네는… 관두세. 어쨌든 자네가 더 불쌍하다네."

이재천은 잠시 멀뚱한 눈으로 무산을 쳐다보다가는 치웅도를 힘껏 던졌다.

"헉……!"

가슴에 치웅도를 꽂은 적의인이 단말마와 함께 그대로 뒤로 넘어갔다.

그는 무산의 가세로 수세에 몰리자 다급히 뒤로 물러서며 가슴속에서 독 가루를 꺼내고 있는 중이었다. 하지만 방심하고 있는 듯하던 이재천이 갑자기 도(刀)를 날리자 속수무책으로 당한 것이다.

"끄아악!"

잠시 후 석금이를 상대하던 적의인의 입에서도 끔찍한 비명성이 터졌다. 석금이의 타구봉에 두개골이 깨져 버린 것이다.

그로써 여덟 명의 적의인, 즉 살풍은 모두 천년사찰에서 죽음을 맞게 되었다.

"히히, 두목, 빨리 도망가자. 석금이는 아직도 쌩쌩해서 잘 달릴 수 있다. 이거 봐라, 우다다다다……!"

석금이는 어느새 팽이를 어깨에 짊어지고는 힘 자랑을 하기 위해 제자리에서 마구 뛰는 시늉을 했다.

그런데 그 바람에 바닥에 떨어져 있던 독 가루 주머니가 이재천에게 날아들었다.

독 가루 주머니를 멀뚱히 쳐다보던 이재천은 그것이 정확히 머리 위에 떨어지자 잠시 무엇인가를 생각하다가는 그대로 픽, 쓰러져 버렸다.

"어, 이 공 무척 부실하다. 그깟 주머니에 얻어맞고 쓰러지냐?"
 많은 공부에도 불구하고 상황 판단에 미숙한 석금이가 고개를 갸우뚱하며 말했다.
 "갈수록 태산이군……!"
 무산의 입에서 깊은 한숨이 새어 나왔다.
 하지만 그것도 잠시, 무산은 쓰러져 있는 이재천을 바라보며 씩, 웃었다.
 "거봐라, 두백아. 니가 더 불쌍하지?"

3
소림별곡

"이놈들, 좀 쉬엄쉬엄 하자. 네놈들은 할아비도 없냐?"

그 사이 일소천은 한 명의 적의인을 더 쓰러뜨리고 다시 바닥에 누웠다.

몸이 반사적으로 검을 쳐낼 뿐, 다리가 후들거려서 제대로 서 있기도 힘들었다. 일소천 역시 나이를 속일 수는 없었던 것이다.

하지만 아직 두 명의 적의인이 남아 있었다. 그들은 살풍이 전멸되자 더욱 초조해졌고, 그래서 무리한 공격을 펼쳤다.

"히압!"

동귀어진(同歸於盡)! 팽이와 싸우던 귀아가 그랬듯 두 명의 적의인 역시 최후의 수를 펼친 것이다. 그것은 어쩌면 살수로서의 자존심이었는지도 모른다.

그들은 허공으로 떠오른 상태에서 검을 거꾸로 거머쥔 채 일소천을 찍어 내려갔다. 몸을 실은 공격인만큼 일소천이 막아낸다 해도 그 무게를 감당할 수 없으리란 생각에서였다.

물론 둘 모두, 혹은 한 명이 일소천의 검에 죽임을 당할 것이다.

하지만 그들은 천무밀교의 정예인 적무단원이었다. 자신들이 맡은 상대를 제거하지 못한다면 그것은 어차피 살수로서의 죽음을 의미한다.

살수에게는 오직 두 가지만이 존재했다. 죽이느냐, 죽느냐.

'이거 정말 지독한 놈들이군.'

바닥에 너부러져 있던 일소천은 본능적으로 검을 휘둘러 검막을 형성했다.

슈, 슈, 슈, 슉—

평소 같았으면 그 검막에 의해 적의인들의 몸이 찢겨 나갔을 것이나, 현재 일소천은 내력이 거의 고갈된 상태였다. 까닭에 찢겨 나간 것은 그들이 아니라 일소천의 검막이었다.

아찔한 순간이었다.

검막을 찢어낸 적의인들의 칼날이 곧장 일소천을 덮쳐 왔건 것이다.

그런데 그 순간이었다.

펑, 펑……!

"으아악!"

"끄아아악!"

그다지 크지 않은 타격음과 함께 두 명의 적의인이 멀찍이 튕겨져 나갔다.

'휴— 하마터면 천하의 일소천이 잡놈들에게 죽을 뻔했군.'

일소천은 안도의 한숨을 내쉬며 장력이 날아온 쪽을 향해 고개를 돌렸다.

약 7장 거리? 정체 불명의 복면인이 백무단원들에게 둘러싸인 채 검 한 자루를 들고 있었다. 그가 장력을 내뿜은 주인공인 듯했다.

'누구… 낭만파?'
 일소천의 동공이 크게 확대되었다.
 비록 복면 속에 얼굴을 감추고 있다 하지만 일소천까지 속일 순 없었다. 복면사내는 분명히 낭만파 계휼이었던 것이다.
 현재 탑림은 백무단원들에 의해 가득 메워진 상태였다.
 하지만 그들은 그저 오합지졸에 불과했다. 적무단원들이 모두 죽은 데다가 백무단의 수뇌급이라 할 만한 인물들 역시 정파고수들과의 싸움에서 이미 숨을 거둔 상태였다.
 지휘 체계가 무너져 내린 셈이다.
 더욱이 그들의 눈에는 만신창이가 된 몸으로 적무단원들을 쓰러뜨린 일소천과 팽이 일행이 괴물로밖에 보이지 않았다. 그래서 함부로 공격도 하지 못한 채 눈치만 살피고 있었다.
 그런데 설상가상으로 복면을 뒤집어쓴 초절정고수가 등장한 것이다.
 백무단원들은 막상 그를 에워싸기는 했으나 좀체 다가갈 엄두를 내지 못하고 있었다.
 "사부, 저 작자는 또 뭡니까?"
 당개수를 업은 채 일소천에게 다가온 무산이 복면인을 쳐다보며 물었다.
 "이 사부의 벗이니라."
 "사부한테 팽 영감 말고도 친구가 있어요? 의외로 성격이 좋았나 봐요, 사부."
 "그래, 이놈아. 네놈 만나기 전까지만 해도 좋은 성격이었느니라. 됐느냐?"
 감동스런 눈빛으로 복면인을 쳐다보던 일소천의 눈이 도끼눈으로 변하며 무산을 찍어내려 했다.

"소천이 영감, 애꿎은 우리 두목 잡지 말고 친구 영감이나 업고 가라. 석금이가 아무리 역발산기개세래도 영감 친구 영감까지는 못 메고 가겠다. 비쩍 마른 영감이 똥배가 얼마나 나왔는지 움직일 때마다 어깨 위에서 통통 튄다."

천우막을 등에 업고, 양 어깨에 이재천과 팽 영감을 메고 뒤따라온 석금이가 일소천 앞에 팽이를 내동댕이치며 말했다.

'저놈도 경로 사상이 황이군. 아무튼 유유상종이라니까. 싸가지없는 놈들은 꼭 싸가지없는 놈들끼리 어울려요.'

일소천은 길게 한숨을 내뿜으며 바닥에 쓰러져 있는 팽이를 쳐다보았다.

팽이는 여기저기 상처를 입은 데다 독에 당해 얼굴이 시꺼멓게 변해 있었다. 빨리 조치를 취하지 않으면 생명까지 위독한 상황이었다.

"친구야, 소천이 등에 업히려무나. 네놈이 가면 이 늙은이는 무얼 먹고 살라고 이 지경이 된 것이냐. 아이고오, 친구야—"

일소천은 필요 이상으로 수선을 피우며 팽이를 어깨에 짊어졌다.

혹시라도 혼미하게나마 정신이 남아 있다면 팽이가 자신의 이야기를 들을 수 있을 것이고, 그렇게 되면 우정에 감동한 나머지 소라도 한 마리 잡아줄지 모르는 일이기 때문이다.

그런데 그 순간 낭만파 계휼의 전음이 들려왔다.

[승신검, 시간이 없소. 내가 엄호할 테니 무작정 후문으로 달리시구려.]

[고맙소, 낭만파. 강호에 평화가 찾아온 이후 부디 용문마을로 놀러 오시구려. 내가 소 한 마리 잡아 푸짐하게 대접하겠소.]

[하하, 승신검, 그대의 우정만으로도 충분하오.]

[나 역시…….]

일소천은 낭만파에게 고맙다는 고갯짓을 한 후 무산과 석금이에게 눈을 돌렸다.

'어휴— 같은 사람인데 어찌 이렇게 다를 수 있는 것이지? 이 식충이 같은 녀석들아, 낭만파를 반이라도 닮아보거라. 저 훌륭한 친구는 소를 잡아 주겠다는데도 저렇게 담담하지 않느냐. 그 그릇이 얼마나 크냔 말이다.'

한심한 표정으로 그들을 바라보며 뜸을 들이던 일소천은 곧장 후문을 향해 뛰기 시작했다.

"뭐 하냐, 이놈들아. 나 승신검 일소천의 벗이 목숨을 걸고 길을 열어 주고 있는 것이 보이지 않느냐? 발바닥에 땀이 나도록 달리자꾸나!"

어디에서 힘이 솟은 것인지, 운신도 못할 것 같던 일소천이 빠르게 내달렸다.

"두목, 두목네 영감 정말 힘이 뻗친다. 뭘 얼마나 잘 해 먹여서 저렇게 된 거냐? 좀 가르쳐 줘라. 석금이도 우리 사부 영감 깨어나면 몸보신 좀 시켜야겠다."

"헤헤, 석금아, 사부를 섬기는 것은 부모를 섬기는 것과 같느니라. 우선 그 마음을 즐겁게 하고[養老也樂其心], 그 뜻을 어기지 아니하며[不違其心], 눈과 귀를 즐겁게 하고[樂其耳目], 잠자리를 편안하게 하고[安其寢處], 음식을 정성껏 마련해 봉양해야[以其飮食忠養之] 하는 것이니라. 알겠느냐? 그렇게 하면 가정이 편안해지고, 교육과 나라가 바로 서며, 하늘과 땅의 질서가 제자리를 찾느니라."

일소천의 뒤를 따르며 무산은 단 한 번도 실천해 본 적이 없는, 사부 봉양의 5대 원칙을 주저리주저리 읊어댔다.

콰르릉… 쾅, 쾅, 쾅……!

그들이 내달리는 길 앞에선 연신 검기의 폭사가 일었다.

백무단원들은 가로막을 생각도 하지 못한 채 멍하니 달아나는 일소천 일행을 쳐다보아야만 했다.
 '정말 고맙구려, 낭만파. 용문마을에 꼭 놀러 오시오, 꼬오옥……!'
 일소천은 연신 입맛을 다시며 탑림을 벗어나고 있었다.

 일행은 탑림을 벗어나 후문이 있는 곳까지 무작정 달려갔다.
 소수의 무사들이 그들을 저지하긴 했으나 대부분 하수들이었다. 일소천과 무산, 석금이는 그들을 가볍게 쓰러뜨릴 수 있었다.
 문제는 수백 명의 무사들이 뒤를 쫓고 있다는 점이었다.
 탑림 안에선 낭만파 계휼이 백무단의 무사들을 상대하고 있었으나 일단의 무리가 일소천 등을 추격하기 시작한 것이다.
 비록 상대가 하수들이긴 해도 지금과 같은 몸 상태로는 그들을 일일이 상대할 수 없었다. 후문을 벗어난다 해도 머지않아 그들에게 포위당할 것은 자명했다.
 하지만 별다른 방도도 없었다. 일단 무조건 달리는 수밖에.
 "헥헥, 무산아. 이대로 가다간 모두 다 죽겠구나."
 "헉헉. 그렇지요, 사부님?"
 "뭔가, 헥헥, 중대한 결정을 내려야 하지 않겠느냐?"
 팽이를 들쳐 업은 일소천과 당개수를 들쳐 업은 무산은 앞서거니 뒤서거니 하며 열심히 내달렸다.
 그 와중에도 돈독한 사제지정을 확인하는 것을 잊지는 않았다.
 "사부님, 헉헉, 어려운 결정을 내리셨습니다. 팽 영감과 함께 이곳을 지키시겠다니……."
 "아니니라. 그것도 좋은 생각이지만 나와 팽이는 정파무림의 재건을 위해서, 헥헥, 아직 할 일이 많이 남았느니라. 헥헥, 네놈이 살신성인하려무나. 헥헥……."

"사부님의 유지를 받들어, 헉헉, 정파무림을 재건하는 데, 헉헉, 혼신의 힘을 쏟겠습니다. 아무, 헉헉, 염려 마시고 팽 영감과 함께 장렬하게… 헉헉. 허어억—"

무산은 채 말을 끝맺지 못하고 그대로 앞으로 고꾸라졌다.

길에 박혀 있던 돌부리에 걸려 넘어진 것이다. 고수의 체면이 구겨지는 것은 물론 자칫하면 뜻하지 않게 살신성인하게 될 판이었다.

"푸헤헤, 나 승신검이 친구 복만 있는 줄 알았는데 제자 복도 있구나. 그래, 이놈. 아까 네 입으로 지껄였던 사부 봉양의 다섯 가지 중 세 가지를 일시에 만족시켜 주었구나. 사부의 마음을 즐겁게 하고[養老也樂其心], 그 뜻을 어기지 아니하며[不違其心], 눈과 귀를 즐겁게[樂其耳目] 했으니 너야말로 참제자이니라. 푸헤헤헤!"

일소천은 넘어진 무산을 보며 박장대소했다.

"영감하고 두목은 숨도 안 차나 보다, 헥헥!"

맨 마지막으로 달려오던 석금이가 쏜살같이 무산을 지나치며 말했다.

석금이는 천우막과 이재천을 업고 있는 데다 상대적으로 경공이 약해 뒤처져 있었다. 덕분에 뒤에서 날아오는 화살을 엉덩이에 하나 박고 있었다.

그런데 이제 순위를 바꿀 기회가 생겼으므로 잽싸게 무산을 스쳐 지나간 것이다.

"석금이 너까지……! 야이, 치사한 인간들아—"

무산은 뒤를 쳐다보다가 혼비백산하며 일어나 달렸다.

그럴 수밖에 없었다. 20여 장 정도 뒤에선 백무단의 무사들이 검과 활을 들고 맹추격하고 있었으므로.

'이럴 땐 차라리 토끼이고 싶어… 으갸갸갸!'

얼마나 달렸을까. 일행은 드디어 후문이 있는 숲에 다다랐다.

그런데 어느새 맨 앞까지 치고 나서서 달리던 무산이 걸음을 딱 멈추었다. 그의 앞에 검을 든 복면인 한 명이 서 있었기 때문이다.

'어라? 사부 친구라는 위인이 벌써 와 있었나?'

무산은 멍한 표정으로 뒤를 돌아보았다.

하지만 탑림에선 여전히 한 인물이 검풍을 쏘아대며 백무단원들과 뒤엉켜 싸우고 있었다. 어렴풋하긴 했지만 사부의 친구가 분명했다.

"에크, 이 인간은 또 누구냐?"

뒤따라오던 일소천과 석금이 역시 걸음을 멈춘 후 복면인과 탑림을 번갈아 쳐다보았다.

[듣기만 하시오, 사형. 영감까지 알면 일이 귀찮아지니까.]

상황 판단이 안 되어 멍해 있는 무산에게 사내의 전음이 들렸다.

"어, 어, 어… 너……!"

무산의 얼굴에 놀라움과 기쁨이 교차하고 있었다.

복면인은 분명 무랑이었기 때문이다. 그가 어떻게 이곳에 와 있는지, 왜 복면을 뒤집어썼는지는 알 수 없었지만 당장이라도 달려가 안고 싶은 마음이었다.

하지만 웬일인지 무랑은 극도로 감정을 자제하고 있는 듯했다.

[오랜만이오. 등에 업힌 영감은 누구요?]

[우리 장인이다. 무랑 이 녀석… 넌 어떻게 사형 장가드는 날 빠질 수 있냐? 너 장가들 때 내가 가나 봐라. 그나저나 어떻게 된 거야? 우리 영감 성질 더러운 거야 예전부터 알고 있었던 거 아냐. 나이도 다 찬 놈이 웬 가출이냐?]

무산은 답답하게 전음으로 대화를 나누고 싶진 않았으나 나름의 사정이 있는 듯해 반가운 마음을 그저 환한 웃음에 담아 보냈다.

[사형, 나 천무밀교에 귀의했소.]

"뭐?"

무산은 너무 황당해서 소리를 내지르고 말았다.

[뚝! 영감 알면 귀찮아진다니까… 어쨌든 나중에 얘기합시다. 후문 앞에 마차 하나를 대기시켜 놨으니까 최대한 빨리 여길 벗어나시구려. 우리가 막아낼 수 있는 시간은 약 반 시진 정도밖에 안 될 겁니다.]

무랑은 전음을 마친 후 덤덤하게 무산과 일소천, 석금이를 지나쳤다. 그리고는 일행 뒤편으로 바짝 붙어오는 백무단을 향해 검을 뽑아 들었다.

[무랑아……!]

무산은 왠지 마음이 씁쓸해졌다.

한형제처럼 자랐고, 누구보다 서로를 잘 아는 그들이었으나 뭔지 모를 거리감이 느껴졌던 것이다.

"무산아, 저놈… 혹 내가 아는 놈이더냐?"

멀뚱히 무랑을 쳐다보던 일소천이 의심스러운 눈초리로 물었다.

"어휴— 화살 날아온다아—"

무산은 일소천이 귀찮게 캐물을 것이 두려워 다급히 등을 돌리며 달아나기 시작했다.

"석금이도 같이 가자, 두목. 석금이는 벌써 화살 두 방이나 맞았다."

"이놈들, 너네는 장유유서도 모르더냐아—"

일행은 다시 후문을 향해 무작정 내달렸다.

[무랑아, 이 형이 널 기다리마. 바지 끈도 줄여놓을게! 우리 용문에서 만나는 거다. 알았지?]

[……]

4장

무당산으로

폭풍의 밤에
그들은 배를 띄운다.
죽음의 바다가
아가리를 벌리고 있다.

1
무당산으로

'젠장, 왜 하필 마부의 아내를 넘봤던 걸까.'

배은망덕 이편은 쌍마불이 들려주었던 전생 이야기를 믿지 않으래야 않을 수 없었다.

결국 또다시 말고삐를 움켜쥐고 있었으므로.

천검 오관필, 백검 백승목 등과 함께 소림사를 벗어나 달아나던 그들은 도중에 무산 일행과 만났다.

덕분에 말을 얻어 탈 수는 있었으나 전생에 지은 죄로 인해 또 말을 몰게 된 것이다.

그것까지는 좋았다.

그런데 혹시나 죽었을지도 모른다고 생각하고 있던 방초가 일행 중 가장 쌩쌩한 모습으로 이편을 반기고 있었다.

"오라버니, 소림사가 없어졌으니까 이제 중노릇 그만 해요."

"낭자, 이… 이 팔 좀 놓고 얘기하시구려. 지금 난 말을 몰고 있지 않습니까."

"오라버니……! 그럼 방초가 말을 몰 테니까, 오라버니가 방초 가슴 좀 꼭 잡아줘요. 방초는 지금 너무 기뻐서 가슴이 쿵쾅거려요. 막 튕겨 나갈 것 같아……."

방초는 마부석에 앉아 이편의 얼굴을 빤히 쳐다보며 말했다.

'어휴— 그래, 이것도 다 내 죄다. 방초가 원래는 정숙하고 지고지순한 마부의 아내였다잖아? 윤회를 거듭하는 과정에서 이렇게 발랑 까지게 되었으니 내 죄지…….'

이편은 고개를 설레설레 저으며 한숨을 내쉬었다.

그런데 이번엔 엉뚱한 게 말썽이었다. 고 녀석이 마음과는 달리 불쑥불쑥 일어서고 있었던 것이다.

'어으으으…….'

이편은 당혹스런 표정으로 먼 산을 쳐다보다가 두 눈을 질끈 감았다. 그리고 볼 살을 꽉 깨물었다. 통제되지 않는 남성을 단속하기 위해.

'아야야야— 주유청, 이 인간…… 다시 만나면 두고 보자!'

주유청이 송곳을 빌려간 이후 이편이 차선책으로 선택한 볼 살 깨물기. 그런대로 효과는 좋았지만, 뒷수습이 문제였다.

입 안에 잔뜩 고인 피를 마실 수도 없고.

"오라버니, 중들은 정말 고기 안 먹어요? 부처님이 동물 애호가예요?"

이편의 고충을 아는지 모르는지 방초가 다시 입을 열었다.

"……."

"호호, 오라버니도 잘 몰라요? 음… 그럼 쉬운 거 물어볼게요. 중들은 왜 장가도 안 가요? 처자식 먹여 살릴 만큼 시주가 안 들어와요?"

"……."

"어머, 내 말이 맞죠, 맞죠? 호호호. 그거 봐요, 오라버니. 중은 가난해서 고기랑 술도 못 먹고 장가도 못 가잖아요. 그거 장사 잘 안 될 거 같았어요. 오라버니는 방초가 먹여 살릴 테니까 그냥 방초랑 용문으로 돌아가요, 네?"

"컥, 커흡……!"

이편은 입 안에 잔뜩 고인 피를 토해내며 앞으로 고꾸라질 뻔했다.

한편 마차의 뒤편.

"음… 배은망덕 저 녀석도 심하게 내상을 입은 모양이구나."

일소천이 마차의 테두리에 등을 기대며 덤덤하게 말했다.

"이놈, 어떻게 치사하게 너 혼자 멀쩡할 수가 있는 게냐?"

독에 중독되어 얼굴이 시커멓게 변한 팽이가 일소천을 쏘아보았다.

팽이는 부상을 당한 상태에서 독에 중독된 탓에 몸의 상태가 급속히 악화되고 있었다.

그 외에도 마차에 타고 있는 천우막, 당개수, 무산 내외, 이재천, 그리고 이편과 함께 탈출한 천검 오관필 등도 정상은 아니었다.

하나같이 중상을 입고 있었으며, 그중에서도 당개수의 상태가 가장 위독했다. 당개수는 온몸에 검상을 입은 데다 살풍의 무리가 터뜨린 독 가루에 중독되어 인사불성이었다. 천우막과 이재천 역시 독에 중독되기는 했으나 당개수에 비하면 얼마간 형편이 나았다. 그나마 의식이 있는 상태에서 독을 마신 덕분에 조금은 더 버틸 수 있었던 것이다.

"부인, 아직도 못 찾았소?"

무산이 초조한 음성으로 물었다.

"아, 아버지……."

당수정은 울먹이며 떨리는 손으로 바닥에 나열된 종이 뭉치를 하나하나 풀고 있었다.

그것들은 무산이 살풍 무리의 품 안에서 갈무리해 온 것들로, 방금 전 깨어난 당수정이 해독약을 찾고 있는 중이었다.

무산 일행이 후문을 벗어나 나무에 묶여져 있는 마차를 발견했을 때 그곳에는 두 명의 여인이 기절한 채 태워져 있었다. 바로 방초와 당수정. 상황으로 보아 후문을 벗어나다가 무랑과 마주친 것이 분명했다. 무랑이 복면을 쓰고 있는 탓에 당수정이 무작정 검을 빼 들었을 것이고, 무랑은 또 어쩔 수 없이 그녀를 제압했을 것이다. 방초 역시 마찬가지.

사실 방초의 상태는 무산의 심증을 굳히기에 충분했다.

당수정과는 달리 방초는 엉덩이가 반쯤 까진 상태로 기절해 있었는데 얼마나 두드려 맞았는지 벌겋게 부어올라 있었다.

굳이 목숨을 살려주면서까지 그런 가혹한 체벌을 가할 사람은 무랑밖에 없었다. 무랑과 방초는 친남매나 다름없으되, 아주 사이 나쁜 남매였으니까.

"어, 없어요, 서방님……."

당수정이 절망적인 눈빛으로 무산을 바라보았다.

"아버지가 당한 독은 오죽귀(烏竹鬼)라는 독약이에요. 썩은 오죽(烏竹)의 뿌리를 거두어 독지(毒池)에 3년 동안 침수시켜 만든 거예요. 일단 독에 중독되면 한 시진 동안 피부가 검게 변하고, 두 시진째가 되면 뼈까지 검게 변합니다. 그리고 세 시진이 되면 숯처럼 변해 시신이 흩어지게 되지요. 이제 곧 뼈가 타 들어갈 텐데 그렇게 되면 회복할 수 없습니다. 흐흐흑……!"

당수정은 당개수의 얼굴을 두 손으로 잡은 채 오열했다.

…….

…….

일행의 얼굴 역시 납빛으로 굳어졌다.

몽롱하게나마 깨어 있던 팽이는 두 눈을 동그랗게 뜬 채 자기 옆에 혼절해 있는 이재천을 바라보았다.

이재천의 얼굴도 서서히 검게 변색되고 있었다.

그 두 사람 역시 독에 중독되었으니 당연한 일이었다.

"아니, 이 많은 약 주머니 가운데 해독약이 하나도 없단 말이오?"

무산은 난감한 표정으로 당수정을 채근했다.

"없어요, 없어요……!"

…….

…….

"팽이야, 이놈……!"

일행이 망연자실한 표정으로 하늘을 올려다보고 있는 가운데 일소천이 팽이의 손을 힘껏 감싸 쥐었다.

아옹다옹하며 살아왔으나 팽이는 누구보다 소중한 친구였다.

"소천아, 이미 80을 넘긴 나이, 새삼 내가 무엇을 두려워하겠느냐. 하지만… 장가도 들지 못하고 죽게 된 우리 두백이가 불쌍해서 어찌하누……. 호호흑!"

팽이의 눈가에서 두 줄기 눈물이 주르륵 흘러내렸다.

"팽가야, 네놈도 장가 한번 못 가보지 않았냐. 젊은것이나 늙은것이나 장가 못 들고 죽으면 다 같은 몽달귀이니라. 그러니 불쌍하기로 따지자면 네놈도 재천이 못지않은 셈입지. 흑흑, 팽가야. 혹시 부탁이라도 있으면 하려무나. 소천이가 할 수 있는 부탁이라면 뭐든 다 들어주마. 친구로서 약속하는 것이니라. 호호흑, 팽가야아—"

주름이 자글자글한 일소천의 얼굴로 눈물이 번져 갔다.

자그마치 40년의 우정이다. 웬만한 부부의 정만큼이나 각별한 우정인 것이다.

"사부 영감, 사부 영감도 얼굴이 까맣다."

멀뚱한 눈으로 주위를 둘러보던 석금이가 호들갑스럽게 말했다.
구석에 앉아 혼자 흐느끼고 있는 천우막의 상태를 뒤늦게 발견한 것이다. 천우막 또한 독에 중독되어 얼굴이 검게 변해 있었다.
"흐흐흑……! 그래, 역시 석금이밖에 없구나. 이 사부도 곧 죽게 되었느니라. 으흐흐흑……! 소천이 형님, 이 우막이의 부탁도 들어줄 수 있소?"
천우막은 얼마간 섭섭한 표정으로 일소천을 바라보았다.
일소천이 팽이에게만 관심을 기울이는 것이 못내 서운했던 것이다.
'그놈의 자식, 정의로운 놈이 속은 좁아가지고…….'
그제야 천우막을 의식한 일소천이 얼마간 미안한 표정을 지어 보였다.
"그래, 두 놈 다 이야기해 보거라. 이 형님이 무슨 부탁을 들어줄까?"
일소천은 아주 너그러운 표정으로 천우막과 팽이의 얼굴을 번갈아 쳐다보았다.
먼저 입을 연 사람은 천우막이었다.
"형님, 죽기 전에 족보 좀 정리하고 싶소. 어찌하다 보니 소천 형님과 개수 형님, 그리고 무산 아우를 중심으로 족보가 꼬여 버리지 않았습니까. 무산 아우는 개수 형님의 사위인 동시에 소천 형님의 제자입니다. 그런데 또 내 동생이기도 하니까 호칭이 아주 애매하게 되지요. 그래서인지 무산 아우는 이제껏 내게 단 한 번도 형님이라는 호칭을 사용하지 않았습니다."
"그런데?"
일소천은 애매한 표정으로 천우막을 바라보았다.
"사실 이 우막이에게는 어려서 죽은 동생 녀석이 있었습지요. 그런데 무산 아우가 그 녀석과 너무 닮았단 말입니다. 그래서 죽을 때까지만이라도 무산 아우에게 형님 소리를 듣고 싶은 겁니다."

"뭐, 그거야 어려울 것 없지."

일소천은 얼마간 안도의 한숨을 내쉬며 무산에게 시선을 돌렸다.

"무산아, 우막이 형이 널 찾는구나! 낄낄……!"

"천 방주님이요?"

무산은 천우막의 이야기를 모두 들었음에도 불구하고 짐짓 시치미를 뗀 채 천연덕스럽게 물었다.

"이놈아, 우막이가 형이라고 불러달라지 않느냐."

"에이, 그럴 수야 없지요. 저같이 반듯한 놈이 어찌 사부님의 아우님께 형이라는 호칭을 사용합니까? 그럼 사부님도 제 형이게요?"

"아, 고 뺀질뺀질한 놈. 사부가 시키면 시키는 대로 할 것이지……."

일소천은 매로 다스리기 위해 주먹을 거머쥐었다.

하지만 천우막이 일소천을 제지하며 입을 열었다.

"아닙니다, 형님. 무산 아우의 성품은 누구보다 제가 잘 알고 있습니다. 결코 예법에서 벗어날 짓을 할 사람이 아닙니다. 제가 족보 얘기를 꺼낸 것도 그 때문이지요. 우리 의형제에 무산 아우도 끼워주면 안 되겠습니까?"

황당하기 그지없는 말이었다.

'이놈이 무산이 녀석에 대해 상당히 오해하고 있군. 그렇다고 곧 죽을 놈 소원을 물리칠 수도 없고…….'

정에 약한 일소천은 긴 한숨을 내쉬며 입을 열었다.

"까짓거, 못 들어줄 건 또 뭐야. 그렇게 하자꾸나, 우막아."

"고맙수, 형님."

천우막이 검게 변색된 얼굴로 헤벌쭉이 웃었다.

그런데 그 순간, 멀뚱한 표정으로 듣고 있던 무산이 일소천 곁으로 바짝 다가서며 물었다.

"소천이 형, 정말 그래도 돼요?"

"……."

장인이 죽어가는 마당이었다.

그럼에도 무산은 어느 순간부터 지극히 침착하게 행동하고 있었다. 마치 뭔가 믿는 구석이 있는 사람처럼.

어쨌거나 그 모습을 지켜보던 팽이가 빙그레 웃으며 끼어들었다.

"소천아, 이건 뭐 깜구네 족보보다 더 개판이구나. 그래도 나름대로 재미있구나. 푸히히. 나도 지금 막 생각나는 부탁이 있느니라."

"그래, 한꺼번에 망가지자꾸나. 팽이 네놈 소원은 무엇이냐?"

살기 어린 눈으로 무산을 노려보던 일소천이 부르르 떨리는 주먹을 진정시키며 물었다.

"우막이가 무산이에게 형님 소리를 듣고 싶어하는 것처럼, 나 역시 네놈에게 형님 소리를 듣고 싶다. 그런데 아무래도 네놈이 나보다 나이가 많지 않느냐?"

"아무렴. 나이대로 하자면 네놈은 꾸준히 나를 형님으로 불러야지."

"푸히히, 그래서 하는 말인데, 내가 죽을 때까지만이라도 우리 나이의 역순으로 순위를 매기자꾸나. 그러니까 의형제 중 제일 어린 무산이 저놈이 큰형님이 되고, 그 다음은 우막이, 그 다음은 개수, 그 다음은 나, 제일 막내는 소천이 네놈. 그런 식으로 말이다. 푸히히히! 아, 그런데 우막이는 무산이에게 형님 소리를 듣고 싶어하니… 푸히, 어차피 개족본데 무슨 상관이냐. 저 두 놈에게만 예외를 인정하자꾸나."

"……."

환장할 노릇이었다.

어떻게 된 위인들이 죽는 마당에도 해괴망측한 짓거리만 하려 드는 것이다.

하지만 별수없는 노릇 아닌가. 죽은 놈 소원도 들어준다는데.
 '독에 중독된 지 한 시진이 지나면 뼈가 타 들어가기 시작한다고 했지? 음… 그럼 대략 반 각 정도의 시간이 남은 것 아닌가. 까짓, 들어주자!'
 일소천은 다시 한 번 긴 한숨을 내쉰 후 고개를 끄덕였다.
 "푸, 헤, 헤… 그거 재미있구나. 그래. 네놈, 아니, 팽이 형님 뜻에 따르지."
 "고맙구나, 소천 아우."
 "고맙구려, 소천 아우."
 팽이와 천우막이 키득거리며 지껄였다.
 죽음을 목전에 둔 그들로서는 고통을 잠재우기 위해서라도 그런 유치한 놀이가 필요했는지도 모른다. 어쨌거나 그 놀이의 최고 수혜자는 무산이 된 셈이지만.
 "소천 아우, 이 큰형님 부탁은 안 들어주남?"
 무산이 야릇한 웃음을 머금은 채 일소천을 쳐다보았다.
 '으그그……! 두 시진 후에 보자, 이놈!'
 일소천은 빠드득, 이를 갈며 울화를 삼켰다.
 하지만 마음 한편으론 씁쓸한 미소가 흐르고 있었다. 자신들의 죽음을 하나의 유희로 만들어 남은 이들의 슬픔을 잠재우고자 하는 팽이와 천우막의 마음을 알고 있었기 때문이다.
 반면 천검 오관필과 백검 백승목은 도저히 이해할 수 없다는 표정으로 일소천의 무리를 쳐다보았다. 개판도 그런 개판이 없었으므로.
 "흐흐흑, 아버지……."
 한차례 웃음이 지나간 자리로 다시 슬픔에 흐느껴 우는 당수정의 목소리가 들려왔다.

당수정은 어쩔 수 없는 여자였다.

슬픔을 슬픔으로밖에 볼 수 없었던 것이다. 아니, 아무런 가식도 없이 슬픔의 본질을 있는 그대로 보고 있었던 것이다.

흐뭇해하던 무산의 미소가 피부 속으로 쏙 스며든 것도 그 순간이었다.

"부인, 아직 포기할 때가 아니오."

진지한 표정으로 돌아온 무산이 크게 심호흡을 한 후 당개수의 머리맡으로 다가갔다.

사르룽……!

무산은 허리에 묶여 있던 연검을 풀었다. 그리고는 그 예리한 연검의 날에 좌측 약지(藥指)를 가져다 댔다.

스륵…….

약지에서 흘러나온 선혈이 연검을 타고 흘렀다.

무산은 피가 흘러나오는 손가락을 당개수의 입에 가져다 댔다. 뚝뚝 떨어지는 핏물이 당개수의 입속으로 계속 스며들었다.

"서방님……!"

"헤헤, 부인, 내가 독에 중독되지 않은 걸 보면, 내 피가 아직 약효를 지니고 있는 듯하오. 잠시 지켜보도록 합시다."

무산은 방긋 웃으며 당수정을 바라보았다.

그가 그토록 여유로울 수 있었던 것도 지금과 같은 방법을 생각하고 있었기 때문이다. 물론 그것이 효과를 발휘할는지는 알 수 없는 일이지만.

"어? 맞다, 두목. 히히, 석금이는 깜구랑 한 몸이다. 석금이 피가 더 약 발받을 거다."

석금이 역시 그제야 자신이 만독불침에 가까운 신체를 지니고 있다는 사실을 깨달았다. 무산에게 깜구의 피를 처음 먹인 사람이 바로 자신이었으므로.

"히히, 팽 영감, 칼 좀 빌려줘라."

수선을 떨며 두리번거리던 석금이는 곧장 팽이의 장도를 집어 들었다.

퍽……!

"끄아아—"

역발산기개세 석금이의 입에서 비명이 터져 나왔다.

공부에 비해 다소 미련한 구석이 있는 석금이, 그는 너무 흥분한 나머지 팽이의 장도로 무작정 왼쪽 약지를 내리찍었던 것이다.

"맙소사, 석금아……!"

무산은 마디가 잘려 나간 석금이의 손가락을 보며 길게 한숨을 내쉬었다.

"히히, 손가락이 잘려 나갔네. 너무 세게 내려쳤나?"

석금이는 애써 아픈 표정을 감추며 천우막을 쳐다보았다.

"사부 영감, 아, 하고 입 벌려라."

"……."

전후 사정을 모르는 천우막은 얼마간 황당한 눈으로 석금이를 바라보았다.

하지만 석금이의 마음만은 충분히 알 수 있었으므로 두말없이 입을 벌렸다.

"어, 이 공하고 팽 영감한테도 피를 먹여야 하는데… 히히, 소천이 영감, 내 오른쪽 약지 좀 잘라주라."

천우막의 입속에 약지를 집어넣은 채 멀뚱히 하늘을 쳐다보던 석금이가 뒤늦게 생각났다는 듯 말했다.

"……."

일소천은 도대체 무슨 얘긴지 모르겠다는 듯 당혹스러운 눈으로 석금이를 바라보았고, 무산의 입에선 길고도 긴 한숨이 연달아 새어 나왔다.
"석금아, 손가락이 무슨 가재 다린지 아니? 그만 잘라……!"
"그럼 이 공하고 팽 영감은 죽게 내버려 두냐, 두목?"
"돌려서 먹이면 되잖아."
"응? 히히, 맞다. 두목 말이 맞다. 그나저나 이러고 있으니까 꼭 석금이가 사부 영감 젖 주는 거 같다. 히히히!"
석금이가 헤벌쭉이 웃으며 천우막을 쳐다보았다.
'어휴, 어떻게 저 인간을 좋아하지 않을 수 있겠어…….'
무산은 지그시 이마를 누르며 가볍게 웃음을 배어 물었다.

2
무당산으로

패잔병이나 다름없는 일행이 들길에 접어들었을 때는 이미 날이 저물어 있었다.

어렵사리 숭산을 벗어나긴 했으나 안심하기는 일렀다.

낭만파와 무랑이 적들을 저지할 수 있는 시간은 길어야 반 시진, 그나마도 그들의 목숨을 담보로 했을 때다.

백무단의 수뇌와 대부분의 적무단이 죽은 만큼 잠시 우왕좌왕하겠지만 그들은 뒤탈이 두려워서라도 일행을 추격할 것이다.

천무밀교의 무사들은 늘 정예임을 자랑해 왔다.

비록 소림을 점거하기는 했으나 그 성과에 비해 피해가 컸다. 수뇌부의 질책을 피하기 위해 일행을 섬멸하려 들 것이 뻔했다.

"푸히히, 소천아, 형님 하고 한번 불러보려무나."

팽이는 한나절 내내 일소천을 놀려먹고 있었다.

석금이의 피가 해독제 역할을 해준 덕분에 독에 중독되었던 인물들은 서서히 기력을 회복할 수 있었다.

다만 당개수만은 여전히 깨어나지 못했다. 중독 증상은 사라졌으나 출혈이 너무 심해 아직 정신을 수습하지 못하고 있었던 것이다.

팽이와 천우막, 이재천 역시 상처가 깊은 만큼 금세 회복이 되진 않았다. 하지만 일단은 위기를 넘긴 것이다.

그런데 일행의 구사일생에 유독 불만을 가질 수밖에 없는 사람이 있었다. 일소천. 그는 유언 삼아 팽이와 천우막의 장난 같은 부탁을 들어준 것인데, 그게 화근이 되어 늙은 나이에 못 당할 짓을 당하고 있었던 것이다.

"푸헤헤, 팽이야, 그만 하면 되었지 않느냐? 애들이 보는 앞에서 체신을 지켜야지……."

"이런 싸가지없는 놈. 사나이의 말은 산보다 무거운 것이거늘, 네놈이 채 하루도 지나지 않아 말을 번복할 생각이더냐? 이 깃털보다 가벼운 놈! 애들 보는 앞에서 망신당하고 싶지 않으면 냉큼 형님이라고 부르거라."

팽이가 팽, 소리를 내지르며 일소천을 노려보았다.

"헤헤, 그놈 참. 우리의 40년 우정을 생각해 주려무나. 또 이 소천이가 네놈을 살리기 위해 목숨 걸고 뛰어든 일을 상기해 보거라. 정녕 이러고 싶은 게냐? 사랑하는 팽가야, 소천이의 진심을 안다면 네놈이 이래서는 안 되는 게지… 응?"

일소천은 팽이의 옆구리를 간질이며 다분히 비굴해 보이는 웃음을 웃어 보였다.

"팽 형님, 그럽시다. 이런 장난도 도가 지나치면 의리에 금 가는 수가 있습니다. 소천이 형님이 우리를 얼마나 끔찍하게 생각해 주는지 확인했으면 그것으로 족하지요. 저도 팽 형님을 다시 형님이라 부르지 않습니까. 하하하!"

일소천의 모습이 딱해 보였던지 천우막이 그의 편을 들어주었다.

천우막까지 그렇게 거들고 나서자 팽이 또한 그쯤에서 장난을 접을 생각이었다.

하지만 늘 고춧가루를 뿌리는 인물이 있기 마련이다.

"우막이 형님, 족보 정리는 한 세대에 한 번으로 족합지요. 기분 내키는 대로 족보를 바꾸니까 개족보가 되는 겝니다. 안 그렇습니까?"

당수정의 무릎을 베고 누워 있던 무산이 발딱 일어서며 끼어들었다.

순간 일소천의 눈에서 불빛이 반짝였다.

'저런… 두백이보다 더 잔인한 놈……!'

일소천은 빠드득, 이를 갈며 주먹을 말아 쥐었다. 여차하면 힘으로 평정하기 위해.

그런데 그때였다.

"음, 무산 아우의 말을 들어보니 또 그런 것도 같군, 소천이."

"그렇지요, 우막 형님?"

천우막과 팽이가 사특한 웃음을 지으며 일소천의 얼굴을 빤히 쳐다보았다.

"헤헤, 그것 보라지. 소천이, 약속대로 팽 아우와 우막 형님이 죽을 때까지는 이 족보를 유지시켜야 하는 거야."

무산은 통쾌하게 지껄인 후 다시 당수정의 무릎을 베고 누웠다.

큰형님으로서만 누릴 수 있는 자유, 그것을 유지시키기 위해서라도 족보는 지켜져야 했다.

[백 대협, 쭉 지켜보며 느낀 거지만 혹 저들이 사파의 앞잡이일지도 모른다는 생각이 듭니다. 그렇지 않고서야……]

[오 대협, 나 역시 같은 생각을 하고 있었소. 하는 짓거리들이 도저히 정파의 인물들 같지 않단 말이지요. 이건 천륜에도, 인륜에도, 강호의 법

도에도 어긋나는 일 아닙니까. 특히 무산이라는 저 싸가지없는 애송이의 짓거리는 당나귀만도 못합니다.]

[일소천 저 늙은이도 마찬가지지요. 같은 소천(小天)이건만, 어찌 무당의 장소천 장문인과 저다지도 다를 수 있는 것인지……!]

마차 한편에 기대어 있던 천검 오관필과 백검 백승목이 전음을 주고받았다.

그들은 몇 시진이 지나도록 용문가를 중심으로 복잡하게 짜여진 족보 체제에 적응하지 못하고 있었던 것이다.

호르릉… 호르릉…….

날이 완전히 저물면서 밤새의 울음소리가 근처 야산으로부터 들려왔다.

마침 보름인만큼 말들은 그럭저럭 제 길을 잃지 않고 달렸다. 차가운 한기가 중상을 입은 환자들을 괴롭히고 있었으나 일행은 꾸준히 길을 재촉했다.

그런데 마차가 막 산길로 접어들 무렵이었다.

음매애—

덜그덕… 덜그덕…….

어둠을 헤치고 소 울음소리와 달구지 굴러오는 소리가 들리기 시작했다.

[조심하게, 우리를 노리는 살수들일지도 모르니.]

일소천은 재빨리 일행 전부에게 전음을 보냈다.

이 야밤에 소달구지를 몰고 산을 넘는다는 것은 상식적으로 이해할 수 없는 일이었다.

더욱이 그들이 마지막으로 지나친 인가는 약 30여 리 밖에 있었다. 소달구지에 의지해 그곳까지 가는 데 걸리는 시간은 적어도 두 시진, 새벽 무렵이 된다는 얘기다.

일소천이 잔뜩 긴장해 있는데 무산이 전음을 보내왔다.

[소천이, 형님들에게 존댓말 좀 쓰게.]

…….

빠지직—

"끄아아— 왜 때려요, 사부!"

"이런 싸가지없는 놈, 좀 얻어맞고 나니 사부가 사부로 보이냐? 내 진정 교훈과 훈계, 비폭력으로 교육의 질을 높이려 해도 너 같은 말종 때문에 그 뜻이 좌절되곤 했느니라. 대가리에 피도 안 마른 것이 어른들 앞에서 마누라 끼고 누워 있는 꼴도 봐주기 어렵거늘… 약속이고 뭐고 다 필요없느니라. 팽가, 우막이, 네놈들도 잘 들어라. 만약에 또다시 허튼소리를 지껄이면 네놈들을 쳐 죽여서라도 장유유서, 노인 공경의 기틀을 바로 세우리라!"

…….

…….

일소천의 목소리가 얼마나 컸는지 밤새도 울음을 그치고, 달구지도 멎었다.

일행은 갑자기 움직임을 멈춘 소달구지로 인해 잔뜩 긴장해야 했다. 배은망덕 이편이 마차를 세운 것도 그 때문이었다.

갑작스런 정적이 달구지와 마차 사이의 어둠을 내리누르고 있었다.

얼마의 시간이 흘렀을까, 뜻밖의 목소리가 들려왔다.

"혹시 승신검 사부님 아니십니까?"

…….

…….

"이 목소리는…….."

일소천이 놀라서 일어서는 것과 동시에 구름에 가려져 있던 달이 얼굴을 내밀며 소달구지를 비췄다.
"유청아ㅡ"
"사부님……! 역시 살아 계셨군요, 사부님. 사부니이임ㅡ"
달구지 위에 올라타 있던 주유청이 잽싸게 바닥으로 뛰어내려 일소천에게 큰절을 올렸다.
"불초 제자 주유청, 사부님을 구하기 위해 몇 날 밤을 새워 달려오는 길입니다."
"흐흐흑……! 유청아, 이 사부는 끝내 너를 보지 못하고 세상을 하직하는 줄 알았느니라. 어떻게 한마디 말도 없이 이 사부를 떠날 수 있었는고. 이 무심한 사람아아아ㅡ"
마차에서 뛰어내린 일소천이 쏜살같이 주유청에게 달려갔다.
주유청과의 해후. 일소천에게 있어 그것은 인생 역전을 의미하는 것이었다.
반면 주유청에게 있어 일소천과의 만남은 곧 방초와의 만남을 의미했다. 더불어 그것은 인생을 건 도전이기도 했다.
"흐흑……! 사부님, 방초 낭자는……."
어깨에 매달려 엉엉 울고 있는 일소천을 가볍게 밀어내며 주유청이 애타는 눈길로 마차 쪽을 쳐다보았다.
순간 그의 눈에서 불길이 치솟았다.
'으으으… 내 예상이 틀리지 않았다. 저 야비한 색마 녀석이 내 자리를 꿰차고 있었어. 그래, 누구를 탓하랴. 다 나의 나약함에서 비롯된 일이다. 하지만 오늘 이후 강호의 정의가 바로 설 것이다, 배은망덕!'
한편 마부석에 앉아 있던 배은망덕 이편과 그의 옆구리에 찰싹 달라붙어 있던 방초 역시 주유청을 빤히 쳐다보았다.

하지만 그 상황에 대한 해석은 서로의 이해관계에 따라 명확하게 갈렸다.

'저 곰탱이가 이렇게 반갑긴 처음이군. 흐흐흐. 어서 방초에게서 날 구해줘어어— 쩝, 그나저나 저 녀석이 내 송곳을 챙겨 왔을까?'

'이편 오라버니를 거의 구워삶아 놓았는데 저 곰탱이가 또 왜 나타난 거야? 어휴, 그사이 더 미련해진 것 같군.'

호르릉… 호르릉…….

긴장이 풀린 밤새들이 다시 울기 시작했다.

무산은 얼마간 당혹스러운 눈으로 주유청을 바라보았다.

방금 전 깨어난 이재천은 주유청의 얼굴을 보며 자신이 아직까지 꿈을 꾸고 있는 것이라 생각했다.

마차 구석에서 모든 상황을 지켜보던 오관필과 백승목 등은 모처럼 예의를 아는 젊은이가 나타났다는 사실에 흡족해했다.

하지만 그런 뻑적지근하거나 멀뚱한 해후의 감정들도 그리 오래가지는 못했다. 일행이 지나온 길 뒤편에서 한 떼의 말발굽 소리가 들려온 것이다. 천무밀교의 추적대가 분명했다.

"소천아, 이놈. 어서 마차에 올라타거라. 추적대다!"

한심하단 표정으로 일소천과 주유청을 쳐다보고 있던 팽이가 소리를 내질렀다.

"아니, 그것들이 벌써 따라붙었단 말이냐? 안 되겠다. 유청아, 어서 마차에 오르거라."

"무슨 일입니까, 사부님?"

"천무밀곤지 말곤지 하는 놈들이니라. 떼거지로 몰려다니는 놈들이니 붙잡히면 아주 골치 아파진다. 어서 가자꾸나."

일소천이 주유청을 재촉하며 일으켜 세웠다.

하지만 마차 쪽으로 다가가 일행을 둘러보던 주유청은 길게 한숨을 내쉴 수밖에 없었다.

마차 안의 인물들은 하나같이 중상을 입고 있었다. 자세한 내막이야 알 수 없지만, 한 마리의 마차에 의지해 달아나기엔 벅차다는 사실을 곧 깨달았다.

주유청은 곧 말발굽 소리가 들려오는 곳으로 고개를 돌렸다.

'나 주유청이 막아보리라!'

주유청은 곁눈으로 방초를 훔쳐보며 주먹을 꽉 지었다.

'색마 수칙 제1조. 진정한 색마는 미끼를 달거나 덫을 놓고 포획물을 기다리지 않는다. 오로지 자기 몸뚱어리를 담금질해서 스스로를 미끼나 덫으로 만든다! 그래, 방초 낭자에게 나 주유청의 진면목을 보여주리라!'

호르릉… 호르릉……

밤새들이 주유청의 마음을 알겠다는 듯 정답게 울었다.

말발굽 소리로 보아 적들이 이곳까지 당도하기까지는 약 일각 정도의 여유가 있을 듯했다. 주유청은 머리 속에 홍성기로부터 전수받은 몇 개의 진을 떠올렸다. 그리고는 가볍게 웃음을 머금었다.

"사부님! 먼저 출발하십시오. 불초 주유청이 저들을 막겠습니다."

"그게 무슨 소리더냐, 유청아. 저놈들은 떼로 몰려다닌대도."

"걱정하지 마십시오. 이 못난 제자가 그동안 얼마간의 진법을 공부했습니다. 직접 부딪치는 일은 없을 겁니다. 그저 조금의 시간을 버는 것이 목적입니다."

"진법이라고? 푸헤헤. 영민한 것. 그래, 유청아. 이 사부는 너를 믿느니라. 암, 네가 누구의 제자인데."

일소천은 만면에 흐뭇한 웃음을 머금은 채 마차에 올랐다.

다소 미련한 구석이 있긴 해도 주유청은 헛말을 지껄일 위인은 아니었다. 한다면 하는 인간이 주유청이었다.

"여기는 나 일소천의 애제자 유청이가 맡을 것이다. 출발하자꾸나."

일소천은 거만한 미소를 지으며 큰 소리로 말했다.

히히히힝—

잠시 후 이편이 채찍으로 말의 등허리를 갈겼다.

"주 형, 우리는 지금 무당산으로 향하고 있으니 그쪽으로 오면 되오. 반드시 살아 돌아와야 하오! 반드시……"

이편이 걱정스러운 눈빛으로 주유청을 바라보며 말했고 지친 말들이 힘겹게 달음박질하기 시작했다.

'주유청……! 반드시 돌아와야 하오. 아직 수행이 모자라 송곳 없이는 잠에 들 수 없단 말이오. 내 송곳… 내 송곳을 반드시 돌려주어야 하오.'

이편은 간절한 마음으로 기도했다.

한편 그의 옆구리에 달라붙어 있던 방초는 이해할 수 없다는 표정으로 어둠 속에 묻혀가는 주유청을 바라보았다.

'웬일이지? 저 곰탱이가 나를 보고도 아는 척을 안 하네. 밤눈이 어두운가?'

……

무당산으로

천류색녀환장진(天流色女換腸陣)!
일행이 떠나고 난 후 홀로 남은 주유청이 다급히 설치하기 시작한 진식의 이름이다. 일종의 환영술로, 색마 홍성기에게서 전수받은 진법이었다.
홍성기는 도처에 적을 두고 1년 365일 쫓기는 신세다. 그러다 보니 나름대로 살길을 궁리해야 했는데, 천류색녀환장진은 무림고수나 다수의 적을 상대할 때 더없이 유용했다.
한 가지 특이한 것은 천류색녀환장진을 만든 홍성기는 주유청이 사부로 삼은 홍성기가 아니었다는 점이다.
좀 복잡하기는 하지만 홍성기의 사부 역시 황성마물이라는 외호를 사용했으며, 이름 또한 홍성기였다.
홍성기의 사부, 즉 이편의 사조부가 되는 황성마물 홍성기는 죽기 한 달 전에야 한 명의 제자를 거두었는데, 그가 바로 주유청이 만난 홍성기였다.

전대 홍성기는 채음보양술을 극성으로 익혔음에도 불구하고 200의 나이를 넘기지 못하고 죽게 되자, 제자를 거두어 자신의 명호를 그대로 물려준 것이다. 영생에 집착하는 색마의 근성이 그대로 드러나는 부분이다.

그런데 이 부분에 관해 현재의 황성마물은 이렇게 얘기했다.

"나 역시 채음보양술의 대가이기는 하지만 영생을 이루지는 못할 게야. 분명 인간에게는 한계라는 것이 있으니까. 사부 역시 죽음에 이르러서는 그 사실을 받아들일 수밖에 없었지. 원래 우리 사부는 제자를 거두고 싶어하지 않았어. 제자를 키우면 그만큼 자기 영역이 줄어들 수밖에 없으니까. 하지만 결국 나를 제자로 받아들이게 되었어. 황성마물이라는 외호가 잊혀지는 것을 두려워했으니까. 반면 나는 이미 이편과 유청이 자네를 제자로 거두었지. 그런데 말일세, 나는 황성마물 홍성기라는 명호를 이편이나 자네에게 물려주고 싶지 않아. 이편이 나를 배신해서도, 자네가 색마의 재목이 되지 못해서도 아니야. 그저 내 생각이 사부와 다르기 때문이지. 자칫 황성마물이란 외호가 자네들이 지닌 본연의 색을 퇴색시킬 수 있거든. 그건 결코 바람직한 일이 아니지."

어쨌거나 현재의 홍성기는 전대 홍성기의 진전을 이어받아 그것을 완벽에 가까울 만큼 발전시켰다.

오로지 색학의 계발에만 정진했기 때문인데, 그로 인해 황성마물 홍성기는 결국 자기 사부를 능가하는 색마가 되었다.

그럼에도 불구하고 그는 끝내 사부의 그늘에서 벗어나지 못했다. 황성마물 홍성기라는 명호 때문에.

'생각해 보면 불쌍한 사람이야………'

황성마물 홍성기를 떠올리던 주유청은 가볍게 혀를 찼다.

어찌 보면 그는 진정으로 색(色)을 이해하며 사랑하는 사람이었다. 대륙의 모든 예법과 도덕에서 벗어나 자유인으로 살고 싶어했던 것이다.

이런저런 이유로 홍성기는 진법이나 경공 같은 것들은 사부가 이룬 성취를 그대로 물려받았다. 그것을 보완하기보다는 색학에만 전념했으므로.

그럼에도 현 강호에서는 홍성기의 진법과 경공을 능가하는 이가 드물었다. 그는 타고난 색마였기 때문이다.

홍성기가 주유청에게 색학을 전수하기에 앞서 가르친 것 역시 바로 진법과 경공이었다.

색마로 살아가다 보면 많은 적이 생기게 마련이고, 그들로부터 목숨을 건지기 위해선 진법과 경공이 필수적이라는 이유에서였다.

물론 주유청은 그 따위 것이 그다지 필요치 않다는 이유로 배우기를 거부했으나 홍성기의 강요에 못 이겨 결국 그것들을 익혀야만 했다.

그런데 전혀 불필요할 것 같던 진법이 지금 유용하게 쓰이게 된 것이다.

'마침 이곳의 지형이 극음(極陰)을 이루고 있다. 천류색녀환장진이 그 위력을 두세 배나 더 높일 수 있겠어. 자, 깃발을 여기에 꽂고………'

주유청은 흡족한 표정으로 주위의 지형을 살피며 고개를 끄덕였다.

그가 서 있는 곳은 하나의 골짜기 옆으로 난 길이었다. 그런데 그 골짜기는 마치 여인의 비소처럼 기이한 모양으로 이루어져 있었다.

골짜기 여기저기에는 몇 개의 깃발이 꽂혀 있었으며, 그 한가운데에는 주유청 자신이 몰고 왔던 달구지가 서 있었다.

'여기에 하나를 더 꽂으면, 하하, 완성인가? 자… 이제 이 진이 얼마나

위대한지 그 위력을 몸소 지켜봐야겠군.'
 주유청은 채 반 각도 되기 전에 진을 완성했다.
 얼마의 시간이 흘렀을까, 지축을 울릴 듯한 말발굽이 산길 초입에서 들려왔다.
 드디어 천무밀교의 추적대가 당도한 것이다.
 '그래, 남은 일은 하늘에 맡기는 수밖에………'
 주유청은 진이 설치된 곳에서 10여 장 뒤로 물러났다.
 그는 곧 우람한 나무 뒤에 몸을 숨기며 길게 심호흡을 했다. 실전에 이용하기는 이번이 처음이었으므로 자연히 긴장이 된 것이다.
 잠시 후.
 달빛을 받으며 한 떼의 말과 기수들이 골짜기에 접어들었다. 그늘에 가려 그 수를 헤아리기가 어려웠으나 족히 5백여 필에 달하는 말이었다.
 히히히힝―
 그런데 한순간 가쁜 숨을 몰아쉬며 거칠게 달려오던 말들이 길게 울며 걸음을 멈췄다.
 앞의 말들이 급정거를 한 탓인지 바짝 붙어 뒤따라오던 말들이 발이 뒤엉킨 듯 고꾸라졌고, 그로 인해 우왕좌왕하며 소란이 일기 시작했다.
 하지만 그런 소란도 결코 오래가지 않았다.
 "헉……!"
 "크흡……!"
 무리의 여기저기에서 기이한 비명 소리와 함께 사내들이 피를 토하며 쓰러졌다.
 비교적 무공의 수위가 높은 자들은 급히 운기조식에 들어 흩어지는 내력을 다스렸다. 그런 와중에도 그들의 눈은 몇 장 앞에서 펼쳐지는 괴이한 장면에 붙박여 있었다.

천류색녀환장진! 바로 주유청이 설치한 진에 현혹된 것이다.
천무밀교 무사들의 눈앞에는 정말이지 살 떨리는 환상이 펼쳐지고 있었다.
마치 잠자리 날개처럼 투명한 잠옷을 걸친 반라(半裸)의 여인.
습기를 머금은 검은 눈동자, 선이 고운 콧날과 목 선, 수줍은 듯 상기되어 있는 양 볼, 꽃잎처럼 신비로운 입술, 매끄럽고 맑은 피부…….
가히 천상의 아름다움을 지닌 여인이었다.
하지만 정작 천상의 여인은 아닌 듯 그녀의 뇌쇄적인 표정 여기저기엔 남자들을 빨아들이는 색기가 묻어 있었다.
그런 그녀가 교구를 흔들며 하느작하느작 움직이고 있는 것이다.
지면에서 약 두 자가량 되는 높이를 떠다니던 그녀는 한순간 교태로운 미소를 머금으며 정면으로 돌아섰다.
그것도 잠시, 다리를 살짝 벌리며 비스듬히 허공에 누웠다. 슬쩍 걸쳐지기만 했던 그녀의 잠옷이 조금씩 흘러내렸고, 들쳐진 치마로는 달빛을 받은 하얀 속살이 드러났다.
"으으으으……"
"크헙!"
힘겹게 환상과 대치하던 무사들 중 일부가 피를 토하며 쓰러졌고, 나머지 무사들 역시 고통스런 표정을 지으며 내력을 끌어올렸다.
하지만 여인의 움직임은 더욱 과감해졌다.
희고 긴 손가락으로 치마의 한끝을 살짝 잡아 올리자 군살 하나 붙지 않은 미끈한 허벅지가 드러났다.
이제 곧 여인의 신비지처가 모습을 보일 차례다.
"끄아아아—"
"컥, 커헉……!"

"크흥, 캑캑……!"
이제껏 힘겹게 환상과 맞서고 있던 무사들이 가슴을 부여잡으며 나뒹굴기 시작했다.
다가가 그녀를 안고 싶었으나 발을 내뻗기도 전에 심장이 파열될 듯했다.
더욱이 그들은 자신들이 사술에 걸려 있음을 얼마간 짐작하고 있었으므로 내력을 모조리 끌어올려 저항하고 있었던 것이다.
바닥에 주저앉아 가부좌를 틀고 있는 그들의 등줄기로 차가운 바람 한 줄기가 스쳐 지나갔다.
귀밑머리로 흘러내리던 땀방울이 싸늘하게 식었다. 뜨겁게 달아오르던 몸이 그 바람에 냉각되며 얼마간 안정을 되찾는 듯했다.
하지만 바람은 곧 위험한 장난에 손을 대기 시작했다.
여인의 어깨 위로 살짝 얹혀 있던 웃옷을 벗겨내기 시작한 것이다.
팔을 타고 미끄러져 내리는 옷, 언뜻 드러나는 풍만한 가슴…….
식어가는 듯하던 무사들의 몸이 더욱 뜨겁게 달구어지기 시작했다. 숨이 막혀오고 온몸이 단단하게 굳어졌다.
더 이상 버텨낼 인내심이 없었다.
무사들은 여인에게 다가가기 위해 천천히 몸을 일으켰다. 하지만 채 두세 걸음도 떼지 못한 채 피를 토하며 고꾸라져야 했다.
허무하게 쓰러지는 동료들의 모습을 보면서도 눈이 뒤집힌 무사들은 계속해서 일어섰다. 그리고 먼저 쓰러진 동료들의 몸 위로 피를 토하며 고꾸라졌다.
'맙소사. 이 진법의 사특함이 이 정도일 줄이야……….'
나무 뒤에 숨어 모든 상황을 지켜보던 주유청은 길게 한숨을 내쉬었다.

무당산으로 139

비록 자신이 펼친 진법이기는 했으나 너무나 음탕하며 잔혹하다는 생각 때문이었다. 만약 이러한 진법이 사악한 자에게 전수된다면 그 폐해는 이루 말할 수 없을 것이다.

주유청이 걱정하는 것은 바로 그런 점이었다.

'음… 배은망덕 이편, 그 교활한 녀석 또한 이 진법을 알고 있지 않겠는가! 아, 정파무림의 앞날에 큰 먹구름이 드리운 듯하군.'

주유청은 의도적으로 이편을 폄하하며 그에 대한 증오를 불태웠다.

'한편으론 미안하기도 하다. 하지만 방초 낭자의 마음을 사로잡고 있는 한 배은망덕 이편 너는 여전히 색마고 내 적이다.'

그런데 그때였다.

"사술이다. 활을 쏴라!"

비교적 먼 거리에 있는 탓에 진법의 영향을 받고 있지 않은 무사 하나가 명령을 내렸다.

솨, 솨, 솨아아—

수백 개의 화살이 절정의 몸부림을 하고 있는 요부를 향해 날아들었다.

하지만 어찌 된 일인지 그 화살들은 채 요부에게 닿지 못한 채 떨어져 내리거나, 요부를 빗겨 엉뚱한 방향으로 쏟아졌다. 화살 역시 진법을 뚫지 못하고 있었던 것이다.

정작 이변은 주유청이 미처 생각지 못하고 있던 곳에서 벌어지고 있었다.

음매애— 음매애—

소 울음소리와 함께 요부(妖婦)의 형상이 이지러지기 시작했다.

'어이쿠, 맙소사……!'

주유청은 그제야 홍성기의 충고를 떠올리며 이마를 쳤다.

"천류색녀환장진(天流色女換腸陣)에 있어 무엇보다 중요한 것은 살아 있는 생명체를 이용해야 한다는 점이니라. 그런데 이때 주의할 것이 한 가지 있지. 환각을 만들어내는 대상물 자체가 철저하게 자기 최면에 걸려야 한다는 점이야. 즉 진의 중심이 되는 짐승이 스스로 색녀라는 착각에 빠져야 한다는 점이지."

문제는 바로 거기에 있었다.
주유청이 시간에 쫓긴 나머지 진에 이용한 짐승은 바로 달구지를 끌고 온 황소였다. 즉 수컷이다 보니 자기가 색녀라는 착각에 빠지기가 쉽지 않았던 것이다.
더욱이 놈은 반추 동물인 까닭에 습관을 버리지 못하고 느닷없이 저녁 나절에 먹었던 풀을 되새김질해 씹기 시작했다.
그 바람에 진을 이루던 기운이 흩어지고 환상이 조각나게 된 것이다.
음매애— 매애—
이제 이지러지던 요부의 형상은 완전히 사라졌다.
그 대신 달구지 위에 올라 되새김한 여물을 꾸역꾸역 씹고 있는 황소가 모습을 드러냈다.
정작 그 모습에 놀란 것은 천무밀교의 무사들이었다.
"헛—"
"아니……!"
그들은 당혹스런 신음을 내뱉으며 멀뚱히 달구지 위의 황소를 쳐다보았다.
음매애— 매애—
환각 상태에서 깨어난 황소 역시 수백 명의 무사들에게 놀란 것인지

달구지 위에서 풀쩍 뛰어내리며 울부짖었다. 그 바람에 사타구니 사이에서 축 늘어져 있던 방울 두 개가 찰랑거리며 흔들리기 시작했다.

'젠장, 이러고 있을 때가 아니지. 발바닥에 땀이 나도록 달아나야겠군.'

주유청은 초상비(草上飛)의 신법을 연상시키는 빠른 경공을 펼치며 어둠을 가르고 산길을 내달리기 시작했다.

'방초 낭자……! 나 주유청, 목숨을 거는 한이 있더라도 이 위기와 배은망덕 이편의 마수에서 낭자를 구해내겠소. 사랑하오, 낭자……!'

호르릉… 호르릉…….

밤새들이 수선스럽게 울며 여기저기서 날아올랐다.

한 마리 물찬제비처럼 신속하게 내달리는 주유청의 경공에 놀란 것이다.

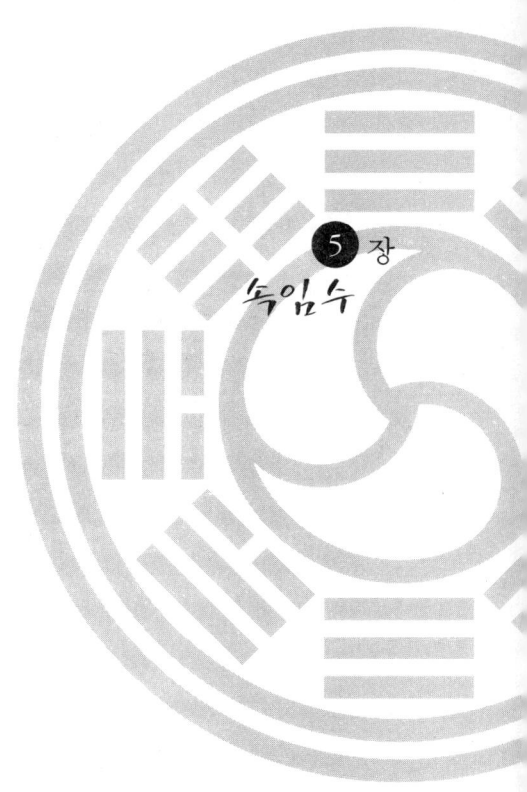

5장
속임수

음모(陰謀)는 마치
달 없는 밤의 그림자 같다.
보다 짙은 어둠에 묻혀
드러나지 않는다.

1

속임수

호북성 균현 무당산.
무당 장문인 장소천은 뜨락에 앉아 막 피기 시작하는 꽃들에게 눈을 주고 있었다.
"네가 우주를 여는구나……."
가볍게 읊조린 그는 고개를 들어 주위를 둘러보았다.
따뜻한 봄바람이 불어와 풀어헤친 그의 머리칼을 흔들었다. 얼마 전까지만 해도 삭풍에 떨던 나무들에서 새싹이 움트고 있었다.
봄은 어느새 무당산의 정상까지 스며든 것이다.
장소천은 시선을 좀 더 높여 무당 도장을 감싸고 있는 봉우리들을 바라보았다.
그의 눈에 비친 여러 봉우리는 여전히 성스러웠다. 봉우리를 두른 현묘한 빛깔의 운무 사이로 걸어 들어가면 금방이라도 신선의 세계가 펼쳐질 것 같았다.

도가(道家)에 귀의할 때만 해도 장소천은 그런 신선의 세계를 동경하고 있었다.
젊은 시절 사소한 일로 시비가 일고, 미워하고, 죽이는 그런 세속의 질서에 적응하기가 싫었다. 우화등선(羽化登仙)하여 학과 구름과 들꽃을 벗 삼아 놀고, 꽃잎 위에 고인 이슬로 목을 축이며 자연과 함께 살아가고 싶었다.
무당파에 들어온 이유도 그 때문이다.
하지만 무당의 제자가 된 이후 그런 꿈은 산산이 깨지고 말았다.
이 깊고 깊은 산속에서조차 숱한 시기와 반목과 증오가 반복되고 있었던 것이다. 남에게 뒤처지지 않기 위해 뼈를 깎는 수련을 해야 했으며, 자신의 자리를 지키기 위해 세상과 타협해야 했다.
그때까지만 해도 장소천은 그것이 우화등선을 위한 한 과정이라고 자위했다. 자신이 장문인이 되는 날 무당파는 거듭 태어나게 되리라 믿고 있었다.
그런데 아니었다.
서열이 올라 장로가 되고, 장문인이 되었지만 변한 것은 아무것도 없었다. 그 자신은 이미 세속의 때에 깊게 물들어 있었다.
더구나 알지 못하는 사이에 자라난 명예욕은 무림맹주의 자리에까지 눈독 들이게 했다. 그는 다시 타인들과 경쟁해야 했고, 세상과 타협했으며, 황실에까지 손을 뻗쳤다.
덕분에 맹주의 자리에 올랐으며, 황실의 지원에 힘입어 무당파를 살찌울 수 있었다.
많은 이들이 존경의 눈빛으로 자신을 쳐다보았고, 그 자신은 그런 눈길에 취해 젊은 시절의 꿈을 잊고 말았다.
낙화유검(洛花流劍)! 한때 검법의 절정에 이른 자신에게 붙여졌던 외호다.

 검 위에 떨어진 꽃잎 하나를 바닥에 떨구지 않고 삼십 여 명의 고수를 무릎 꿇게 한 후 붙여진 것으로, 강호는 아직도 그 일화를 기억하고 있다.

 장소천은 바닥에 놓였던 검을 집어 들었다.

 차르릉……!

 검집을 벗어난 검이 햇빛을 튕겨내며 맑게 울었다.

 "모든 기(氣)의 궁극은 부드러움이다. 부드러움으로 굳은 것을 이기며, 고요함으로 움직임을 제압한다."

 장소천은 뜨락의 중앙에서 사방 5장 안팎으로 휘돌며 검을 날렸다.

 봄볕은 베어질 듯 말 듯 아슬아슬하게 그의 검신에서 춤추었다. 어느 순간 햇볕을 머금은 그의 검이 투명해졌고, 빛의 기둥으로 화한 검단이 곡선을 긋기 시작했다.

 "천하의 근본은 물(水)이다. 모든 것이 물에서 나며, 물로 화(化)한다. 굳고 강한 것이 그 부드러움에 꺾이며 결국은 그 근원인 물의 본성으로 돌아간다. 검 역시 그 지향하는 바는 물이다. 검로(劍路)의 궁극 역시 물이며, 고요함이다."

 장소천의 검이 꽃봉오리 위를 스치기 시작했다.

 봉오리 위에 고였던 아침 이슬들이 허공에 흩뿌려졌다. 하지만 그것도 잠시, 맑은 물방울들은 빛의 기둥 위로 내려앉았다.

 "태극(太極)이란 무엇인가. 지극한 정(靜)이다. 무극(無極)이란 무엇인가. 정(靜)의 기원이다. 태극은 무극에서 비롯되었으니, 다시, 태극이란 무엇인가? 정(靜)의 움직임이다. 정(靜)의 움직임은 동(動)과 같은가? 아니다. 정(靜)이 만변할지라도 그 이치는 여전히 정(靜)이다. 음양(陰陽)의 본질도 정(靜)이며, 그 화합 또한 정(靜)이다. 무당 도장의 아침을 물들이던 빛의 기둥도 이제 정(靜)할 시간이다."

수심 깊은 호수의 물풀처럼 흐느적거리던 장소천의 움직임이 멎었다.

그의 검은 어느새 검집 안에서 쉬고 있었으며, 검기의 흐름에 따라 장소천과 함께 움직이던 꽃들의 움직임도 잦아들었다.

"우주가 만개되었구나……!"

방금 전까지만 해도 수줍은 듯 봉오리를 틀어쥐고 있던 꽃들이 활짝 피어 있었다.

봉오리 위에 맺혀 있던 이슬들은 만개한 꽃잎 위에서 햇빛을 머금고 있었으며, 무당 도장의 뜨락은 깊은 정적에 묻혀갔다.

"결국 나는 무극(無極)으로 돌아온 것인가?"

장소천은 지극히 담담한 어조로 중얼거렸다.

무당파에 또 하나의 검법이 탄생한 순간이건만 장소천도, 세상도 아무 일 없었다는 듯 고요할 뿐이었다.

얼마 후 장소천은 가벼운 걸음으로 뜨락을 벗어났다.

무당산 초입.

무산 일행을 실은 마차가 아주 느린 속도로 숲길에 들어서고 있었다.

그들은 소림사에서 달아난 지 꼬박 보름 만에야 그곳에 당도하게 되었다. 마차를 끄는 말들은 지칠 대로 지쳐 제 속도를 내지 못했다.

만약 주유청이 없었다면 일행은 이미 불귀의 객이 되었을 것이다.

천무밀교의 추적대는 집요하게 일행을 따라붙었다. 그런데 주유청이 위기의 순간마다 진법을 설치해 추적대의 추격을 저지시킨 것이다.

다행히 천무밀교의 추적대는 일행의 추적을 포기한 듯했다. 벌써 닷새째 모습을 드러내지 않은 것으로 보아.

문제는 당개수의 병세가 점점 위독해졌다는 점이다.

워낙 출혈이 많았던 데다 계속해서 적들에게 쫓긴 까닭에 병세가 악화된 것이다.

"아버지, 조금만 참으세요. 이제 곧 무당산입니다."

당수정은 초조한 마음을 감추며 입을 열었다.

어제까지만 해도 하늘이 무너지는 듯한 슬픔에 끼니조차 입에 대지 못한 그녀였다. 하지만 막상 무당산이 모습을 드러내자 얼마간 힘을 되찾은 듯했다.

"수정아……."

딸의 모습이 안쓰러웠는지 당개수가 살짝 미소를 내비쳤다.

"예, 아버지."

"좀 웃어주면 안 되겠느냐?"

"예?"

"네 녀석이 그렇게 인상을 찌푸리고 있으니 마음이 편치 않구나. 몸 아픈 것도 서러운데 말이야. 허허허……."

당개수는 목을 타고 치밀어 오르는 기침을 삼키며 힘겹게 말했다.

"그래, 수정아, 개수 형님 말이 맞다. 부모란 자신이 아픈 것보다 자식 아픈 것을 더 걱정하게 마련이다. 네가 그렇게 슬퍼하면 개수 형님 마음이 무겁지 않겠느냐?"

옆에서 두 부녀를 지켜보던 천우막이 끼어들었다.

천우막 역시 친형이나 다름없는 당개수를 걱정하고 있었다.

하지만 그것을 내색하기보다는 시종 일행과 농담을 주고받는 쪽을 택했다. 분위기가 무거워지면 오히려 병세에 좋지 않은 영향을 미칠 것 같았기 때문이다.

그것은 무산 또한 마찬가지였다.

"우막이 형님, 장가도 안 드신 분이 어찌 그리 잘 아십니까? 혹시 숨겨

놓은 자식이라도 있는 겁니까?"
　무산은 천우막의 얼굴을 빤히 쳐다보며 실실 웃었다.
　사실 그는 그동안은 천우막에게 깍듯이 예의를 지켜왔다. 하지만 의형제를 맺은 이후 서서히 본색을 드러내기 시작했다.
　"음… 그러니까 그것이… 꼭 애를 낳아야만 알 수 있는 것이 아니라는……."
　"헤헤, 농담입니다."
　"……."
　무산은 천우막의 말을 자르며 또 헤벌쭉이 웃었다.
　한편 방초는 배은망덕 이편 옆에 앉아서 길게 한숨을 내쉬고 있었다.
　'어쭈, 보름 동안 나한테 한마디도 안 했단 말이지……! 저 곰탱이의 꿍꿍이가 뭘까? 아예 눈길조차 주지 않잖아? 기분이 꿀꿀한걸……….'
　그녀는 다시 한 번 길게 한숨을 내쉰 후 살짝 고개를 돌려 주유청을 훔쳐보았다.
　방초의 눈길을 의식하지 못한 것일까, 주유청은 마차 중간에 앉아 석금이와 이야기를 주고받을 뿐이다.
　"석금이 자네, 깜구와 관계를 가진 암캐들이 새끼 낳은 일을 모르고 있지?"
　"어? 맞다. 어떻게 됐냐, 주 공?"
　"안타깝게도 모두 정상적인 개들만 태어났다네. 하지만 아직 포기하긴 이르지. 격세유전이라는 게 있지 않은가. 비록 이번엔 나오지 않았다 해도, 다음 대에서 깜구와 같은 쌍두구가 나올 수 있다는 얘길세."
　"히히, 주 공, 석금인 상관없다. 머리가 하나가 달렸건 두 개가 달렸건 모두 깜구 새끼들이다. 언젠가 형편이 되면 석금이가 모두 데려다 키울 거다."

석금이는 깜구가 생각나는지 아련한 눈길로 하늘을 쳐다보며 말했다.
"헤헤, 석금아, 그건 좀 곤란한 생각인걸? 우막이 형님도 잘 알겠지만, 개방 거지들이 제일 좋아하는 음식이 개고기란다. 그렇지요, 형님?"
잠자코 석금이의 이야기를 듣고 있던 무산이 끼어들었다.
무슨 이유에선지 무산은 최근 천우막을 집중 공략하고 있었다. 어쩌면 늙은 거지랑 의형제를 맺은 것이 불쾌했는지도 모른다.
"사부 영감, 정말이냐?"
석금이가 화들짝 놀라며 물었다.
하지만 이번에도 대답을 들려준 것은 무산이었다.
"그럼. 석금이 네가 전문적으로 익힌 타구봉법만 봐도 알 수 있잖아. 결국 가축이던 개를 요리로 만들기 위해 개발된 이상한 무공이 타구봉법 아니냐."
"……."
이번에도 천우막은 아무 말 없이 한숨을 내쉴 수밖에 없었다.
'음… 주위의 평가에 귀를 기울여야 했어. 무산 이 녀석이 이렇게 싸가지가 없는 놈일 줄이야……….'
천우막의 긴 한숨 때문인지 마차 안은 잠시 침묵에 잠겼다.
하지만 그 와중에도 일행의 머리 속으로는 많은 생각들이 오갔다.
'저 싸가지없는 놈의 주둥이를 닫아놓을 인물이 아무도 없단 말인가?'
'내 아무리 승신검의 무공이 탐난다 해도 결코 내 자식을 그 문하에 들이지 않으리라. 자칫 개망나니가 될 수도 있지 않은가……….'
천검 오관필과 백검 백승목은 사라진 강호의 정의를 부르짖으며 무산을 노려보고 있었다. 일행과 합류한 보름 동안 꾸준히 그래 왔듯…….
그런가 하면, 뒤편의 대화에 관심이 없는 듯 말만 몰고 있던 이편 역시

속임수 151

복잡한 생각에 휘말리고 있었다.

'어허, 이상한 일이로고……. 방초 요 계집애가 어쩐 일로 이렇게 얌전하지? 내게서 뻗쳐 나는 법력에 감화라도 된 것일까? 그건 그렇고… 주유청 저 녀석은 왜 송곳을 돌려주지 않는 걸까. 돌려달라고 얘기해 볼까? 허허, 중놈이 돼가지고 송곳을 내놓으라고 다그칠 수도 없는 일이고……….'

이편의 고심을 아는지 모르는지, 문제의 방초는 여전히 주유청의 태도를 분석하기 위해 골머리를 앓고 있었다.

'어쭈, 내가 눈길을 줬는데도 외면하고 있단 말이지. 저 곰탱이가… 어머, 날아가는 참새를 보면서 웃고 있잖아? 뭐야, 방초가 참새보다 못하단 거야? 그나저나… 곰탱이도 저렇게 웃으니까 제법 멋있는걸? 꼭 고독한 흑곰 같잖아?'

'그래, 색마 수칙 제2조. 자신의 장점을 부각하라. 히히, 나 주유청, 가장 자신있는 부위는 곧게 뻗은 콧날. 이렇게 옆으로 돌아앉았을 때 부각되게 마련이지. 음… 방초 낭자의 표정으로 보아 어느 정도 성공적이군.'

주유청은 소매에 부착한 거울 단추를 이용해 교묘히 방초의 표정을 탐색하며 만족스러워했다.

"워, 워―"

그런데 그때 갑자기 배은망덕 이편이 마차를 세웠다.

일행은 무슨 일인가 싶어 고개를 삐죽 내민 채 전방을 살폈다.

멀리 산길에서 천천히 말을 몰아오는 관군들의 모습이 보였다.

"무당산에서 왜 관군이 내려오는 걸까요?"

이편은 뒤를 돌아보며 일소천의 표정을 살폈다.

"글쎄다. 천무밀교를 토벌하기 위해 파병되었다는 사평왕 군대 소속인가? 음, 일단 마차를 길가로 몰아라. 쓸데없이 저들과 부딪쳐 시간을 지체할 필요가 없느니라."

일소천 역시 알 수 없다는 듯 고개만 흔들 뿐이었다.

"알겠습니다."

이편은 고삐를 잡아당기며 일찌감치 마차를 길가에 대놓고 관군이 지나가기를 기다렸다.

얼마 후 약 20여 명의 관군이 말을 몰고 마차 근처로 다가왔다.

그들은 모두 말을 타고 있었는데 4명은 전령의 복장이었으며 나머지 16명은 호위무사 같았다.

히히히힝!

"그대들의 정체를 밝히시오."

마차 앞에서 말을 세운 무사들은 잠시 무산 일행을 쳐다보다가 수상하다는 투로 물었다.

말을 꺼낸 무사는 거대한 덩치에 긴 칼을 허리에 차고 있었다.

그는 다가오는 내내 날카로운 눈빛으로 무산 일행을 살폈다.

"우리는 무당파의 손님이오."

일행이 멈칫하는 사이 천검 오관필이 짧게 대답했다.

관군들이 무산 일행을 살폈듯 오관필 역시 이상한 눈빛으로 그들을 살피던 중이었다.

"어디에서 오는 길이오?"

덩치 큰 무사가 다시 물었다.

"소림사에서 오는 길이오."

"하하, 그렇습니까. 듣자 하니 소림사에 변고가 생겼다 하던데 어떻게 되었습니까?"

"구사일생으로 도망쳐 오는 길이오. 보시다시피 상황이 그다지 좋지 않소."

"음, 결례가 되었다면 죄송합니다. 천무밀교의 반란으로 워낙 신경이 곤두서 있다 보니……."

덩치 큰 사내는 비교적 정중하게 말했다.

"나도 하나만 물어봅시다. 이곳은 무당파의 영역인데 무슨 일로 관군이 동원된 것이오?"

"하하, 황제 폐하의 전교를 전하기 위해서요."

"……."

무사의 대답이 떨어지는 순간 오관필이 슬며시 검을 끌어당기며 전음을 보냈다.

[아무래도 수상한 자들입니다. 조심하십시오.]

…….

오관필의 전음을 받은 일행은 잠시 멈칫했으나, 곧 태연한 표정으로 내력을 끌어올렸다. 만약의 공격에 대비하기 위해서였다.

하지만 무사는 가볍게 포권을 취한 후 말머리를 돌렸다.

"하하, 그럼 우리는 그만 가보겠소이다. 몸조리 잘들하시오."

…….

관군들이 멀어져 가는 것과 동시에 일행의 눈빛이 오관필에게 쏠렸다. 도대체 뭐가 수상하다는 것인지…….

'그놈 정의로운 척은 혼자 다 하더니, 알고 보니 실없는 놈이었군.'

'쯧쯧, 쪽팔릴 짓을 했군.'

'처음부터 기분 나쁜 놈이었어. 계속 날 째려보는 것도 그렇고…….'

결코 남의 실수를 관대하게 넘기지 않는 일소천과 팽이, 무산은 아예 부릅뜬 눈으로 천검 오관필에게 얼굴을 들이밀었다.

'이상한 일이다. 아무리 보아도 관군이 아닌 듯했는데……. 그나저나

이 인간들은 정말 예의를 모르는군. 사람이 실수를 할 수도 있는 것이지… 이렇게 노골적으로 무안을 주다니…….'

막상 아무 일도 일어나지 않자 오관필은 가볍게 머리를 저으며 바닥만 긁어댔다.

물론 성질 같아서는 가자미눈을 뜨고 있는 무산의 얼굴에 주먹이라도 날리고 싶었지만.

어쨌거나 오관필은 여전히 의혹을 떨칠 수 없었다.

그는 과거 흑목애를 중심으로 일어났던 묘족의 반란을 진압한 장수 출신, 누구보다 관군들의 습성이나 규율에 대해 잘 알고 있었다.

평화 시라면 모를까, 전시에 전령이 신분을 드러내는 일은 있을 수 없었다.

더욱이 자신들의 목적과 상관없는 검문 따위를 하는 경우는 더 더욱 없었다. 지나치게 느긋한 점도 이상했고.

'일단 무당 장문인을 만나봐야겠군. 그런데 이 싸가지없는 놈은 언제까지 내 눈앞에 상판때기를 들이밀고 있을 생각이야?'

오관필은 불쾌한 표정으로 무산의 눈을 노려보며 빠드득, 이를 갈았다.

2
속임수

무당 도장 한편에 자리한 화화당(華畫堂).

일소천과 팽이, 천우막, 천검 오관필, 백검 백승목, 배은망덕 이편이 무당 장문인 장소천과 함께 식탁에 마주 앉아 긴 한숨을 뽑아내고 있었다.

"범현 거사와 쌍마불 선배들은 끝내 소림사에 뼈를 묻게 되었군요."

천우막을 통해 자초지종을 전해 들은 장소천은 어두운 안색으로 말했다.

"그나저나 오는 길에 황실의 전령들과 마주쳤습니다. 무슨 내용이었는지 여쭤봐도 되겠습니까? 좀 미심쩍은 부분도 있고……."

천검 오관필은 아무래도 의혹을 떨칠 수 없다는 듯 관군에 대한 이야기를 꺼냈다.

'아, 그놈 정말 의심 많네.'

'저런 놈하곤 절대 동업 안 해. 맨날 금고 앞에 죽치고 앉아 있을 거

야, 아마…….'

일소천과 팽이는 영 이해할 수 없다는 눈빛으로 오관필을 쳐다보았다.

"그렇지 않아도 그 부분에 관해 여러분과 상의하려 했습니다. 오늘 오전에 황제가 보낸 밀서가 도착했습니다. 천무밀교와의 싸움이 쉽지 않은 것인지, 강호인들의 힘을 보태달라는 내용이더군요."

장소천은 묘한 표정으로 덤덤하게 대답했다.

"음… 난감한 문제군요."

천우막의 얼굴에 고민의 빛이 역력히 드러났다.

황실과 강호의 연계에 대해 얼마간 거부감을 가지고 있는 그였지만, 지금의 상황은 너무나 절박했다. 화산 장문인 백의천은 이미 사평왕과의 연대를 천명했고, 범현 거사를 중심으로 한 소림사가 무너졌다.

"여러분도 아시다시피 호북성에서 일어나 북상하기 시작한 천무밀교의 세력이 이미 하남성의 대부분을 잠식했습니다. 그들이 전쟁을 준비할 때만 해도 무당파는 황실과의 관계 때문에 당장의 위기를 모면할 수 있었으나, 이제 그조차도 쉽지 않게 되었습니다. 이미 전쟁이 시작된 이상 황실의 비호 아래에 있던 무당파 역시 적으로 규정된 것이나 다름없으니까요. 이대로 있다간 우리 역시 소림과 똑같은 운명을 맞게 되겠지요. 황제의 밀서는 어쩌면 화산을 보호하기 위한 차원에서 내려진 것일 수도 있다는 생각입니다."

"하지만 이상하군요. 실제로 이 호북성은 천무밀교의 영역이나 다름없는데, 어떻게 황실의 전령이 관복을 입고 무당산까지 올 수 있었을까요?"

…….

천검 오관필의 질문에 좌중은 잠시 침묵할 수밖에 없었다.

듣고 보니 어딘가 어색한 데가 있었기 때문이다.

속임수 157

자신들 역시 소림사에서 천무밀교의 영역인 이곳 호북성으로 이동해 왔다. 관도를 버리고 산길을 따라왔기에 가능한 일이었다.

하지만 관복을 입고 적진을 뚫는다는 것은 아무래도 납득할 수 없었다.

오관필이 침묵을 깨고 다시 입을 열었다.

"밀서의 내용에 대해 좀 더 자세히 말씀해 주시겠습니까?"

"음… 그러고 보니 이상하긴 하군요. 밀서에 따르면 현재 사천성에 거주하고 있는 사평왕의 군대와 합류하라고 되어 있는데, 사실 황제와 사평왕은 서로 견제하는 사이라서… 나 역시 그 부분엔 얼마간 의문을 품고 있었습니다."

장소천이 턱을 어루만지며 미심쩍다는 듯 말했다.

"아, 그거야 사정이 달라졌잖소. 당장 시급한 적은 사평왕이 아니라 천무밀교이니 일단 그들부터 처리를 해야 하지 않겠습니까. 문제는 그 밀서의 지시대로 할 경우 결국 화산파와도 합류하게 된다는 것이지요. 이것 참, 이럴 수도 저럴 수도 없으니……."

천우막이 난색을 표했다.

범현 거사나 장소천은 원래부터 백의천과 사이가 좋지 않았다.

하지만 천우막은 아니었다. 무림맹 비무대회 이후 화산파의 움직임에 의심을 품게 되었으나 그전까지는 무난한 관계를 유지해 왔다.

어쨌거나 현재로선 천우막 역시 백의천과의 관계가 껄끄러울 수밖에 없다. 자기 스스로 소집령을 낸 것은 일종의 월권이었기 때문이다.

이런 상황에서 사평왕과 합류하게 된다면 무슨 면목으로 백의천을 대할 것인가. 결국 자신이 경거망동한 것에 불과한 셈이다.

물론 강호인들이 자력으로 맞서느냐, 황제의 편에 서느냐, 사평왕의 편에 서느냐 하는 갈등 사항 중 하나가 줄어든 셈이긴 하지만.

"후— 어쨌든 지금으로선 둘 중 하나를 선택해야만 합니다. 당장 우리의 힘만으로 천무밀교와 맞서는 것은 불가능한 일입니다. 그러니 새 외로 잠적해 황실과 천무밀교의 싸움을 지켜보거나, 황실과 연대해 천무밀교를 응징하는 방법밖에 없지요. 어느 쪽이든 떳떳하지 못하겠지만 말입니다."

장소천이 침통한 표정으로 말했다.

"장문인의 생각은 어떻습니까?"

백검 백승목이 물었다.

"지난봄 벽운산에서의 패배는 모두 제 책임입니다. 비록 초화공의 간교에 넘어갔다고는 하나, 미끼를 문 것은 나 자신이니까 말입니다. 봉문 이후 많은 생각을 해보았습니다. 과연 정(正)과 사(邪)의 구별이 필요한 것인지, 왜 무림맹이 강호의 주인이고 천무밀교나 구황문이 주인이 되어서는 안 되는지. 여기 계신 협객들께서는 언짢게 들으실지 모르겠으나, 결국 이 싸움은 강호와 대륙의 패권을 둘러싼 암투입니다. 서로의 욕심에서 비롯된 것이지요. 솔직히 저로서는 더 이상 이 싸움에 관여하고 싶은 마음이 없습니다. 다만… 저로 인해 비롯된 것이기에 매듭을 지어야겠다는 생각이 있을 뿐입니다. 그러니 여러분의 결정에 따르는 수밖에요."

말을 마친 장소천은 지그시 눈을 감았다.

그의 대답으로 인해 실내로는 잠시 냉막한 기운이 감돌았다. 듣기에 따라 장소천의 말은 지극히 무책임한 말이었기 때문이다.

물론 다 그렇게 생각하는 것은 아니었다.

'음… 내가 닿고자 하는 경지가 바로 저러한 경지다. 무심……! 아마 저 양반은 송곳 없이도 밤에 잘 잘 거야……'

소림을 대표해 참석한 배은망덕 이편이었다. 한편,

'저놈이 신선이 다 됐군.'

'음, 언젠가 당개수에게 내가 들려주었던 말하고 비슷하군. 확실히 나는 도가 쪽으로 진출해도 대성했을 인물이야, 아무렴.'

팽이와 일소천은 고개를 끄덕이다가 천우막과 오관필, 백승목의 표정을 살폈다. 천하의 정의로운 놈들이 어떤 반응을 보일지 궁금했던 것이다.

예상대로 그들은 장소천의 말이 못마땅한지 불쾌한 표정을 짓고 있었다.

"장문인과 마찬가지로 우리 역시 손에 피를 묻히고 싶지 않습니다. 하지만 지금은 단호한 의지가 필요할 때입니다. 사파의 발호를 수수방관할 수만은 없는 일 아닙니까. 이미 아미파가 무너지고 소림사에서 숱한 영웅들이 죽어갔습니다. 혹 장문인께선 다시 초화공과 마주치게 되지 않을까 하는 두려움 때문에 이런 식으로 꼬리를 내리시는 건 아닌지요?"

천검 오관필이 참지 못하고 노골적으로 불만을 표시했다.

"하하, 오해할 만한 말이었다면 사죄드리리다. 하지만 이미 말씀드리지 않았습니까, 이 일은 제 손으로 매듭을 짓고 싶다고. 다만 저로 인해 또 한 번 그릇된 선택을 하게 되지 않을까 두려워하는 것뿐입니다."

"……"

장소천의 말에 좌중은 다시 한 번 침묵하며 탁자만 내려다보았다.

그들 자신도 어떤 선택을 해야 할지 알지 못하는 상황이었으므로.

'어휴, 우유부단한 놈들. 둘 중 하나를 선택해야 한다면 엽전을 던져 결정하면 되겠구먼. 물론 싸움을 해야 심심치 않겠지만……'

'팽이 저 인간, 분명히 나랑 같은 생각을 하고 있을 거야……'

팽이와 일소천은 나잇값을 하느라 점잖게 앉아 있기는 했으나 내심 즐거워 미칠 지경이었다. 조만간 황혼을 붉게 물들이게 될 것이므로.

해시(亥時). 무당 도장의 붕객당(朋客堂).

황촛불이 꺼진 지 얼마 되지 않은 탓에 침상에 누운 두 사람의 눈에는 어둠이 더욱 짙게 느껴졌다.

"이 형, 스님 생활은 할 만하오? 식생활에 여러 가지로 제약이 따를 텐데……."

주유청이 퉁한 목소리로 안부를 물었다.

"하하, 부처님의 제자로서 그런 사소한 불편에 불만을 가질 수는 없는 일이지요."

배은망덕 이편은 주유청을 얼마간 경계하면서도 밝은 목소리로 대답했다.

행여라도 스님 생활의 불편을 토로했다가 또 어떤 오해를 사게 될지 모르기 때문이다.

가령 아직 방초에 대한 미련을 버리지 않았다던가 하는 억측을 충분히 만들어낼 수 있는 인물이 주유청인 것이다.

사실 주유청이 굳이 한 방을 쓰자고 덤벼들 때부터 이편은 내심 초조했다. 이번엔 또 무슨 시비를 걸지 알 수 없었으므로.

"이 형, 그래도 내겐 솔직하게 털어놔 보시오. 색마의 근성이라는 게 쉽게 사라지는 게 아니지 않소? 밤마다 색욕으로 인해 고통을 받고 있을 텐데……?"

주유청이 의심의 눈초리로 어둠 저편에 누워 있는 이편을 바라보았다.

이편으로선 정말 환장할 노릇이었다. 하지만 참는 수밖에.

"하하, 시주께서는 무슨 그런……. 나는 이미 청혜라는 법명을 가진 불제자요. 어찌 색욕을 이기지 못하고 날뛰겠소?"

이편은 최대한 목소리를 깔아서 점잖게 말했다.

'가만, 내가 괜히 그런 말을 했나? 솔직하게 말했으면 송곳을 돌려줄 지도 모르는데… 아니지, 내가 저 지긋지긋한 곰탱이를 한두 번 겪어보는 게 아니지 않은가. 필시 무슨 트집을 잡으려고 저러는 걸 게야……. 암.'

'못 보는 사이 더욱 교활해졌군. 하긴 오죽하면 황성마물 사부까지 배신했을까. 만약 내가 오늘 같이 자자고 하지 않았다면 저 인간 분명히 방초 낭자의 처소를 기웃거렸을 거야. 배은망덕……! 나 주유청이 있는 한 어림없는 일이다. 아무렴.'

어둠을 사이에 두고 이편과 주유청은 치열한 탐색전을 벌였다.

호르릉… 호르릉…….

밤새의 울음소리가 두 사람의 귓전을 맴돌았고, 시간은 계속해서 흘러갔다.

자시(子時).

"이 형, 솔직히 나 이 형에게 조금 실망했소."

한동안 침묵을 지키던 주유청이 밑도 끝도 없이 입을 열었다.

"예? 아니, 시주께서 무슨 말씀을 하시는지……."

"몰라서 묻습니까? 각서까지 써놓고 아직도 방초 낭자 주위를 서성거리고 있지 않소이까. 이곳까지 오는 동안에도 방초 낭자 옆에 찰싹 달라붙어 있던데, 그게 불제자로서 할 일이오? 그리고 귀에 거슬리니까 자꾸 시주 시주 하지 마시오."

"거 정말 너무하시오. 주 형도 알다시피 그게 내가 그러고 싶어서 그런 것이오? 나도 방초 낭자 때문에 괴로운 사람이오. 도대체 전생에 나랑 무슨 원한이 있어서 이리 괴롭히는 거요?"

배은망덕 이편은 짜증스럽다는 듯 톡 쏘아붙인 후 아예 이불을 머리 위까지 뒤집어썼다.

하지만 그 순간 그의 머리 속을 스쳐 가는 생각이 있었다.
'혹시 저 인간이 전생에 방초의 남편이었던 마부가 아닐까? 그래, 억울하게 사약을 마시고 죽은 후 앙심을 품고 윤회를 거듭하며 나를 괴롭히는 걸지도 몰라. 아, 도대체 내가 전생에 무슨 생각으로 그런 악행을 일삼았던 걸까……!'
이편은 다시 한 번 쌍마불이 들려주었던 자신의 전생 이야기를 떠올렸다. 그 순간 사약을 마시는 마부 주유청의 모습이 머리에 그려졌다.
'아, 불쌍한 놈……!'
이편은 길게 한숨을 내쉴 수밖에 없었다.
하지만 그 한숨에 대한 주유청의 해석은 달랐다.
'어쭈, 뭔가 앙심을 품고 있는 듯한 한숨 소리야. 음… 내가 저 인간을 너무 몰아붙인 건 아닐까? 그래, 좀 더 신중해져야 할 필요가 있어. 쥐도 궁지에 몰리면 고양이를 문다고 하지 않는가. 내가 다그치면 다그칠수록 저 인간은 방초 낭자에게 더 빨리 마수를 뻗칠지도 몰라……!'
주유청 역시 긴 한숨을 내쉬었다. 사부 홍성기의 조언을 떠올리며.

"유청아, 이미 말했듯 색마는 서로 한 영역 안에 머무를 수 없다. 호랑이가 하나의 영역을 차지하기 위해 서로 싸우듯, 색마도 자신의 영역을 지키기 위해 처절한 싸움을 벌여야 한다. 하지만 상대가 나보다 더 강할 땐 직접 부딪치지 마라. 상대가 나보다 더 약할 때도 직접 부딪치지 마라. 색마는 언제나 품위를 지켜야 한다. 그러니 머리를 쓰도록 해라. 내 영역 안에 또 다른 색마가 있을 경우 일단 놈과 친해지거라. 그 이후에 뒤를 노려라. 음… 내가 이편을 단죄할 때 사용했던 방법이 바로 그것이었느니라. 당시 이편과 나는 북경 외곽에서 20여 명의 여인들을 납치해 희롱하고 있었는데 그때 그만 교접의 선후를 놓고 다투게 되었느니라. 절정에 오른 이편은 나를 사부가 아닌 경쟁자로 보게 된 것이지. 따지고 보면 내 불찰일 수도 있다. 한 영역 안에 두 명의 색마가 머무를 수 없다는 수칙을 스스로 어기고 만 것이니까. 어쨌든 나로서는 이편을 단죄할 수밖에 없었다. 나 역시 색마였고, 내 영역을 지켜야 했던 게지. 결국 나는 이편에게 교접의 우선권을 준 후 취몽향(醉夢香)이라는 수면제로 잠들게 했다. 그 다음 미약(媚藥)에 중독되어 음녀(淫女)가 된 20여 명의 계집들에게 그 녀석을 넘겼지. 하지만 그것은 너무 잔혹한 처벌이었다. 만약 그대로 두었다면 진기가 빠져 고사(枯死)하고 말았을 게야. 색에 굶주린 색녀들은 피를 빨아 먹는 거머리와 다를 바 없으니까. 나는 못내 그것이 마음에 걸려 이편에게 돌아갔다. 그런데 그때는 이미 누군가가 이편을 구해간 다음이었지. 그런데 결국 이편을 구한 이가 네 친구였구나……. 유청아, 비록 이편이 나를 배신하기는 했으나 난 이미 그 녀석을 용서했다. 좀 더 빨리 독립시키지 않고 곁에 두고자 했던 내 욕심이 부른 화였으니까. 하지만 그 녀석이 아직 색마계에서 발을 빼지 못하고 너를 괴롭히고 있다니 너는 네 방식대로 녀석을 응징하려무나. 다만 그가 네 사형이라는 점을 감안하여 너무 혹독하게는 다루지 말거라. 그리고… 기회가 닿는다면 나 황성마물 홍성기가 이미 그를 용서했다는 말을 전해주기 바란다."

호르릉… 호르릉…….
한동안 뜸하던 밤새의 울음소리가 주유청의 상념을 깨뜨렸다.
"이 형……!"
주유청이 은근한 목소리로 이편을 불렀다.
홍성기의 조언대로 우선 그에게 친근감을 주기 위해서였다. 하지만 이편에겐 그런 주유청의 목소리가 자못 느끼하고 음흉하게 들릴 뿐이었다.
"왜… 왜 그러시오, 또……?"
"하하, 이 형, 내가 좀 지나쳤던 것 같소. 우리 술이나 한잔하며 오해를 품시다. 사실 나 이 형을 많이 존경하고 있소. 조만간 소림사의 방장직에 오를 거라고 하던데… 이 형에게 더없이 잘 어울리는 자리인 것 같소."

주유청은 비록 웃고 있었으나 창자를 쥐어짜는 듯한 고통을 느껴야 했다.

'아, 적에게 술을 권해야 하는 이 쓰라린 고통이여…….'

한편 이편은 갑작스런 주유청의 변화가 당혹스러웠다.

'아니, 저 인간이 왜 이러지? 혹시 사약 먹고 죽은 한을 풀기 위해 내 술에 독을 타려는 게 아닐까? 아니지… 내 법력에 감화가 된 걸지도 몰라. 그렇다면 술자리에서 분위기를 돋운 다음 빌려간 송곳을 돌려달라고 해볼까? 어? 아니야. 하마터면 속을 뻔했군. 불가 제자인 내게 술을 권하다니……. 역시 시험이었어. 생긴 것하고는 달리 아주 주도면밀한 놈이야, 저놈이…….'

3
속임수

붕객당(朋客堂)의 지붕 위.

마치 도둑고양이처럼 날렵하게 그곳에 내려앉는 인영 하나가 있었다.

잠시 주위를 살피던 인영은 상당히 익숙한 동작으로 기와 위를 사뿐사뿐 옮겨갔다. 달빛을 가리던 나무 그림자에서 벗어나자 인영의 모습은 얼마간 윤곽을 드러냈다.

'어휴, 빨리 이편 오라버니한테 시집을 가야 이 짓을 안 하게 되는데……'

방초였다.

낮잠이 많아서 상대적으로 밤잠이 없는 그녀는 몰래 이편의 침상으로 기어들기 위해 붕객당을 찾았다. 하지만 방에 불이 켜져 있는 것을 보고는 지붕 위로 날아오른 것이다. 도대체 뭘 하기에 자시가 넘은 시각까지 잠을 자지 않고 있는지 궁금해서.

'어디 볼까?'

살짝 기와를 들추어내자 그 사이로 두 사람의 모습이 고스란히 들어왔다. 한두 번 한 일이 아닌 듯 상당히 정확한 위치 선정이었던 것이다.

이편과 주유청은 식탁을 사이에 둔 채 앉아 있었는데, 주유청이 연거푸 술잔을 기울이는 것과는 달리 이편은 아주 가끔 당근을 깨물어 먹으며 졸음을 쫓는 듯했다.

'어휴, 저 곰탱이는 왜 잠을 안 자는 거야? 그래, 어쩌면 북경으로 돌아간다고 해놓고는 근처 야산에서 겨울잠을 자다 온 걸지도 몰라. 그러지 않고서야 날밤을 새면서 저렇게 술만 마실 수는 없는 일이잖아? 어머, 이편 오라버니는 졸려서 눈이 감길락 말락 하네? 아이, 불쌍해라……. 무작정 쳐들어가서 곰탱이를 응징할까? 아니야, 그랬다간 저 곰탱이가 앙심을 품고 이편 오라버니를 괴롭힐지도 몰라.'

안타까운 마음으로 실내를 들여다보던 방초는 그들이 무슨 이야기를 주고받는지 궁금해 귀를 기울였다.

하지만 두 사람 사이엔 정작 아무런 대화가 없었다.

주유청은 그저 고래처럼 술만 들이키고 있었고, 이편은 주유청에게 안주를 집어 주거나 졸음을 쫓기 위해 당근을 깨물어 먹을 뿐이었다. 정말 착하고 불쌍한 모습이었다.

'어휴, 이편 오라버니는 세상에서 제일 선한 사람일 거야. 그나저나 저 곰탱이를 어떻게 응징한담……?'

방초는 이편을 구해내기 위해 잘 돌아가지 않는 머리를 굴리기 시작했다. 그런데 그때였다.

호르릉… 호르릉…….

밤새의 울음소리가 거칠어지는가 싶더니 뒤이어 다섯 명의 인영이 20여 장 밖에 있는 담장 위로 날아 들어왔다.

'어, 저건 또 뭐지? 새는 아닌 것 같은데…….'

방초는 그들도 혹시 잠이 오지 않아 이쪽으로 놀러 오는 게 아닌가 잠시 생각했다.

하지만 곧 그들이 살수라는 사실을 알게 되었다. 모두 복면을 쓴 데다 어깨 너머로 검의 손잡이가 보였던 것이다. 더욱이 손에는 저마다 한 자 가량의 막대 같은 것을 들고 있었다.

담을 타 넘은 복면인들은 잠시 주위를 살피다가 마당을 가로질러 여러 방향으로 나뉘었다.

'이거 경계가 형편없군. 그런데… 어떻게 해야 하지? 사람들이 위험하잖아……'

방초가 고민하고 있는 사이 한 명의 복면인이 붕객당을 향해 달려왔다.

휘리릭……!

복면인은 미처 방초를 보지 못한 듯 달려오는 속도를 이용해 그대로 지붕 위로 날아올랐다.

"헛!"

지붕에 오른 후에야 방초를 발견한 복면인이 짧은 신음성을 냈다.

'어휴, 이거… 쪽팔리게 됐잖아.'

복면인과 잠깐 마주한 상황에서도 방초는 여러 가지 생각을 했다.

하지만 어쩔 수 없는 일이었다.

"자객이다! 자객이 나타났다아—!"

방초는 복면인을 향해 기와를 날리며 큰 소리로 외쳤다.

카가강……!

복면인은 재빨리 검을 뽑아 날아드는 기와를 쳐냈다. 그리고는 잠시 멈칫했으나 어쩔 수 없다는 듯 쇠막대를 입에 가져다 댔다.

방초와의 거리는 대략 5장 정도, 검으로 승부하는 것보다 암기를 발사하는 것이 빠르다고 생각한 것이다.

하지만 방초는 승신검 일소천의 손녀다. 게다가 몽고족의 피까지 섞여 상당히 호전적인 처녀였다. 결코 만만한 상대가 아닌 것이다.

"픗—"

"어딜……!"

복면인이 쇠막대로 암기를 쏘아내는 것과 동시에 방초가 두 장의 기와를 연달아 던졌다.

투둑……!

"커흡!"

복면인은 뒤로 서너 걸음 물러서며 낮게 신음을 냈다.

그로서는 믿을 수 없는 상황이었다.

방금 전 그가 쏘아낸 것은 술이 달린 독침이었다. 그런데 그것이 첫 번째 기와를 깨뜨리며 엉뚱한 방향으로 꺾여 나갔다.

문제는 미처 상황을 파악하기도 전에 뒤이어 날아든 기와였다. 그것이 그의 입에 넣어진 쇠막대를 가격했던 것이다.

덕분에 복면인은 목젖을 지나쳐 그 안쪽을 때린 쇠막대로 인해 짜릿한 고통을 맛보아야 했다.

상대가 어린 계집인만큼 얼마간 방심하고 있다가 봉변을 당한 것이다.

"에잇—"

뜻밖의 일격에 자존심을 구긴 복면인은 그대로 날아올라 검을 휘두르며 방초를 덮쳐 갔다.

"홍!"

방초는 또 한 장의 기와를 복면인에게 던졌다.

그런데 뜻밖의 상황이 벌어졌다.

투두두둑……!

기와가 방초의 손을 떠나는 순간 지붕의 기와들이 갈라지며 거대한 물

속임수 169

체가 솟아올랐던 것이다. 하지만…
탁!
"끄아아아—"
기세 좋게 뻗쳐 오르던 주유청이 방초가 던진 기와에 뒤통수를 가격당하며 비명을 내질렀다.
그사이 복면인은 방초의 정수리로 검을 내려치고 있었다.
"에구머니……!"
미처 대비를 하지 못한 방초는 그대로 몸을 굴려 지붕 아래로 떨어져 내렸다. 그나마 주유청의 등장으로 복면인의 자세가 흐트러졌기에 가능한 일이었다.
둥둥둥둥……!
뒤늦게 적의 기습을 알리는 북소리가 경내에 울려 퍼졌고, 여기저기서 무당 제자와 정파인들이 쏟아져 나왔다.
한편 뜻밖의 상황으로 암습의 기회를 놓친 복면인들 역시 달아나기 위해 마당을 가로질러 달리기 시작했다.
"정말 웃기는 일이군."
봉객당의 지붕 위에 있던 복면인이 씁쓸하게 중얼거렸다.
그는 술 냄새를 풍기며 지붕 위에 널브러져 있는 주유청과 경내를 번갈아 보다가 이내 마당으로 신형을 날렸다.
챙, 채채챙……!
이미 사방에 무당의 제자들이 진을 치고 있는 까닭에 복면인들은 퇴로를 열기 위해 부득불 검식을 교환해야 했다.
어정쩡하게 마당에 서 있던 방초에게도 한 명의 복면인이 달려들고 있었다.
"옴마얏!"

검을 들고 있었다면 모를까, 방초는 비무장 상태였기 때문에 곧장 허공으로 회전해 오르며 복면인에게 길을 열어주었다.

하지만 복면인은 함께 날아오르며 그녀에게 검을 휘둘렀다.

위기의 순간이었다. 방초는 임기응변으로 날아오른 만큼 미처 방어의 동작을 취하지 못했던 것이다.

'어머, 시집도 못 가고 죽을 순 없는데……'

짧은 순간 방초의 머리를 스치고 간 생각이었다.

다행히 방초는 머리가 나쁜 대신 뛰어난 순발력을 가진 여자였다. 머리에서 채 지시를 내리기도 전에 허공에 떠 있는 그녀의 상체가 뒤로 눕혀지며 회전했다.

"타핫!"

짧은 기합성과 함께 방초는 좌각으로 검을 쥔 복면인의 손목을 내질렀다. 하지만 워낙 불안정한 자세였던 만큼 그 공격은 가볍게 스치며 지나갔고, 복면인의 검은 이제 방초의 복부를 향해 찔러졌다.

"안 돼……!"

절체절명의 위기.

방초는 질끈 눈을 감으며 그대로 바닥을 향해 떨어져 내렸다. 잠시 후 그녀의 복부로는 복면인의 무게 실린 검이 꽂히게 될 것이다.

그런데 그 순간이었다.

휘리리릭… 팟!

묘한 파공음에 이어 둔탁하면서도 예리한 타격음이 울렸다. 그리고 이어진 사내의 비명성.

"크헉!"

쿵… 쿠쿵……!

정신을 차리기도 전에 방초의 몸은 그대로 바닥에 떨어져 내렸고, 무엇인가 둔탁한 물건이 그녀의 복부를 가격했다.
 '어쩌면 좋아……. 난… 정말… 시집도 못… 갔는데…….'
 방초는 혼미해지는 정신을 가다듬으며 힘겹게 고개를 들었다.
 어쩌면 마지막이 될지도 모르는 세상을 한 번 보기 위해서였다.
 "에게? 이게 뭐야. 왜 칼이 누워 있지?"
 방초는 그제야 정신을 수습하며 발딱 상체를 일으켰다. 그 바람에 복부 위에 떨어져 있던 복면인의 칼이 바닥으로 떨어졌다.
 "조심하시오. 그리고… 남을 훔쳐보거나 이야기를 엿듣는 것은 좋은 습관이 아니오."
 어느새 바닥에 내려선 주유청이 건조한 음성으로 말했다.
 "흥! 지금 곰탱이 네가 나한테 훈계하는 거야?"
 방초는 도끼눈을 치뜨며 시건방지게 구는 주유청에게 톡 쏘아붙였다.
 하지만 곧 주위를 두리번거리다가 자신의 뒤편에 쓰러져 있는 복면인을 보게 되었다. 이상한 일이었다. 검을 휘두르던 복면인은 턱 밑에 깨진 기왓장이 박힌 채 죽어 있었다. 위기의 순간에 주유청이 기와 파편을 던져 자신을 구해준 것이다.
 "곰탱이, 너 내가 이 기와에 맞으면 어떡할 뻔했어? 왜 함부로 이런 걸 던지고 그러는 거야. 방초가 시집도 못 가고 죽는 꼴을 보려고 그래?"
 방초는 내심 당혹스럽고 고마웠지만 주유청에게 고마움을 표시하는 방법은 지극히 서툴렀다. 그도 그럴 것이, 그녀에게 있어 주유청은 당연히 그런 사람이어야 했으므로.
 "왜 그렇게 빤히 쳐다보지? 억울하다고 생각하는 거야? 그래서 또 질질 짜려고? 흥, 운다고 누가 마음 약해질 거 같아?"
 하지만 주유청은 냉막한 시선으로 방초를 바라볼 뿐이었다.
 그런 모습은 방초에게는 지극히 낯선 것이었다.

"낭자, 세상을 살아가는 방식에는 두 가지가 있소. 고마워할 줄 아는 것과 배은망덕한 것. 대개 무식한 사람들은 후자를 택하게 마련이오. 아무래도 낭자 역시 후자 쪽인 것 같구려. 나로선 그다지 낭자의 인생에 참견하고 싶지 않지만 충고 한마디 하리다."

"뭐? 곰탱이 니가 방초에게 충고를 해? 호호, 정말 돌아가시겠군. 그래, 나한테 하겠다는 충고가 뭐야?"

"무식한 게 능사는 아니란 거요. 무식하면 고민이야 덜하겠지만, 사람답게 사는 데는 많은 지장이 있기 마련… 공부 좀 하시오."

주유청은 메마른 음성으로 말한 후 곧장 방초에게 등을 돌렸다.

"으으으……."

방초로서는 전혀 예측하지 못한 일이었다.

지금 주유청은 마치 맨 처음 팽가객잔 앞의 황야에서 마주쳤을 때처럼 지적이며 오만하고 도도한 사내였다. 삼돌이처럼 자신에게 절절 기던 모습은 어디에도 남아 있지 않았다.

'말도 안 돼……! 어떻게 곰탱이가 방초에게 이럴 수 있는 거지……?'

방초는 망연자실한 표정으로 주유청의 뒷모습을 바라볼 수밖에 없었다.

'흐흐흐! 색마 수칙 제3조. 강한 상대일수록 거세게 몰아붙여라. 억새풀에 베이지 않기 위해선 단숨에 거머쥐는 과감함이 있어야 한다. 그래, 진작 이렇게 했어야 했어. 나 주유청, 원래 강한 남자였지 않은가. 질풍노도의 기운으로 방초를 몰아세우리. 아, 눈에 선연하게 보이지 않는가. 폭풍과도 같은 나 주유청의 기세에 흔들리는 저 여심(女心)……!'

돌아서서 빙긋 웃는 주유청의 표정엔 잃었던 그 무엇을 찾은 듯한 만족스러움이 묻어나고 있었다.

하지만 그것도 잠시.

퍽!

"끄아아아—"

갑자기 뒤통수에 가해진 강한 충격으로 인해 주유청은 자신의 환상이 산산이 깨지는 것을 느껴야 했다.

'이게 무슨 일일까? 어떤 인간이 치사하게 뒤를 덮친 걸까?'

희미해지는 의식 속에 떠오르는 얼굴이 하나 있었다.

'으… 배은망덕 이편……. 분명 이놈이 내 뒤통수를 때린 걸 거야. 치사하고 간교한 놈. 방금 전까지도… 안주를 집어 주며 친한 척하더니… 그래, 그놈이 황성마물 사부의 수제자였다는 사실을 망각한 게 실수였어…….'

쿵……!

주유청은 빠드득, 이를 갈다가 기어코 혼절하고 말았다.

물론 주유청의 추리는 틀렸다.

방금 전 그의 뒤통수를 가격한 것은 방초가 던진 기와였다.

하지만 한 인간에 대한 증오는 많은 오해와 왜곡을 가져오게 마련이다. 그리고 그것은 지금의 주유청처럼 처절하고 불쌍한 인간상을 창조해 낸다.

"흥! 곰탱이 니가 지금 방초를 무시한 거야? 세상에… 웅담이 퉁퉁 부었군. 감히 나 방초에게 공부하란 소리를 하다니……. 방초는 세상에서 공부하는 게 제일 싫어. 그래, 곰탱이 너 잘났어. 유식해. 그래서 사람들이 모두 널 보고 곰탱이라고 하는 거니? 우리 할아버지가 조금 귀여워해 주니까 하늘 높은 줄 모르는군."

쓰러진 주유청에게 다가간 방초는 그의 옆구리를 퍽, 퍽 걷어차며 씩 씩거렸다. 요 며칠 꾸준히 불쾌했던 감정을 여과없이 떨어내고 있는 것이다. 울화를 참는 것은 피부 미용에 좋지 않으므로.

"추격을 멈추어라!"

방초가 빙그레 웃으며 주유청에 대한 매질을 멈출 즈음 무당 장문인 장소천의 음성이 들려왔다.

다급히 주위를 둘러보는데 마침 두 명의 복면인이 담장을 넘는 모습이 눈에 들어왔다. 주유청의 기와에 맞아 절명한 한 명까지 모두 세 명의 복면인이 마당에 쓰러져 있었다.

"사부, 저들을 이대로 보낼 생각이십니까?"

무당 제자 하나가 이해할 수 없다는 표정으로 장소천을 쳐다보았다.

"싸움을 더 크게 벌이고 싶은 것이냐? 만약 매복이라도 있다면 어찌할 생각이냐. 날이 밝을 때까지 경계에 만전을 기해라."

장소천은 단호하게 말한 후 옆에 서 있던 일소천과 팽이, 천우막 등 정파의 수뇌들을 살폈다.

"한밤중에 소란을 일으켜 죄송합니다. 새벽이 올 때까지 경계를 더욱 철저히 할 테니 그만 들어가서 쉬시지요."

"장문인, 지금 그런 것이 문젭니까. 복장으로 보아 이들은 천무밀교의 적무단이 분명합니다. 우리를 추격해 오던 인물인 듯한데… 오늘은 이쯤에서 끝났지만 머지않아 무당에도 큰 화가 닥칠 듯합니다."

천우막이 근심스런 표정으로 말했다.

"천 방주 말씀이 맞는 것 같구려. 장문인께서도 이제 결정을 내려야 할 것 같습니다."

"맞습니다. 사실 이곳 호북성은 천무밀교의 영역 아닙니까. 호랑이의 입속이나 마찬가지입니다. 무당 도장이 언제 소림사와 같은 화를 입을지 알 수 없는 일입니다."

천검 오관필과 백검 백승목이 답답하다는 듯 장소천을 독촉했다.

"무량수불……! 승신검 선배와 열해도 선배의 뜻은 어떠하신지……?"

장소천은 긴 한숨을 내쉬며 일소천과 팽이를 쳐다보았다.

"흠! 그거야 무당 장문인의 뜻에 달렸지. 나와 팽이는 이미 현역에서 은퇴한 사람들. 그대들의 뜻에 따르리다."

속임수 175

"그렇지. 어차피 소천이와 나는 대의를 위해 용문마을에서의 안락한 생활을 포기하고 예까지 온 사람들이니 젊은 그대들이 모셔야 하지 않겠소?"

일소천과 팽이는 팔짱을 낀 채 점잖게 말했다.

하지만 그들은 속으로 짜릿한 희열을 느끼고 있었다.

'푸헤헤, 어떤 식으로 결정을 내리든 심심치나 않게 만들어다오, 애들아.'

'푸히히, 될 수 있으면 싸우는 쪽으로 하자꾸나. 나 팽이의 파룡도법으로 강호를 뒤집어놓아 주마. 그래야 강호가 영원히 우리를 기억할 것 아니더냐?'

막상 일소천과 팽이의 말이 떨어지자 천우막과 장소천, 오관필, 백승목 등은 서로의 얼굴을 보며 침묵에 잠겼다.

그러나 잠시 후 그들은 모종의 합의를 이끌어낸 듯 모두 고개를 끄덕였다.

"무당 제자들은 모두 행구(行具)를 갖추어라. 내일 새벽 무당산을 떠난다!"

"개방 제자들 또한 원정 준비를 갖추어라. 관군과 합류하여 천무밀교를 응징하리라!"

장소천과 천우막의 명령이 떨어지자 경내에선 거대한 함성이 일기 시작했다.

"와아아—"

"와아아—!"

한밤 중 자객들의 출현은 결국 전날 회의에서 매듭 짓지 못했던 정파 연맹의 향방을 결정짓는 계기가 되었다. 그리고 이로써 이분(二分)되었던 무림맹이 다시 하나로 합쳐지는 결과를 낳게 되었다.

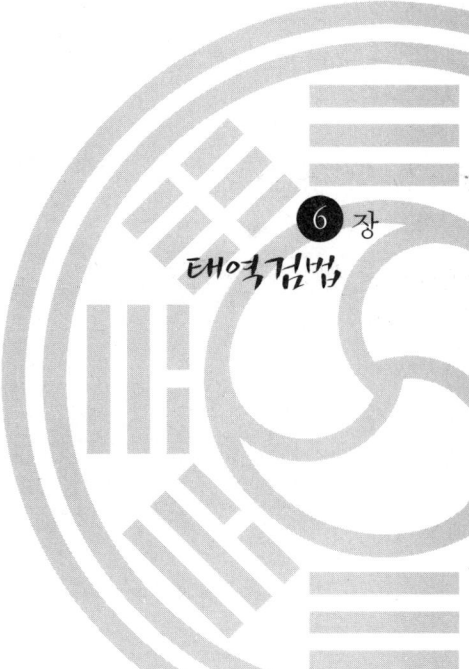

6장 태역검법

뜻하지 않은 일은
인생을 즐겁게 한다.
때로는 꼬이게도 하고
때로는 황당하게도 한다.

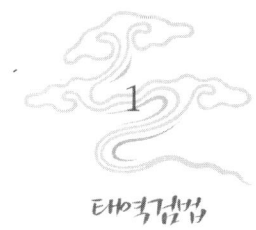

1
태역검법

　사천성 서부의 아미산.
　아미파의 여승들이 외던 염불 소리는 더 이상 들리지 않는다. 하지만 사찰을 중심으로 한 그곳의 봄 풍경만은 예년의 모습 그대로다.
　인생무상이란 말이 헛되지 않다. 아무리 드높은 명성을 지니고 있었다 해도 결국은 사라지기 마련이다.
　세월은 결국 사람의 자취를 지운 채 하나의 풍경만을 남긴다.
　"하하, 문주의 명성은 익히 듣고 있었소."
　"저 역시 왕야의 위명을 귀 따갑도록 들었습니다."
　한때는 적선 사미의 거처로 쓰이던 방에 두 명의 사내가 마주 앉았다.
　어찌 보면 그들의 삶은 너무나도 닮아 있었다. 영웅의 기상을 지녔음에도 목숨을 부지하기 위해 숨죽여 살아야 했고, 이제는 지존의 자리에 오르기 위해 칼을 빼 들었다.
　사평왕과 구황 추역강. 그들은 첫눈에 상대에 대한 강한 매력을 느꼈다.

"문주, 과연 영웅의 면모가 느껴지는구려."

"왕야야말로 제왕의 기상이 엿보입니다."

와호와 잠룡의 만남, 바야흐로 강호와 대륙을 휘몰아칠 회오리가 준비되고 있는 것이다.

약 한 달 전 사평왕은 사천으로 군영을 옮겼다. 그동안 화산에 머무르고 있던 초화공이 사천으로 온 것도 그 무렵이었다.

이후 초화공은 사평왕의 군대와 구황문 사이를 오가며 대륙과 강호의 판도를 바꾸어놓을 전략을 마련했다.

최근 천무밀교의 행보에는 거침이 없었다. 막상 그들이 드러낸 진면목은 예상 밖이었다.

천무밀교는 거사와 동시에 파죽지세로 대륙을 횡단했다. 그에 비해 그들을 저지하고자 하는 황실의 군대는 안쓰러울 만큼 왜소했다.

이쯤 되자 사평왕과 추역강은 얼마간 긴장할 수밖에 없었다. 애초에 서로를 이용해 어부지리를 얻고자 하던 생각은 더 이상 의미가 없었다. 살길은 오로지 혈맹을 통해 공동의 적을 쓰러뜨리는 방법밖에 없다는 것을 깨닫게 된 것이다.

중요한 것은 시점이었다.

어떤 시기에 동맹군을 일으키느냐가 관건이었다. 오늘 그들이 직접 만난 것도 그 시기를 의논하기 위해서였다.

몇 잔의 술을 나누는 사이 두 사람은 이제 서로에 대한 믿음이 생겨났다. 사평왕과 추역강 모두 제왕의 재목이지만 다행스럽게도 그들이 원하는 권좌는 서로 달랐기 때문이다. 사평왕이 황실의 옥좌를 원하는 반면 추역강은 강호의 주인이 될 것을 원했다.

"왕야, 천무밀교의 군사들이 이미 항산을 넘긴 했으나 아직은 시간이 있습니다. 지금과 같은 여세라 해도 황궁에 이르기 위해선 최소한 6개월이 걸릴 것입니다. 제 생각에는 저들이 북경 근처까지 다다랐을 때 군사를 옮길 필요가 있을 듯합니다. 그 정도 시점이라면 천무밀교와 황실 모두 많은 타격을 입은 상태일 테니 말입니다."

추역강의 책사 구천일뢰(九天一雷) 장각(張覺)이 먼저 입을 열었다.

"저 역시 같은 생각입니다. 이해할 수 없는 일이지만 천무밀교의 세력은 점차 커지고 있습니다. 그들이 완전히 모습을 드러낸 이후에 움직이는 것이 유리하겠지요."

사평왕의 군사(軍師) 백모랍이 장각의 말을 거들었다.

하지만 막상 사평왕의 왼쪽 편에 앉아 있던 초화공만은 고개를 저었다. 장각이나 백모랍과는 생각이 달랐던 것이다.

"아니, 그때는 너무 늦습니다. 천무밀교의 역사는 천 년에 가깝습니다. 하지만 그들이 지금과 같은 여세로 대륙을 횡단하는 것은 처음 있는 일이지요. 한 가지 특기할 만한 것은 그 세력이 우리의 예상보다 훨씬 어마어마하다는 데 있습니다. 즉 천무밀교는 최근까지도 자신들의 세력을 감추고 있었다는 것이지요. 불길한 예감이 듭니다. 어쩌면 저들은 이번 거사를 천 년 동안 준비하고 있었는지도 모르지요."

초화공의 말은 방 안에 있던 사람들을 긴장에 사로잡히게 했다.

사평왕과 추역강은 굳은 얼굴로 초화공을 바라보았다. 그들 역시 잠시나마 초화공과 같은 생각을 하고 있었기 때문이다.

"한편으론 일리가 있는 말이오. 하지만 그럴수록 더 지켜볼 필요가 있지 않겠소? 저들의 세력이 모두 드러날 때까지."

사평왕이 비교적 담담한 어조로 말했다.

"폐하, 그렇지 않습니다. 이미 저들은 우리와 구황문이 동맹을 맺고 있다는 사실을 알고 있습니다. 황실과 구황문, 그리고 폐하의 군사, 그렇게 세 개의 군사를 적으로 간주하고 있을 겁니다. 정보에 의하면 천무밀교의 교주인 무량귀불은 여전히 무산의 본전에 머무르고 있습니다. 만약 저들이 황궁만을 목적으로 했다면 무량귀불은 당연히 본전을 떠나 황궁으로 향하고 있을 겁니다. 그런데 그러지 않았지요. 어쩌면 무량귀불은 우리가 움직이기를 기다리고 있는지도 모릅니다."

"하하하! 왕야께선 뛰어난 책사를 두고 계십니다."

추역강이 가볍게 웃음을 내비치며 사평왕을 바라보았다.

잠시 초화공의 말을 끊기 위해서였다.

"하지만 초화공, 저들은 그저 대륙의 절반에 지지기반을 두고 있을 뿐이오. 나머지 절반은 우리 구황문의 영역이오. 솔직히 아직은 저들이 황실을 무너뜨릴 만큼의 힘을 가지고 있는지도 확실하지 않소. 그대는 지금 천무밀교를 과대평가하고 있는 것이 아니오? 하하하!"

추역강은 유쾌하게 웃으며 고개를 저었다.

추역강 자신은 구황문의 세력에 어느 정도 자신감을 가지고 있었다. 구황문이 천무밀교와 함께 사도무림의 양대산맥으로 불리고 있다는 점을 감안할 때, 그것은 당연한 반응이었다.

하지만 초화공의 생각은 얼마간 다른 듯했다.

"구황께 묻겠습니다. 내가 알고 있기로 천무밀교의 세력은 대륙 각지에 뿌리내리고 있었소. 현재 구황문이 점거한 영역 역시 마찬가지였지요. 그런데 이상하지 않소? 구황문이 급속도로 세력을 넓혀가는 과정에서 천무밀교와의 마찰은 한 번도 없었지요. 과연 어떻게 그럴 수가 있었을까요?"

"……."

구황 추역강의 안색이 일변했다.

돌이켜 보면 미심쩍은 부분이기는 했다. 이제껏 구황문은 정파의 문파와 세가만을 상대로 전쟁을 벌여온 것이다. 천무밀교는 대륙 각지에 지부를 두고 활동해 왔으나 단 한 번도 구황문의 세력 확장을 방해한 적이 없다.

처음엔 그저 그들이 구황문의 위세에 밀려 사천성 중심에서 빠져나가 무산(巫山)을 보루로 삼고 있는 것이라 믿고 있었다.

하지만 다시 생각해 보면 이상한 일이었다.

적어도 사천성은 천무밀교에게 있어 심장부나 다름없는 곳이다. 호북성의 접경에 자리 잡고 있기는 했으나 정확히 따지자면 무산(巫山) 역시 사천성에 포함되기 때문이다.

천무밀교는 왜 그런 전략적 거점 지역을 사수하려 하지 않았을까. 추역강은 마치 뒤통수를 얻어맞은 느낌이었다.

"초화공, 그대는 왜 천무밀교가 사천성에서 물러났다고 보시오? 공의 생각을 좀 더 들려줄 수 있겠소?"

추역강은 길게 한숨을 내쉬며 초화공을 바라보았다.

"글쎄요, 엄밀히 말하자면 무산(巫山)은 사천성의 땅입니다. 다시 말해 사천성에는 현재 구황문과 천무밀교가 공존하고 있는 셈이지요. 다만 구황문과는 달리 천무밀교가 모습을 드러내지 않고 있을 뿐입니다."

"양대 사파가 공존하고 있다? 이곳 사천성에?"

이야기를 듣고 있던 사평왕이 흥미롭다는 듯 물었다.

"그렇지요. 사천성은 아미파와 청성파, 종남파 등 여러 무림정파들이 자리 잡고 있던 땅입니다. 뿐만 아니라 섬서성의 화산파와 종남파, 호북성의 팽가, 하남의 소림사 등 명문정파들을 주변에 둔 대륙의 심장부지요. 얼마 전까지만 해도 사파의 입장에서 보자면 사방이 적인 호구(虎口)였던 셈입니다. 언뜻 보기에 지금은 사정이 달라진 듯하지만 천무밀교의 입장에선 변한 것이 없는지도 모릅니다."

"그것은 또 무슨 말인가?"

"천무밀교는 예나 지금이나 그곳에 본교를 두고 있으며, 여전히 적과 대치해 있기에 드리는 말씀입니다."

초화공은 간략하게 대답했다.

하지만 추역강으로서는 의심이 일 수밖에 없었다.

"음, 그거야 알 수 없는 일이오. 지금 천무밀교는 황실과 전쟁을 벌이고 있는 중입니다. 대부분의 군사들이 북경을 향해 가고 있지요. 어쩌면 무량귀불이 무산(巫山)에 머무르고 있다는 정보는 우리를 견제하기 위한 계략일 수도 있지 않겠소?"

"아마 아닐 겁니다. 무량귀불이 무산(巫山)에 대해 갖는 애착은 상당히 큰 것입니다. 과거를 돌이켜 보아도 알 수 있지요. 무량귀불은 많은 위험에도 불구하고 그곳을 지켜왔습니다. 보통의 경우 사파는 자신들의 본거지를 드러내지 않으려 하는 것이 정상입니다. 하지만 무림정파가 천무밀교를 힘으로 제압할 것을 논의할 때도 무량귀불은 본전을 옮기려 하지 않았지요. 오히려 자신이 무산에 머물고 있음을 공공연히 알리기도 했구요."

"정말이오?"

"그렇습니다. 실제로 정파에서는 몇 차례에 걸쳐 무량귀불의 암살을 시도한 적이 있습니다. 사실상 천무밀교는 신처럼 떠받들어지는 무량귀불 한 개인을 구심점으로 힘의 응집을 이루고 있는 단체니까요. 하지만 막상 그를 제거하기 위해 무산에 들어갔던 정파인들은 모두 불귀의 객이 되고 말았습니다. 무산이 천무밀교의 본산이었으니 어쩌면 당연한 일이었는지도 모릅니다."

초화공은 담담한 어조로 말했다.

그는 오랫동안 천무밀교를 주시한 만큼 천무밀교에 대해 제법 많은 정보를 가지고 있었다.

반면 구황문은 자신들의 세력 확장에만 전념한 만큼 천무밀교의 속사정에 대해 잘 알고 있지 못했다. 그러므로 추역강으로선 지금 초화공이 들려주는 이야기가 흥미로울 수밖에 없었다.

"그런데 한 가지 이해할 수 없는 게 있구려."

"무엇입니까?"

"지난봄 무림맹과 천무밀교 사이에 벌어졌던 벽운산의 혈겁 말이오. 만약 무림정파가 천무밀교를 응징하고자 했다면 총력을 동원해 무산(巫山)을 공격했어야 할 것 아니오. 그런데 왜 그들은 천무밀교의 본거지를 알고 있으면서도 벽운산의 한 지부를 공격한 것일까요?"

"훗… 그 싸움에 대해서라면 누구보다 제가 잘 알고 있지요. 무산이 아닌 벽운산에서 싸움이 벌어진 데는 그만한 이유가 있었습니다. 우선 무산은 싸움을 하기엔 그 지형이 너무 까다롭습니다. 만약 정파인들이 무산을 기습한다 해도 절대 기습의 효과를 기대할 수 없습니다. 오히려 그곳의 난해한 지형 때문에 방향을 잡지 못한 채 떼죽임을 당할 수 있지요. 또 하나, 벽운산은 소림사가 있는 숭산과 무산의 정중앙에 위치해 있습니다. 즉 정파와 사파가 힘의 균형을 이루고 있는 지점이라는 상징성을 가지고 있지요. 그러므로 그곳에서 승리를 거두는 곳이 크게 세력을 형성하게 되리라 생각한 것입니다. 물론 얼마간 제 입김이 작용하기도 했습니다. 무당파를 곤경에 빠뜨리기 위해 나름대로 머리를 썼으니까요. 후후, 결국 무림맹이 벽운산을 친 데는 이러저러한 사정이 있었던 거지요."

말을 마친 초화공이 지그시 눈을 감았다.

"음… 천하가 초화공의 손 위에 있었던 게군."

두 사람의 대화를 듣고 있던 사평왕이 재미있다는 듯 말했다.

초화공은 입가에 가벼운 미소를 머금은 채 다시 말을 이었다.

"무림맹이 어리석었던 것이지요. 결국 그 결과가 어땠습니까? 무림맹은 처참할 정도로 패했습니다. 후에 그들은 그 패배가 수뇌부, 즉 고수들이 빠진 싸움이었기에 어쩔 수 없었다고 변명하더군요. 저 초화공에게 속아 그렇게 되었다는 것이지요. 하지만 그것이야말로 터무니없는 생각입니다."

"그건 또 무슨 소린가?"

"예, 당시 벽운산에서 무림맹을 맞아 싸운 천무밀교의 무사들 역시 중하급의 무사들이었습니다. 만약 천무밀교의 고수들이 나섰다면 정파는 그때 씨가 말랐을지도 모릅니다. 소문으로 듣기에 천무밀교의 적무단은 그 하나하나가 정파무림의 고수들과 맞먹는 실력이라고 하니 말입니다."

"음, 그랬단 말인가? 하지만 이상하군. 그들은 왜 벽운산에 고수들을 보내지 않았을까?"

사평왕은 전혀 모르고 있었다는 듯 턱을 어루만지며 물었다.

이번에도 초화공은 곧바로 대답했다.

"아마도 무산(巫山)을 지키기 위해서였겠지요. 그때의 정황으로 보아 천무밀교는 벽운산 일전을 무림맹, 혹은 황실의 속임수라고 여겼던 것 같습니다. 즉 성동격서(聲東擊西)라고 본 것이지요. 그런 까닭에 천무밀교의 고수 대부분은 무산에 집결해 있었고, 벽운산에는 일부 고수와 중하급 무사들이 투입된 겁니다. 어쨌거나 무량귀불, 혹은 천무밀교에 있어 무산(巫山)은 상당히 큰 의미가 있는 듯합니다."

초화공의 입에서 나오는 말들로 인해 실내에는 미묘한 긴장이 맴돌았다.

사평왕과 추역강은 물론 책사인 구천일뢰 장각과 백모람 역시 이제껏 천무밀교에 대해 가지고 있던 생각을 정정할 수밖에 없었다. 쉽지 않은 상대가 더욱 쉽지 않다는 사실을 깨닫게 된 것이다.

"하하, 초화공, 그대는 정녕 알 수 없는 사람이군. 내게 아무 이야기도 들려주지 않은 채 그 모든 정보를 품고만 있었다니 말이야. 자, 내 술을 한잔 받으시오. 목을 축인 후에 더 많은 이야기들을 늘어놓아야 할 테니."

사평왕은 자기 앞에 놓인 술 주전자를 기울여 초화공의 빈 잔에 채우며 말했다.

"감사합니다, 폐하."

초화공은 두 손으로 공손히 받은 술잔을 단숨에 비웠다.

비록 지금은 내시의 신분이지만 한때 그는 문무를 겸비한 선비로 많은 지인들을 거느리고 있었다. 방금 전 술을 들이키는 모습에선 당시의 호방함이 느껴지는 듯했다.

추역강 역시 그런 초화공의 모습에 얼마간 흥미를 느끼게 되었다.

그는 사평왕에게서 주전자를 넘겨받은 후 초화공의 빈 잔에 술을 따르며 담담하게 물었다.

"초화공, 나 역시 그대로 인해 많은 정보를 얻게 되는구려. 하지만 아직 중요한 부분은 언급하지 않은 듯하오. 무량귀불, 아니, 천무밀교가 그렇듯 무산(巫山)에 집착하는 이유가 뭐요? 혹 그대는 알고 있소?"

"정확한 이유는 알 수 없지만 두 가지를 추측할 수 있지요. 첫째는 무산(巫山)이 지니는 신성성입니다. 천무밀교는 밀교 중에서도 특히 신비주의의 성격이 강한 단체입니다. 밀교가 비록 불교에서 파생된 것이기는 하지만 대륙에 들어오면서 전통 신앙과 만나게 되지요. 특히 천무밀교와 같이 독특한 밀교 집단은 불교와 전통 신앙의 혼혈이라 할 수 있습니다. 그런데 무산은 그 이름에서도 알 수 있듯 무(巫)의 기운이 가장 왕성한 곳입니다. 어쩌면 천무밀교의 탄생 역시 그곳에서 이루어졌고, 천 년 동안 그곳에 터전을 마련한 채 은밀하게 활동해 왔을 거란 생각이 듭니다.

그러니 무량귀불로서는 감히 그곳을 버릴 수가 없었던 것이지요. 물론 추측이긴 하지만 얼마간 타당성이 있는 주장일 겁니다."

초화공은 술잔을 가볍게 돌리며 느릿하게 말하다가 그것을 다시 단숨에 들이켰다. 그리고 자신의 빈 술잔을 추역강에게 건넸다.

"팟하하, 내가 그대의 술잔을 받게 될 줄은 몰랐소."

잠시 초화공의 얼굴을 바라보던 추역강이 가벼운 미소를 띠며 그 술잔을 받았다.

"이 잔은 사내 대 사내로 드리는 잔입니다. 구황께선 장차 강호의 주인이 되실 분입니다. 그러기 위해선 여기 계신 폐하와 혈맹을 맺어 목숨을 걸고 싸워야 할 것입니다. 혹시 그동안 저에 대한 오해가 있었다면 깨끗하게 씻어내 주십시오."

"오늘 그대가 정녕 나를 놀라게 하는구려."

추역강은 묘한 눈길로 초화공을 바라보다가 단숨에 잔을 비웠다. 그리고 그 잔을 사평왕에게 건넨 후 술을 채우기 시작했다.

"여기 모인 우리 모두는 영웅입니다. 왕야를 비롯한 여러 영웅을 동지로 만나게 된 것에 감사하는 마음으로 이 술을 바칩니다."

"하하, 나 역시 같은 마음으로 이 잔을 비우겠소."

사평왕은 유쾌하게 웃은 후 단숨에 술을 들이켰다.

"자, 초화공, 계속해서 들려주시구려."

"알겠습니다. 물론 추측이지만 무량귀불이 무산(巫山)에 집착하는 또 하나의 이유는 그의 야망과 관련된 것입니다. 어쩌면 그는 새로 세울 나라의 황궁을 무산에 짓고 싶어하는 것인지도 모릅니다."

초화공은 말을 멈춘 후 잠시 사평왕의 표정을 살폈다. 방금 전 자신이 한 말은 그의 심기를 어지럽히기에 충분한 것이었기 때문이다.

하지만 사평왕은 담담히 듣고 있었고, 덕분에 초화공은 계속해서 이야기를 할 수 있었다.

"무량귀불은 정치 권력에 대한 욕심만큼이나 종교적인 성취를 갈망하고 있는 인물입니다. 아니, 스스로를 부처로 믿고 있는 만큼 그것에 집착하는 경향이 강하지요. 물론 있을 수 없는 일이지만… 만약 그가 대륙의 주인이 된다고 가정해 본다면 그것은 말 그대로 제정일치(祭政一致) 시대로의 역행을 의미합니다. 그런 절대권력을 꿈꾸는 무량귀불에게 있어 무산(巫山)은 그야말로 최적의 황궁 터라 할 수 있습니다."

"최적의 황궁 터라… 어째서 그렇지?"

사평왕이 눈빛을 빛내며 물었다.

그 역시 옥좌를 노리고 있는 인물인만큼 방금 전 초화공이 했던 말이 흥미로울 수밖에 없었다.

하지만 초화공은 가볍게 고개를 저으며 웃음을 내비쳤다.

"이미 말씀드렸듯 무량귀불은 신비주의에 깊게 빠져 있습니다. 따라서 터를 보는 안목 역시 보통 사람들의 기준과는 다르지요. 그는 무산(巫山)이 가지는 상징성 때문에 그곳을 황궁 터로 생각하고 있는 듯합니다. 우리 한자의 창제 원리는 대부분 상형(象形)에 있습니다. 상형이라는 것은 단순히 사물의 모양을 본떴다는 의미가 아니지요. 거기엔 본질을 꿰뚫는 상징성까지 담겨 있습니다. 신화 시대의 문자가 지닌 힘은 그런 상징을 바탕으로 합니다. 그런데 무산(巫山)의 무(巫) 자를 풀어보면 무량귀불이 그곳에 매료된 이유를 알 수 있습니다. 무(巫)는 두 이(二)와 위아래로 통할 곤(丨), 사람 인(人) 자로 파자(破字)되지요. 여기에서 두 이(二)는 하늘과 땅을 의미합니다. 위의 일(一)은 하늘을, 아래의 일(一)을 땅을 본뜬 것이지요. 그렇게 본다면 무(巫)는 곧 사람들이 선 땅을 하늘과 잇는다는 의미입니다. 즉 무산(巫山)은 하늘과 땅, 다시 말해 사람과 신을 잇는 산이라 할 수 있습니다. 그러니 무량귀불에게는 그곳이 이미 사라진 제정일치

시대, 다시 말해 신화 시대로의 복귀를 이룰 수 있는 신성한 땅으로 여겨지겠지요."

"하하, 초화공다운 해석이군."

사평왕은 공허하게 웃으며 말했다.

그는 무산이 군사적 요충지라거나 사방으로 나라를 확장시킬 수 있는 거점으로서의 가치를 지녔을까 싶어 내심 기대하고 있었다.

그런 만큼 얼마간 황당한 초화공의 해석에 실망할 수밖에 없었던 것이다.

"폐하, 이미 추측이라고 말씀드리지 않았습니까. 하하하!"

초화공은 사평왕의 내심을 눈치 채고는 재빠르게 말을 돌렸다.

하지만 잠시 후 사평왕의 웃음이 멎었다. 적어도 무량귀불이 무산(巫山)에 집착하는 이유로는 얼마간 타당하다는 생각이 들었기 때문이다.

"음… 이제 본론을 얘기해야 할 차례군. 이제껏 설명했던 것들이 천무밀교의 세력을 이해하는 데 어떤 도움이 되지?"

"제 생각에 지금 황궁을 향해 가고 있는 천무밀교의 군사들은 전체 세력의 일부에 불과합니다. 나머지 세력은 아마도 무산을 향해 집결하고 있을 겁니다. 우리를 치기 위해서지요."

…….

방 안으로 잠시 정적이 흘렀다.

있을 수 없는 일이다. 지금 황궁을 향해 가고 있는 천무밀교의 군사는 60만. 현재의 숫자도 믿겨지지 않을 만큼 많다. 그런데 그것이 천무밀교 군사의 일부에 지나지 않다니… 더욱이 사평왕의 군대와 구황문을 칠 만큼 많은 군사가 무산에 집결하고 있다? 도저히 불가능한 일이었다.

"다들 믿지 못하시는 표정이군요. 하지만 출군 당시 20만이던 군사가 채 몇 달 지나지 않는 사이 40만, 60만으로 확대되었습니다. 이것은 그들이 북경으로 향하는 도중 각 지역에 설치되어 있던 지부에서 추가된 세력이 분명합니다. 마찬가지로 구황문의 세력권 중에도 표면에 드러나지 않은 천무밀교의 세력이 있을 수 있다는 얘깁니다."

초화공은 긴 한숨을 내쉬며 말했다.

그로서는 추측이 아니라 확신을 가지고 있었다. 무량귀불을 비롯한 천무밀교의 수뇌는 바보가 아니기 때문이다.

아니, 설령 바보라 해도 구황문과 사평왕의 군대처럼 막강한 적을 등 뒤에 둔 채 무작정 황궁을 향해 가지는 않을 것이다. 너무 무모하고 위험한 행동이기 때문이다.

사평왕과 추역강의 입에서도 무거운 한숨이 새어 나왔다.

잠시 후 사평왕이 입을 열었다.

"하하, 초화공, 그대가 나 사평왕을 떨게 하는군. 그렇다면 이제 초화공이 생각하고 있는 계획을 말해 주겠소?"

"우리는 황궁으로 가지 않습니다. 전군을 이끌고 무산(巫山)으로 향하는 거지요."

"……."

방 안에 있는 사람들은 이채로운 눈빛을 띠며 초화공을 바라보았다.

그들은 깨닫게 된 것이다. 전쟁의 승패를 가르는 것은 수십만의 군사가 아니라 한 사람의 책사라는 사실을.

하지만 초화공의 말은 아직 끝난 것이 아니었다.

"사흘 후 화산파를 중심으로 한 무림맹이 사천에 당도할 것입니다. 화산 장문인인 백의천과는 이미 모종의 합의를 이끌어냈지요. 그런데 문제는 나머지 정파인들입니다. 그들은 아직 폐하의 군대와 구황문이 연합한 것을 알지 못합니다. 따라서 천무밀교에 대한 합공에는 얼마간의 계략이 필요할 듯합니다. 아직 우리 군사와 구황문의 연합이 겉으로 드러나서는 안 되는 거지요."

"음… 그대에게 나름대로의 복안이 있으리라 믿소. 그나저나 소림사의 잔당들은 어찌 되었소? 특히 무당파는? 듣기로 무당 장문인 장소천은 현 황제의 개나 다름없는 인물이라던데…….."

추역강이 엄지손가락으로 술잔을 어루만지며 물었다.

그로서는 천무밀교와의 전쟁이 끝난 후 강호의 패권을 어떻게 거머쥘 것이냐 하는 것이 가장 큰 관심사였다. 자연히 무림맹의 움직임에 주목할 수밖에 없었다.

"그들 역시 우리 폐하(사평왕)의 군대에 합류하리라는 연락을 보내왔습니다. 아마 닷새 안에 사천성으로 입성할 겁니다."

"그거 뜻밖이구려."

"구황께서는 그들을 신경 쓰지 않으셔도 될 듯합니다. 어차피 장소천은 눈엣가시나 다름없습니다. 그들이 우리에게 합류하게 된 것 역시 계략에 넘어왔기 때문입니다."

초화공이 묘한 웃음을 머금으며 말했다.

"하하, 만약 초화공이 내 편이 아니었다면 나는 제일 먼저 초화공을 제거했을 것이오. 초화공은 현 대륙에서 가장 뛰어난 책사니까. 하하하하!"

초화공의 미소를 지켜보던 사평왕이 큰 소리로 웃었다.

사실 한 달 전 초화공은 황제의 전교를 빙자해 장소천에게 거짓 밀서를 보냈다. 사평왕의 군대와 합류하라는 내용이었다.

이미 천무밀교의 군사로 인해 황실에서는 무당파에 연락을 취할 수 없는 형편이었다. 초화공은 바로 그 점을 이용했던 것이다.

하지만 그것만으로는 개방이나 기타 정파인들에게 사평왕과의 연합에 대한 명분을 만들어줄 수 없었다. 그래서 초화공은 부득불 자객을 시켜 한밤중에 무당파에 소란을 일으키게 했다. 물론 천무밀교의 자객으로 위장한 상태에서.

결국 모든 일들은 초화공의 계략대로 진행되고 있는 셈이었다.

2
태역검법

　불영사(佛影寺).
　당문가에서 멀지 않은 폐사(閉寺)로, 무산이 소뢰와 마지막으로 접선했던 곳이다.
　무당산에 모였던 정파인들이 사평왕의 군대와 합류하기 위해 사천성에 입성한 지 사흘째. 하지만 무산 일가는 군이 무리를 이탈해 이곳 불영사에 칩거하기로 했다.
　당개수의 병이 위중한 데다 당수정까지 만삭인 관계로 얼마간 요양할 필요가 있었기 때문이다.
　해시(亥時)로 막 접어드는 시각.
　답답함을 달래기 위해 산책을 나온 무산과 당수정은 풍상에 휩쓸려 남근 형상으로 변해 버린 미륵석상에 등을 기댄 채 앉아 있었다.
　무산이 득남을 기원하며 기도를 드리던 바로 그곳이었다.
　"서방님, 수정이는 너무 서러워요. 친정이 바로 코앞인데 이런 벼락

맞은 절간에서 추위에 떨어야 한다니… 흐흐흑! 아버님도 그렇고 곧 태어날 아기에게도 꼭 죄를 짓는 기분이에요. 흐흐흑……!"

사천성이라고 해서 따스한 봄 기운이 자리 잡지 않은 것은 아니었지만 아직도 밤 공기가 차가웠다. 출산을 앞둔 당수정으로선 서럽기 그지없는 일이었다.

"부인, 이리 다가오시오. 나 무산의 가슴은 아직 따스한 모닥불이라오."

무산은 안쓰러운 눈빛으로 당수정의 어깨를 끌어당겼다.

"서방님… 수정이도 아직 꽃사슴인가요?"

당수정이 수척해진 얼굴로 무산을 바라보며 물었다.

"당연하지요. 허헉… 이렇게 아름다울 수가……. 부인의 눈동자에서 아기별 삼 형제가 수영을 하고 있구려. 아… 곱게 뻗은 이 콧날, 붓으로 그린 듯한 어깨 선, 가녀린 목, 이슬을 머금은 듯한 입술, 풍만한 가슴 선, 뽈록 나온… 아니, 우아하게 곡선을 이룬 배. 부인은 왕꽃사슴……!"

"호호, 서방님은 왕모닥불……!"

얼굴을 마주하고 있던 무산과 당수정의 숨결이 거칠어졌다.

때와 장소, 몸의 상태를 가리지 않는 뜨거운 청춘이라고나 할까?

그런데 그때였다.

딸랑, 딸랑, 딸랑……!

"헤헤이, 잡귀야 물러가라아— 지저분한 몽달귀 물러가라아—"

미륵불상 뒤편에서 갑자기 무당 하나가 방울을 흔들며 튀어나왔다.

불영사는 벼락 맞은 절인 데다가 워낙 음기가 강해 많은 영환술사, 박수무당이 죽치고 있었다. 하지만 이번에 나타난 무당은 좀 묘한 데가 있었다.

그는 붉은 치마에 노란색 몽두리를 입고 붉은 갓을 쓴 여자 무당으로,

손에는 부채와 방울을 들고 허리엔 넓고 작은 칼을 꽂고 있었다.
 행색으로 보아 중원 지방의 무당은 아닌 듯했다.
 "까아악!"
 갑작스런 무당의 등장에 놀란 당수정이 비명을 내지르며 까무러쳤다.
 하지만 무산은 잠시 흠칫했을 뿐이다.
 '그래도 이번엔 젊고 반반한 무당이네. 아무리 그래도 그렇지, 마누라랑 같이 있어도 이렇게 덤벼드니 이거야 원… 무당 붙지 말라고 굿을 하든지 해야지……!'
 담담한 눈으로 무당을 쳐다보던 무산은 귀찮다는 듯 손을 내저었다.
 "훠어이, 사이비는 물러가라아— 훠어이, 훠어이."
 불영사에서 득남을 기원하는 동안 무산은 많은 무당들이 던지는 추파에 곤욕을 치러야 했다. 때문에 무당 쫓는 데는 이골이 나 있었다.
 그런데 낯선 무당은 제법 용한 데가 있었다.
 "훠어이, 훠어이……! 세상 온갖 몹쓸 짓 하던 머슴 놈이 죽어도 곱게 죽지 못해 저승에 들지 못했구나. 훠어이, 훠어이……! 천하대신, 지하대신 노하신다. 냉큼 그 몸에서 떨어져라아— 훠어이, 훠어이……!"
 무당의 사설을 듣고 있던 무산은 갑자기 마음이 뜨끔해지는 것을 느꼈다.
 '몹쓸 짓 하다 죽은 머슴? 아니, 그거 휘두백 아냐?'
 무산이 당혹스러운 눈으로 무당의 짓거리를 지켜보고 있는데, 아니나 다를까, 휘두백의 전음이 들려왔다.
 「왜 아니겠습니까요. 바로 제 얘깁니다요.」
 [어이, 휘두백……! 한동안 잠잠하더니 이런 식으로 등장을 하냐. 난 네놈이 하도 안 나타나길래 겨울잠 자는 줄 알았다.]
 「겨울잠은요, 무슨. 그저 제 정체성을 찾기 위해 나름대로 고민하는

시간을 가졌을 뿐입니다요.」

휘두백은 얼마간 맥 빠진 음성으로 대답했다.

그는 석금이로 인해 마음의 상처를 받은 다음부터는 좀체 정체를 드러내지 않았었다. 생각보다 심약한 물귀신이었던 것이다.

[그래, 그거야 그렇다 치고… 저 무당은 또 뭐냐?]

「글쎄요, 좀 낯선 행색인 것으로 보아 새 외에서 온 것 같은데… 제법 용하군입쇼. 하지만 저런다고 제가 이 물 좋은 세상을 떠날 것 같습니까? 저승으로 가봐야 지옥 갈 게 뻔한데……. 안 그렇습니까요?」

[하긴 너 같은 물귀신이 지옥 안 가면 형평성에 어긋나기는 하지.]

「맞는 말이기는 한데 듣는 휘두백은 기분이 별로군입쇼.」

휘두백은 여전히 심드렁하게 대답했다.

"이런 염병할……! 몽달귀 될 놈이 물귀신이 되어 애매한 놈 몸에 찰싹 달라붙어 있구나아— 훠어이, 훠어이……. 그래도 물러가라아— 훠어이, 훠어이……."

무산과 휘두백이 전음을 주고받는 사이에도 무당은 계속해서 사설을 늘어놓고 있었다.

아예 허리에 꽂혀 있던 칼까지 뽑아 들고 그것을 무산의 머리에서 목, 겨드랑이, 사타구니에까지 들이대며 혼자서 방방 뜨고 있었던 것이다.

[야, 휘두백, 이 참에 저 무당 몸에 붙는 게 어떠냐? 어차피 무당이야 귀신이 붙어야 족집게가 되는 거 아니야. 게다가 저 무당은 제법 삼삼한 게 너 같은 색마 놈 취향엔 딱 맞겠다. 안 그러냐? 이건 뭐 도랑 치고 가재 잡는 격이군.]

「다르게는 누이 좋고 매부 좋은 일이라고도 표현합지요. 일석이조라고도 하구요. 하지만 그런 게 마음대로 되면 제가 여태까지 주인님같이 싸가지없는 놈한테 붙어 있었겠습니까요? 게다가 제 정체성에 대해 고민해 본 결과 제가 남성 취향이라는 것을 확실히 깨달았습니다요. 흐흐 흑……!」

휘두백이 흐느끼며 답했다.

[음… 그게 뭐 울 일이냐? 그래도 양성애자보다는 낫구나.]

「…….」

휘두백은 무산의 말이 농담인지 위로인지 구분하지 못해 침묵을 지켜야 했다.

그런데 그사이 혼자 방방 날뛰던 무당의 눈에서 살기가 뿜어지고 있었다. 휘두백이 꿈쩍도 안 하자 열이 뻗친 것이다.

"어허, 천하대신 지하대신께서 명하시는데도 네놈이 꿈쩍을 안 하는구나아― 말로 해선 안 들어먹을 놈이로다. 그래, 네놈을 꺼내려면 우선 이 불쌍한 놈 머리에 구멍을 내야겠구나. 천문신장칼을 받아라, 이노옴―"

무당은 들고 있던 칼을 갑자기 머리 위로 치켜 올렸다. 그리고는 그대로 무산의 정수리를 향해 찍어 내렸다.

"으아악―"

깜짝 놀란 무산은 재빨리 몸을 굴리며 바닥에서 자갈 하나를 주워 무당에게 던졌다.

탁……!

"아흐흑……!"

자갈에 무릎을 가격당한 무당이 신음을 내뱉으며 풀썩 고꾸라졌다.

"아니, 선무당이 사람 잡고 있군. 왜 아무한테나 칼을 휘두르고 난리야? 나 좀 있으면 애 아버지 될 사람이란 말이야. 나 죽어서 우리 아들 호래자식 되면 당신이 책임질 거야?"

무산이 옷에 묻은 흙은 툭툭, 털며 투덜거렸다.

그런데 그 말을 듣고 있던 무당이 갑자기 박장대소하기 시작했다.

"웃호호호! 오호호홋……!"

"확실히 정상은 아니군. 이거 무당이라기보다는 미친 모모에 가깝잖아? 가뜩이나 기분 꿀꿀한 날 별일을 다 겪는군."

무산은 까무러쳐 있는 당수정에게 다가가 그녀를 들쳐 업었다. 그리고는 다시 투덜거렸다.

"아니, 그리고 왜 임산부를 놀래키는 거야? 이러다가 우리 아들 잘못 되면 당신이 책임질 거야?"

"오호호호! 오호호호……!"

"아니, 왜 자꾸 웃는 거야?"

무산은 마치 실성한 사람처럼 웃고 있는 무당에게 버럭 소리를 내질렀다.

하지만 무당은 갑자기 사특한 표정을 짓더니 손바닥을 내밀었다.

"은 닷 냥만 내! 그럼 저 계집 뱃속에 든 암평아리를 수평아리로 바꿔줄게."

쿠쿵……!

순간 무산은 정신이 아득해지는 것을 느꼈다.

'암평아리라니……! 이게 무슨 청천벽력 같은 소리야. 내가 이 미륵불한테 아들 낳게 해달라고 갖다 바친 음식이 얼만큼인데……?'

무산은 떨떠름한 표정으로 무당을 쳐다보았다.

"네 팔자에는 딸만 아홉 낳게 되어 있어. 그런데 암평아리를 수평아리로 바꿀 수 있는 기회는 이번밖에 없어. 내가 아무 때나 여기 있는 게 아니니까. 어쩔래? 딸만 아홉 낳아서 제사 한 번 못 받는 배고픈 귀신 될래?"

무당은 여전히 사특한 웃음을 배어 물고 있었다.

'저 표정… 아무래도 나한테 호감을 가지고 있는 거 같진 않지? 하지만 휘두백 이놈의 정체를 알아낼 정도라면 사이비는 아닌 것 같은데. 후, 이거 겁을 잔뜩 주니 무작정 돌아서기도 그렇고…….'

무산이 심각한 고민에 빠져 있는데 미륵석상 뒤에서 또 한 사람의 음성이 들려왔다.

"장난이 지나치군, 여화……!"

귀에 익은 목소리였다.

"취 사부?"

무산이 화들짝 놀라며 미륵석상 쪽으로 고개를 돌렸다. 그것이 실수였다.

탁!

갑자기 무엇인가가 뒤통수를 가격해 온 것이다.

"아얏!"

무산이 고개를 돌려보니 그곳에 취설이 있었다.

"하하, 자넨 여전히 뒤통수 관리를 못하고 있군. 그나저나 생각보단 신수가 훤해 보이네. 허허, 그런데 수정이는 상대적으로 얼굴이 야위었군."

한동안 무산과 당수정을 살펴보던 취설이 고개를 갸웃하며 말했다.

듣기에 따라서는 무산이 배 터지게 먹고 노는 동안 당수정이 일방적으로 혹사당한 것 같다는 식의 이야기로도 해석될 수 있는 말이었다.

'음… 시간이 흘러도 이 인간의 음흉한 속내와 느끼하고 재수없는 화법은 여전하군. 매번 느끼는 거지만 제자 당유작은 정말 불쌍한 놈이야…….'

무산은 눈을 치떠 취설을 노려보다가 빙그레 웃으며 입을 열었다.

"흠, 취 사부님도 그동안 제법 살이 오르신 것 같습니다. 특히 복부 부

위에."

"음, 복부 비만이 요즘 사천 지방의 유행이라네. 그나저나 개수 그 아이의 병세는 어떠한가? 소식을 받는 즉시 몇 가지 약재를 챙겨 오는 길이라네."

취설은 덤덤한 표정으로 물었다.

'개수 그 아이?'

취설의 입에서 장인의 이름이 동네 개처럼 불려지자 무산은 잠시 발끈했다.

하지만 생각해 보니 발끈할 일은 아니었다. 취설은 비록 나이를 짐작할 수 없는 묘한 인간이었으나 당개수의 사숙뻘인 것이다.

그나마 당개수가 문주 자리에 있었을 때는 꼬박꼬박 문주라는 칭호를 사용해 주었으나 문주 자리에서 물러난 지금은 한참 어린 후학에 불과했다. 결코 예의에서 어긋났다고 할 수는 없는 것이다.

"아, 그렇군요. 일단 장인어른의 상태부터 살펴주십시오."

무산은 당개수가 머물고 있는 전각을 향해 걸음을 옮기며 말했다.

물론 그 와중에도 무당과 취설의 얼굴을 번갈아 쳐다보는 것을 잊지 않았다.

'그나저나 참 웃긴 인간이야. 언제 저런 괴상한 무당이랑 사귄 거지?'

사람의 손길이 닿지 않은 전각은 폐허나 다름없었다.

그나마 당개수가 머물고 있는 방은 문이라도 제대로 달려 있어 찬바람 정도는 막아내고 있었다.

다른 날에 비해 푸근한 날씨였음에도 당개수는 몇 겹으로 모포를 덮은 채 식은땀을 흘리고 있었다.

"흠, 사람이 너무 곧아도 고생을 하게 마련이지."

당개수의 모습에 취설은 낮게 한숨을 뱉어냈다.
하지만 당개수의 얼굴을 뜯어보고 있던 무당 여화가 고개를 설레설레 흔들며 그 방정맞은 입을 열었다.
"아니야, 이놈 팔자가 원래 말년에 고생할 팔자야."
…….
그 순간 무산의 눈이 도끼날을 갈았다.
'이 재수없는 무당은 또 왜 따라온 거야? 보아하니 취 사부와 오랫동안 알아온 사이인 듯한데… 혹시 내연의 관계인 걸까? 아무튼 취 사부 저 인간은 참 취향도 독특해요. 어디 여자가 없어서 새 외 무당이랑 그렇고 그런 관계를 맺냐?'
무산은 쯧쯧, 혀를 차며 다시 취설을 바라보았다.
"상처가 덧난 데다 기력이 쇠해 치료에 시간이 한참 걸리겠군. 그나저나 당문으로 돌아갈 형편은 아니니 계속 여기에서 요양을 해야 할 텐데… 할 수 없이 한동안은 나도 이곳에 머물러야겠군."
"저, 취 사부님, 완쾌하실 수는 있겠습니까?"
"뭐 그거야 신의(神醫)나 다름없는 내가 있으니 자네가 걱정하지 않아도 완쾌는 될 수 있을 걸세. 그나저나 수정이 저 아이 역시 출산이 머지 않은 것 같은데 자네, 애를 잘 받아낼 자신은 있는가?"
"예? 저보고 애를 받으라고요?"
무산이 눈을 휘둥그렇게 뜨며 물었다.
이제껏 애 낳는 걸 한 번도 본 적이 없는 그로서는 당연한 반응이었다. 도대체가 애가 어디서 어떻게 나오는 것인지조차 알지 못했던 것이다.
무산의 반응을 보고 있던 취설이 빙그레 웃었다.
"애 아버지 될 사람이 그 정도는 해야지. 하지만… 정 자신이 없으면 여기 있는 여화에게 부탁을 해보게."

"이 미친 여편네한테요?"

무산은 걱정스럽다는 듯 여화의 얼굴을 살폈다.

불빛 아래에 드러난 그녀의 모습은 어둠 속에서 볼 때와는 또 얼마간 달랐다.

취설처럼 나이를 짐작할 수 없는 얼굴에 눈동자에는 푸른빛이 감돌았는데, 색목인의 그것과는 달랐다. 분명 눈동자는 검은색이었으되 신기(神氣)인지 광기(狂氣)인지 분간이 모호한 기운이 넘실거렸던 것이다.

"취 사부님이 잘 아시는 무당입니까?"

"그렇다네. 내 여덟 번째 부인이었다네. 아니, 특별히 내치거나 내침을 받지 않았으니 아직 부인인 셈이지."

"예?"

"아니, 뭘 그리 놀라나? 저번에 자네 장인이 날 보고 내가 장가를 가지 않아 신혼인 자네 부부의 짓거리를 이해하지 못하는 것이라는 둥 이상한 소리를 지껄이더군. 하지만 나 결혼 참 많이 해본 사람이라네. 앞으로 몇 번을 더 하게 될지 그것도 알 수 없는 일이지. 그러니 자네 장인 깨어나면 다음부터 번데기 앞에서 주름 잡지 말라고 꼭 얘기해 주게."

"……."

다음날 아침 무산은 취설을 따라 암자 뒤편에 있는 야산에 올랐다.

소나무가 군락을 이룬 숲을 한참 헤매던 취설은 제법 넓게 자리 잡은 공지에서 걸음을 멈춘 후 한동안 주변을 살폈다.

"음, 이곳이 적당하겠군."

말을 마친 취설은 폭풍에 쓰러진 나무 위에 걸터앉으며 한동안 무산을 빤히 쳐다보았다.

'저 인간, 또 무슨 생각으로 날 이런 데로 불러낸 거야? 당최 속을 알 수가 있어야지…….'

무산이 께름칙한 눈으로 바라보는데 취설이 천천히 입을 열었다.

"귀수삼방 선배들이 재미있는 장난을 쳤더군."

"네?"

"하하, 자네도 알고 있지 않았는가? 당문의 역대 비급 중 쓸 만한 것들을 모두 비밀 서고에 감춰둔 것 말일세."

"……."

취설의 말에 무산은 당혹스런 눈으로 그를 쳐다보았다.

뜻밖의 일이었다. 무산 역시 그것에 대해 알고는 있었으나 미처 생각하지 못하고 있었다. 더욱이 의외의 인물에 의해 그 기억을 상기하게 되자 어떤 식으로 반응해야 할지 알 수 없었다.

취설의 이야기는 계속 이어졌다.

"자네들이 당문에서 쫓겨난 이후 사라진 비급에 관한 문제가 다시 거론되었네. 어떻게 해서든 그것을 다시 찾아야 한다는 주장이 일게 된 것이지. 결국 사라진 비급들을 찾는 일을 내가 자청했네. 나름대로 짐작이 가는 곳이 있었거든. 내가 제일 먼저 살핀 곳은 바로 비급들이 사라진 서고였네. 아무리 귀수삼방이라지만 하룻밤 새에 그 많은 책들을 먼 곳으로 옮기지는 못했을 거란 생각이 들었거든."

"……."

"예상대로 답은 서고에 있더군. 서고 지하에 또 하나의 서고가 있었던 게지. 물론 그것에 관해서는 아직 아무에게도 말을 하지 않았네. 지금과 같은 상황에서 비급들을 꺼내게 되면 당문은 그 비급들에 적힌 암기와 독에 대한 정보에 집착할 테고, 결국은 그것에 천착해 과거의 당문으로 퇴행할 수밖에 없다는 생각이 들었거든."

"……."

무산으로선 그저 아무 말 없이 취설의 이야기를 기다리는 수밖에 없었다.

비록 구렁이처럼 능글스럽고 엉뚱한 구석이 있긴 했지만 현 당문에서 자신의 편은 취설밖에 없다는 것을 잘 알고 있었기 때문이다.

"나는 아예 거처를 귀수삼방 선배들이 머물던 별채로 옮긴 후 은밀히 비급들을 탐독해 나갔네. 나조차도 그것들을 볼 기회가 많지 않았으니까. 뭐, 내가 워낙 박식한 인물이다 보니 더 이상의 지식을 필요로 하지도 않았지만……."

취설은 잠시 뜸을 들이며 고개를 들어 하늘을 쳐다보았다.

'그래, 취 사부 당신 잘났다. 아무튼 정이 가다가도 말아요. 어쩌면 인간이 저렇게 오만방자할 수 있는 건지. 그나저나 이 인간이 그 얘기를 하려고 여기까지 날 불러낸 건 아닐 텐데? 역시 뭔가 수상해.'

무산은 게슴츠레한 눈으로 그를 노려보았다.

"그런데 뜻하지 않게 아주 귀한 책을 하나 발견해 냈다네."

하늘만 쳐다보던 취설이 긴 한숨과 함께 품 안에서 한 권의 비급을 꺼내 들며 말했다.

취설이 들어 보인 비급에는 『태역귀영환경(太易歸靈幻經)』이라는 제호가 적혀 있었다. 언뜻 보기에도 주술과 관련된 경전임을 알 수 있었다.

하지만 취설의 설명은 얼마간 달랐다.

"제목이 흥미로워서 이 책을 펼치게 되었지. 그런데 이것이 참 묘한 책이더군. 처음엔 그저 영환술사들을 위한 비서겠거니 했으나 그 안에 태역검법이란 검법 초식이 적혀 있었단 말일세. 더욱 놀라운 것은 그 검법의 초식이 눈에 퍽 익은 것이었다는 점이지."

"오죽하겠습니까. 박학다식한 취 사부님이 모르는 게 어디 있겠어요?"

무산은 비아냥거리듯 대답했다.

"음, 그런데 그것이… 아마 무식한 자네도 알고 있는 초식일 걸세. 다만 자네나 자네 사부는 일부밖에 모르는 것 같긴 했지만 말일세."

"네?"

무산은 그제야 호기심 어린 눈으로 취설을 바라보았다.

"나는 지난번 무림맹 비무대회 때 용문가의 검법을 유심히 살펴보았지. 초식이 워낙 독특한 것이어서 관심이 가더군. 뭐랄까, 다른 무공이 음양과 오행의 원리 혹은 태극을 궁극의 지향점으로 삼는 데 비해, 용등연검법은 그야말로 질서나 사상이라고는 찾아볼 수 없는 혼탁한 것이더군. 그럼에도 그것이 뿜어내는 위력은 가히 독보적인 것이어서 단연 시선을 모을 수밖에 없었지."

"……"

취설의 입에서 용등연검법이 거론되자 무산은 바짝 긴장할 수밖에 없었다.

정황으로 보아 『태역귀영환경』이라는 허름한 책자에 적힌 검법 초식이 용등연검법과 관계된 듯한데, 그것은 있을 수 없는 일이었다.

그도 그럴 것이 용등연검법은 용문가의 독문무공으로, 일소천 자신이 직접 창안한 것이었기 때문이다.

"음, 표정을 보니 어느 정도 짐작이 가는 모양이군. 맞네. 이 비급에 적힌 검법 초식은 정확히 자네 사부의 용등연검법과 같다네."

취설이 묘한 웃음을 머금은 채 대답했다.

"저… 그럼 그 책이 우리 사부님이 쓰신 책이란 말입니까?"

"그럴 것이라고 생각하고 있는 겐가?"

"……"

"정확히 아닐세. 이 가죽 책자에 찍힌 화인(火印)이 정확하다면 책의 저자는 구역 진인(九易眞人)이라네. 약 500년 전에 자취를 감춘 도사로, 비록 정통 도가(道家)에서는 이단으로 몰렸으나 많은 추종자들을 가진 인물이지. 나 역시 그분을 존경하고 있다네."

취설의 말에 무산은 뒷목이 굳어지는 것을 느꼈다.

승신검 일소천의 명예가 달린 문제였다. 만약 취설의 말이 맞다면 사부 일소천은 남의 무공을 도둑질한 것에 불과하기 때문이다.

"취 사부께서 착각을 하신 걸 수도 있지 않습니까. 대륙의 검법만 해도 수백 수천 개의 초식이 있는데, 다소 유사하다고 해서 같은 검법이라고 할 수는 없지요. 게다가… 취 사부는 검법에 있어선…….”

무산은 말을 얼버무리며 취설의 눈치를 살폈다.

하지만 취설은 또 특유의 화법으로 무산의 입을 막았다.

"이미 말하지 않았는가. 나 박식한 사람일세. 그리고 내가 검법에 관해 조예가 깊은지 아닌지 자네가 어찌 아는가? 나 다방면에 재주가 많은 사람일세.”

"잘나셨습니다…….”

"물론 자네가 무엇을 두려워하고 있는지 잘 알고 있다네. 나 역시 같은 의문을 가지고 있었지. 어떻게 자네 사부가 『태역귀영환경』에 적힌 검법을 연마할 수 있었을까 하고. 그런데 그 물음에 대한 답 역시 이 비급에 적혀 있더군.”

"네?”

"『태역귀영환경』은 단순히 검법서만은 아닐세. 구역 진인의 사상이 담긴 경전이기도 하지. 이미 말했듯 구역 진인은 정통 도가에서는 이단으로 취급되네. 그것은 구역 진인이 자신을 천인지합(天人之合)의 인물이라 말하고 다녔기 때문일세. 즉 복희(伏羲) 씨처럼 역수(易數)를 만들어내는 권능을 지녔다는 것이지. 구역 진인의 추종자들은 아직도 그를 선도밀교(仙道密教)의 교주로 추앙하고 있다네. 천무밀교에서 무량귀불을 교주로 추앙하는 것처럼 말일세. 물론 그 양상은 다르지. 무량귀불의 천무밀교는 소승불교의 성격을 지닌 밀교에 대승불교의 성격을 가미해 대륙 전체에 포교 범위를 넓힌 반면 구역 진인은 철저하게 개인의 수양에 역점을 둔 채 그 추종자들까지 은거하게 만들었으니까.”

취설은 긴 한숨과 함께 무산의 표정을 살폈다.

하지만 무산으로서는 도대체 그가 무슨 이야기를 하려는 것인지 그 의

도를 알 수 없었다. 그런 무산의 표정을 읽은 것인지 취설이 다시 말을 이었다.

"내 짐작이 틀리지 않다면 자네 사부 승신검은 구역 진인의 진전을 이어받았을 걸세. 이 책의 후기에는 태역검법의 전수 과정에 대해 아주 짤막하게 언급이 되어 있네. '인연이 있는 자, 만나게 되리라'. 그것이 다일세. 그런데 밀교의 교리나 무공의 전수 방법 중에는 이런 경우가 적지 않다네."

"……."

"아직도 모르겠는가? 음… 확실히 영민하지 못한 데다 아는 것도 적은 자네와 이야기하자니 퍽 시간이 걸리는군. 우리 유작이 같았으면 벌써 감을 잡았을 텐데."

취설은 쯧쯧 혀를 차며 무산을 빤히 쳐다보았다.

'그래, 똑똑한 제자 둬서 좋겠다. 그래도 난 당신 제자가 제일 불쌍해.'

무산은 이제 머리까지 핑핑 돌 지경이었다.

도대체 무슨 이야기인지, 핵심을 간추려 기승전결로 간단하게 설명해 주면 쌍방이 편한 일이다. 그런데 취설은 이야기를 빙빙 돌리며 자신의 박식함과 제자의 영민함을 자랑하기에만 바빴다.

무산으로선 환장할 일이었다.

"그래요. 저 무식한 데다 잔머리밖에 못 써요. 저 닭이에요. 반면 취 사부님하고 영민한 제자 당유작은 봉이에요. 대장간집 막쇠 부부가 한 달에 몇 번 관계를 가지는지도 훤히 알고 있을 거예요. 그러니까 똑똑한 취 사부님이 무식한 제 수준에 맞춰서 간단하게 좀 설명해 주세요."

"음… 사실 박식한 나도 막쇠 부부의 밤일까지는 알 수 없다네."

"……."

"자, 좀 더 쉽게 설명하지. 밀교의 무공 전수 방식 중에는 영(靈)의 힘을 비는 경우가 간혹 있네. 꿈이나 환각 상태에서 무공을 전수해 주는 것이지. 여기에도 두 가지 방식이 있네. 첫 번째는 예정된 수순에 따라 특정인을 선택해 영이 빙의 되는 것이지. 환각 상태에서 경맥을 터주고 무공을 전수해 준다네. 천무밀교의 무량귀불이 대표적인 예지. 천무밀교의 교인들은 무량귀불의 환생을 믿지. 그것의 진위는 알 수 없으나 전대 무량귀불의 기억이나 무공이 새로운 이에게 전이되는 것만은 확실하지. 그것 역시 일종의 빙의라 할 수 있을 걸세. 두 번째는 특정인이 아니라 우연한 계기를 통해 그 무공을 전수받게 되는 경우라네. 어느 한순간 뜻하지 않게 영계(靈界)와 접해 전대 기인의 진전을 이어받게 되는 것이지. 여기에도 두 가지가 있네. 우선 영계에 보관해 둔 힘이 우주의 운행 경로를 따라 이동하다가 이탈해 한 인간의 영체와 만나는 경우가 있지. 또 하나는 한 인간의 영체가 우연히 영류(靈流)에 휘말려 그 힘을 얻는 경우지. 가령 강신무(降神巫) 따위가 이러한 예에 해당되는데, 자네 사부 역시 후자의 경험을 한 게 아닌가 싶네."

취설은 이제 알겠냐는 표정으로 무산을 쳐다보았다.

하지만 그 분야에 관해 아는 것이 적은 무산으로선 취설의 설명을 쉽게 이해할 수 없었다.

'이게 무슨 귀신 씨나락 까먹는 소리야? 그럼 우리 영감이 무당이란 말이야?'

그렇다고 내놓고 모르겠다는 이야기를 할 수도 없었다. 가뜩이나 무식한 놈 취급받는 마당에 더 무식한 놈으로 몰릴 수는 없는 일.

"그런데 왜 우리 영감… 아니, 우리 사부님은 그 무공을 자신이 창안하게 된 거라고 믿고 있을까요? 성질은 더러워도 거짓말 같은 건 잘 못하는 성격인데?"

"음… 이야기 듣기로, 자네 사부는 혼자 산속에서 50여 년간 무공 연마에만 전념했다더군."

"대부분 그렇게 알고 있지요."

무산은 손가락으로 턱을 긁어대며 심드렁하게 대답했다.

"그게 아니란 말인가?"

"아니요. 저에게도 그렇게 얘기하기는 했습니다만, 우리 영감은 천성이 게으른 사람이거든요. 그 말을 곧이곧대로 믿기는 힘들죠."

"……."

한줄기 바람이 솔숲을 스쳐 불었다.

은은한 솔 향과 함께 몇 개의 솔잎이 바닥으로 떨어져 내렸다.

'저 녀석, 말끝마다 제 사부에게 영감, 영감 하는군. 정말 싸가지없는 놈이야. 아마 박식한 나 취설에게도 일말의 존경심도 가지고 있지 않을 거야. 그나저나 승신검의 용등연검법 창안을 어떻게 설명해 줘야 저놈이 쉽게 이해할 수 있을까? 싸가지도 없는 게 머리까지 나쁘니 이거야 원……!'

'어쭈, 저 인간 또 잔머리 굴리고 있군. 보면 볼수록 음흉한 인간이야. 여자 문제도 복잡하고. 혹시 저 인간 박수무당이었던 거 아냐? 과거가 안개 속에 감춰져 있으니 알 수가 있어야지. 하긴 떳떳한 과거면 감출 필요도 없잖아? 분명히 박수무당이었을 거야…….'

취설과 무산은 잠시 골똘히 생각에 잠긴 채 바람에 흔들리는 솔잎들을 쳐다보았다.

"음, 설명에 앞서 한 가지 확인해야 할 것이 있네. 자네 혹시 승신검에게서 용등연검법의 초식을 모두 전수받았는가?"

"예. 제자 중에선 제가 제일 싸가지있고 똘똘하다고 저한테만 모두 전수해 주셨지요."

"총 몇 식으로 이루어져 있던가?"

"6식이요. 원래 40년 전엔 5식이 최종식이었지만, 낭만과 계휼에게 패한 이후 하나의 초식을 더 만들어냈다는군요. 그래서 전6식이 된 거죠."

무산은 멀뚱한 표정으로 말한 후 취설의 이야기를 기다렸다.

용등연검법과 태역검법의 상관관계에 대한 해답이 떨어질지도 모르기 때문이다.

"음, 자네 내 앞에서 그 검식을 선보일 수 있겠는가?"

"……."

취설의 요구에 무산은 잠시 망설일 수밖에 없었다.

용문가의 독문검법을 아무 데서나 펼쳐 보일 수는 없었던 것이다. 더욱이 상대는 똑똑하고 음흉한 취설이었다.

'혹시 이 인간 나한테 사기 치는 거 아냐? 우리 용문가의 검법을 훔쳐다가 당유작에게 가르쳐 주려고. 그래, 저 똘방똘방한 인간은 내가 펼치는 검식을 한 번만 보고도 머리 속에 집어넣을 수 있을 거야. 똑똑한 놈들이 괜히 무서운 게 아니거든……'

한동안 고민하던 무산은 분연히 고개를 저었다.

"싫어요. 안 보여줘요. 이건 용문가의 독문무공이란 말이에요."

"그래? 그거 섭섭하군. 그런데 자네 그거 아는가? 이 비급에 적힌 태역검법은 총 8식이라네. 비록 초식의 이름은 적혀 있지 않지만, 천(天), 지(地), 뇌(雷), 풍(風), 수(水), 화(火), 산(山), 택(澤) 등 팔괘(八卦)의 자연 현상을 형상화한 초식이더군. 그런데 안타깝게도 간단한 그림만 그려져 있어 그 연결이 매끄럽지 않아. 아마 비무대회에서 내가 용등연검법의 일부를 일견하지 않았다면 이 책의 초반부도 이해하지 못했을 거야. 물론 방초라는 그 계집아이의 어설픈 검식보다는 자네가 간혹 펼쳐 보였던 검식을 통해 알게 된 사실이지만……. 어쨌든 이 비급에 적힌 둘, 혹은 세 개의 초식은 자네 몫이 아닌가 보군. 아쉽지만 그만 내려가세."

취설은 짧게 한숨을 내쉰 후 몸을 일으켰다.

아쉽지만, 그것은 취설 자신의 아쉬움이 아니라 무산이 가져야 할 아쉬움이라는 투였다. 워낙 영악하다 보니 무산 같은 뺀질이의 마음을 돌려놓는 방법까지 알고 있었던 것이다.
"자, 잠깐만요, 취 사부. 저 그 책 한번 보여주세요."
무산은 혹시나 하는 마음에 『태역귀영환경』을 한번 보고 싶어졌다. 열에 하나라도 취설의 생각이 맞다면 결코 놓칠 수 없는 기회였으므로.
하지만 취설의 대답은 냉랭했다.
"싫다네. 안 보여주겠네. 이 비급은 내가 찾았으니 내가 주인일세."
"누가 달랍니까? 그냥 한 번 쳐다만 보자구요."
"나 역시 자네에게 거절당하지 않았는가. 나 똑똑한 만큼 속 좁은 사람이라네. 자네가 안 보여주면 나도 안 보여줄 걸세."
"아니, 그게 어떻게 같습니까? 취 사부님은 똑똑해서 제가 초식을 펼치면 한 번 보고 기억할 거 아닙니까. 하지만 전 무식한 데다 머리도 나빠서 몇 번 봐도 흉내조차 낼 수 없단 말이에요."
무산은 회심의 미소를 숨기며 무척 무식해 보이는 표정을 지었다.
취설 자신이 내뱉은 말인만큼 그의 논리에 적용해 반박한 것이다. 큰 머리는 안 돌아가도 잔머리는 무척 잘 돌아가는 인간, 그가 바로 무산이었다.
하지만 취설은 큰 머리, 잔머리 둘 다 잘 돌아가는 위인이었다.
"그래? 그럼 이렇게 하세. 무식한 자네는 똑똑한 내게 초식을 한 번만 보여주게. 똑똑한 나는 벌써 이 그림을 모두 머리 속에 집어넣었으니까 이 책을 아예 무식한 자네에게 넘겨주겠네. 이제 공평한가?"
"끄으응……!"

7장
아비의 노래(1)

죽음이 남기는 것은
곧 사라질
썩은 시신,
슬픔과 기쁨의 추억.

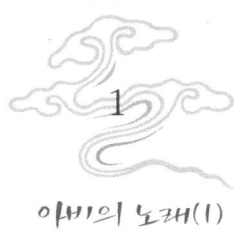

1
아비의 노래(1)

"저… 궁금한 게 있는데… 요…….."
"뭔데 그러냐?"
"우리 꽃사슴 뱃속에 있는 게 정말 암평아리예요?"
"아니."
"이얏호! 그럴 줄 알았어요. 수평아리 낳게 해달라고 내가 얼마나 빌었는데. 푸하하하!"
"수평아리 같은 소리 하고 있네. 딸이야. 그런데 네놈 마누라가 꽃사슴이니까 그 뱃속에 든 건 새끼 암꽃사슴이 되겠지. 오호호호!"

고려 무당 여화는 들고 있던 부채로 바닥을 마구 두드리며 박장대소했다.

취설의 부탁으로 여화는 당수정의 출산과 산후 조리, 당개수의 간병을 맡기로 했다. 무산은 새롭게 태역검법을 익히고 있었기 때문이다.

어쨌든 그 와중에 무산은 여화와 얼마간 친해질 수 있었다. 한 가지

재미있는 것은 무산이 여화를 통해 취설의 정체에 대해 얼마간 알게 되었다는 사실이다.

하지만 대개의 무당이 그렇듯 여화 역시 너무 과장이 심해 적당히 가려 들어야 했다.

여화의 이야기를 대충 정리해 보면 이랬다.

취설은 본시 고려인으로, 한 지방에서 세를 누리던 호족 집안의 장자였다. 그런데 그 영(靈)이 워낙 맑아 어린 시절에 한 도인을 따라 계룡산에 입산하게 되었고, 이후 계룡산 청년 도사가 되었다.

영이 맑은 데다 지나치게 총명하고 자질이 뛰어나 그는 수행 10년 만에 우화등선의 경지에 다가섰다.

하지만 그의 우화등선은 끝내 이루어지지 않았다. 색정, 아니, 인정을 이겨내지 못했기 때문이다.

취설이 수도를 하던 계룡산에는 학정사(鶴井寺)라는 절이 있는데, 그곳에는 모두 일곱 명의 비구니가 있었다. 그런데 산을 오르내리며 취설의 수도행을 보던 일곱 비구니가 모두 취설에게 반해 버리고 만 것이다.

어느 날 비구니들은 불전에 함께 모여 파계를 고했고, 그날로 취설이 수도하던 움막을 찾았다. 취설의 아내가 되기 위해.

취설로서는 퍽 황당한 일이었으나 끝내 그녀들의 간절한 청을 이기지 못하고 혼례를 치르게 되었다. 도사의 신분으로 할 일은 아니었으나 어쩔 수 없었다. 취설이 아니면 살지 못하겠다는데(이 부분에서부터 무산은 여화의 이야기에 의심을 품기 시작했다).

하지만 그것으로 취설의 수도행이 종친 것은 아니다. 취설은 일곱 아내와 함께 새롭게 수도행에 들어갔다. 그리고 그의 헌신에 힘입어 아내 일곱이 차례로 우화등선했다(갈수록 점점……. 무산은 그렇게 생각했지만 여화의 이야기를 끊지는 않았다).

아내들이 떠나간 후 취설은 계룡산을 떠나 다시 속세에 몸담기 시작했다.

아내들을 신선으로 만든 이후에야 자신의 재능이 어디에 쓰일지 알게 된 것이다. 취설 자신은 비록 우화등선의 지경에 들지 않은 채 그 언저리를 맴돌 뿐이지만 다른 이들의 수도를 돕는 데 탁월한 재능을 지녔던 것이다.

이후 취설은 고려 전역을 돌아다니며 도가 사상의 전수에 힘썼다.

신분이 천해 글을 배우지 못한 이들에겐 자신의 신묘한 재주, 가령 둔갑술이나 도술 따위를 선보여 도학(道學)을 쉽게 이해시켰다.

여화가 취설을 만난 것도 그 시기였다.

당시 여화는 청상과부였다. 남편을 잃은 지 3년. 사회의 냉대와 외로움을 참지 못해 저수지에 몸을 던진 그녀를 취설이 구했다. 여화는 첫눈에 청년 도사 취설에게 반했고, 그에게 몸을 의탁했다.

취설은 여화를 거두는 것 역시 수도행이라 여겼고, 결국 그녀를 여덟 번째 부인으로 삼았다. 그리고 그녀와 함께 수도에 전념하며 포교 활동에 힘썼다.

하지만 취설의 전처들처럼 여화가 우화등선하지는 못했다.

그녀는 수도 도중 산신(山神)을 비롯한 숱한 신에 들려 무당이 되고 만 것이다. 쉽게 말해 신선 되려다 그 비슷한 존재들을 몸속에 받아들이게 된 셈이다.

그런 여화의 모습을 보며 취설은 자신의 재능에 얼마간 회의를 느꼈고, 결국 고려를 떠나 왜나라로 갔다. 이후 둔갑술이나 도술 따위의 재주로 아둔한 무리들에게 신선 사상을 심어주던 취설은 왜나라 백성들의 열화와 같은 성원에 힘입어 그곳의 왕이 되었다(무산은 이 즈음에서 여화에게 이야기 듣는 것을 포기하려고 했다. 하지만 끝까지 참았다. 둔갑술로 왕이 되지 말라는 법은 없으니까. 더욱이 미개한 나라에서).

하지만 정작 여화가 취설을 못 잊어 왜나라로 그를 찾으러 갔을 때 취설은 더 이상 그곳에 없었다. 이미 대륙으로 떠났던 것이다.

대신 그곳엔 취설이 남긴 열두 왕비와 백여 명의 후궁, 5백여 명의 왕자와 공주들이 있었다.

그들 중 일부는 취설에게 배운 둔갑술을 이용해 원숭이가 되기도 하고, 두더지가 되기도 하며 여화를 즐겁게 해주었다. 그리고 그녀를 성모(聖母)로 섬기며 새로운 종교를 만들기도 했다. 그런 환대와 융숭한 대접 속에서 여화는 40여 년 동안 그곳을 통치했다(뭐, 여화가 겪은 일이라는 데야…).

이후 여화는 다시 대륙으로 건너왔고, 10여 년을 헤맨 끝에 보름 전쯤 취설을 다시 만나게 되었다.

이상이 무산이 들은 취설 내외의 과거였다.

이야기를 종합해 볼 때 취설과 여화는 최소한 70의 나이를 넘긴 셈이다. 언뜻 믿어지지 않는 일이었지만 취설이 당문에 들어온 것은 40여 년 전, 당시도 나이를 짐작할 수 없는 외모였다고 했으니 그가 불로(不老)의 몸인 것만은 확실하다. 또 취설이 그럴 수 있다면 여화 역시 그럴 수 있는 것이다.

그럼에도 불구하고 취설에 대한 의심은 나날이 증폭되어 갔다. 여화의 이야기를 듣기 전보다 더욱더.

'그러니까 결국 색마(숱한 여성 편력)에 광대(저자에서의 둔갑술)에 몹쓸 가장(왕비와 후궁과 자식들을 내팽개친 행위)에 무책임한 두목(섬나라의 원숭이들을 버리고 이민 온 행위)이었다는 거 아냐. 정말 믿을 위인이 못 돼……. 이거 태역검법도 그 작자의 농간 아닐까? 내가 헛물켜고 있는 건 아닐까?'

무산은 여전히 바닥을 두드리며 박장대소하고 있는 여화를 보곤 길게 한숨을 내뿜었다.

장강(長江)의 물결은 오늘도 뒤에 오는 물결에 밀려 한없이 흘러가고 있다.
강물에 실려오는 봄 기운이 채 피지 않은 꽃에 개화의 숨결을 불어넣었고, 그 위로 다시 따스한 봄볕이 쏟아져 내렸다.
장강삼협(長江三峽)의 장엄한 아름다움을 보기 위해 예로부터 많은 시인 묵객이 이곳에서 배를 띄웠다.
하지만 지금 장강 앞에 펼쳐진 거대한 들판으론 예리하게 빛나는 병장기와 깃발이 하늘을 찌를 듯 세워져 있다.
사평왕의 군막.
열려진 막사의 문으로 새어 들어오는 햇빛 때문인지 그 안에 있는 세 사람의 표정은 비교적 밝아 보였다.
"생각보다 많은 강호인들이 군집했군. 역시 초화공 그대의 능력은 십만 대군 못지 않소."
사평왕은 가볍게 웃으며 초화공을 바라보았다.
이미 4만여 명의 정파무림인이 사평왕의 군대에 합류했다. 게다가 사평왕과 무림맹의 연대에 관한 소문이 퍼지면서 합류하는 무림인의 수가 나날이 늘고 있었다.
또한 구황문에 귀속되다시피 한 여러 문파들까지 합세하고 있어 연합군의 규모는 이미 8만이 넘어서고 있었다.
이것은 어디까지나 외적인 규모일 뿐이다. 더욱 큰 지원 세력은 구황문으로, 사천성 이서 지역을 완전 장악하고 있으므로 그 규모가 최소한 몇십만은 될 것이다.

하지만 구황문과 사평왕의 연대는 어디까지나 암암리에 이루어진 것인만큼 그들의 병력은 표면에 드러나지 않았다. 실제로 구황문과 사평왕의 연대 사실을 안다면 무림맹의 지원 세력은 사평왕에게 등을 돌릴 것이다.

물론 그들의 규모는 몇만에 그친다. 하지만 천무밀교와 맞선 상황에서 또 다른 적을 만들어낸다는 것은 큰 부담이 아닐 수 없었다.

"폐하, 실제로 저들은 소모품에 불과합니다. 비록 지금은 연합하고 있으나 대륙이 평정된 이후엔 골칫덩이가 되겠지요. 될 수 있는 한 이번 싸움에서 모두 소모해 버려야 합니다. 다만 구황문과 화산파는 그 처리에 다소 신중을 기해야 할 듯합니다. 두 문파 모두 우리와 우호적인 관계를 유지하고 있으니 폐하께서 등극하신 이후에도 도움이 될 것입니다. 문제는 강호의 패권을 둘러싸고 그들이 어쩔 수 없이 등을 돌리게 될 운명이라는 데 있습니다."

초화공이 가볍게 머리를 저으며 말을 마쳤다.

"구황과 백의천이라……. 하하, 초화공은 이미 그들 모두에게 강호의 주도권을 내주기로 약속했을 테지? 그대의 신용이 무너질 수도 있겠군."

"물론 그 비슷한 말로 그들을 회유했지요. 하지만 꼭 그렇다고는 할 수 없습니다. 구황문과 화산파 모두 바보가 아닌 이상 그것을 생각하지 않고 우리와 손을 잡지는 않았겠지요. 일단 우리는 천무밀교라는 공동의 적을 섬멸하기 위해 연대를 한 것이지요. 이후의 일은 그들이 알아서 처리해야 한다는 것을 그들 역시 모르고 있지는 않을 겁니다."

"하지만 구황문과 화산파의 세력은 명백히 차이가 나지 않소?"

사평왕이 지그시 웃음을 내비치며 물었다.

"규모로 보자면 화산파는 구황문에 비해 조족지혈이지만, 강호라는 곳이 한 치 앞을 내다볼 수 없는 곳입니다. 더욱이 화산파의 백의천은 여기… 취운에 대한 믿음이 큽니다. 그가 우리와 연대할 것을 결정한 계기도 폐하의 뒤를 이을 취운이 있기 때문입니다. 어쨌거나 취운은 화산의 제자니까요."

"음… 이거 부담스러운걸. 나로선 구황문과 화산파 어느 쪽도 놓치고 싶지 않아. 하지만 강호 역시 두 마리의 호랑이가 함께하기엔 너무 좁은 곳이 아닌가. 더욱이 그들의 갈등이 우리의 예상보다 빨리 불거지게 된다면 계획에 차질이 생길 테고."

"아닙니다. 현재로선 구황문과 화산파 모두 서로에게 두려움을 가지고 있지 않습니다. 천무밀교란 더 큰 적이 있기 때문이지요. 폐하의 뜻이 이루어지기 전에는 별다른 동요가 없을 겁니다."

초화공은 사평왕을 안심시킨 후 취운에게 시선을 돌렸다.

언제나 그렇듯 취운은 있는 듯 없는 듯 앉아 두 사람의 대화에 귀를 기울일 뿐이었다. 그는 자신의 감정을 드러내지 않는 데 퍽 익숙했기 때문에 무엇을 생각하고 있는지 쉽게 알 수 없었다.

"운아, 네 생각은 어떠냐? 구황문과 화산파 중 하나를 버려야 한다면 어디를 버리겠느냐?"

초화공의 눈길이 취운에게 멎어 있음을 확인한 사평왕이 넌지시 물었다.

사평왕으로선 하나밖에 남지 않은 친족이다.

취운의 부모를 생각할 때마다 그가 더없이 안쓰럽게 느껴졌다. 부모의 사랑도 제대로 받지 못한 채 자신의 신분과는 어울리지 않는 실수로 반평생을 살아온 조카였다.

"외숙, 어차피 강호 역시 외숙의 땅입니다. 외숙께서 결정하실 일이지요. 더욱이 그 문제는 천무밀교를 무너뜨리고 용상에 앉은 이후에 생각하실 일입니다. 천무밀교와 황실 모두 결코 가볍게 볼 적들이 아니지 않습니까."

반쯤 내려 감은 눈으로 탁자에 눈길을 주고 있던 취운이 나직한 음성으로 대답했다.

"하하하! 그래, 네 말이 옳다."

사평왕은 흡족한 대답이라는 듯 만면에 웃음을 머금었다.

하지만 그의 눈은 다시 초화공에게 향해졌다.

"방금 전 무림맹의 무사들을 철저하게 소모하라고 했는데, 이번 무산(巫山) 원정을 의미하는 것인가? 이제 그대의 계획을 들려줄 때가 되지 않았소?"

"예, 폐하. 현재 이곳엔 무림맹주인 백의천과는 별도로 정파무림을 이끌고 소림에서 항전했던 개방이 와 있습니다. 그런데 거기에 장소천이 이끄는 무당파와 그 외 소수의 정파인들이 합세해 있는 상황이지요. 그들은 비록 우리와 연합하고 있으나 결코 뜻을 함께할 수 없는 자들입니다. 무산(巫山) 원정의 선두에 설 인물들이 바로 그들입니다. 어차피 무산엔 외부의 침입을 막기 위한 많은 진과 기관이 설치되어 있을 겁니다. 따라서 그들은 천무밀교의 본전에 다다르기도 전에 모두 죽게 될 겁니다. 대신 얼마간의 진과 기관을 파괴하게 되겠지요. 제가 그들에게 다량의 폭약을 지원할 테니까요."

"음… 잔혹하군. 계속 들려주시구려."

사평왕은 지그시 웃으며 고개를 끄덕였다. 내심 초화공의 계획이 마음에 들었던 것이다.

"예, 우리 연합군은 총 4개 부대로 나뉘어 움직일 것입니다. 이미 말씀드렸듯 선두는 개방과 그의 추종 세력이 될 것이고, 두 번째로 진격할 부대는 구황문에 귀속된 여러 문파들입니다. 점창파와 청성파, 당문, 모산파, 그 외 구황문의 영역 안에 있는 군소방파들이 그들인데, 이들 역시 구황문의 주력 부대가 아닌 만큼 이번 기회에 소모하는 것이 좋습니다. 이들까지를 이용한다면 최소한 무산의 진과 기관을 무용지물로 만들 수 있을 듯합니다."

"그렇다면 제3부대는 누가 되는 것인가? 백의천을 중심으로 한 무림맹?"

"맞습니다. 그리고 또 있지요. 바로 폐하의 군대입니다."

"하지만 그렇게 된다면 우리 군대의 병력 손실이 많을 텐데……? 우리와 구황문이 마지막에 합류하는 것이 유리하지 않겠소?"

사평왕이 이해할 수 없다는 듯 물었다.

초화공의 생각대로 무산에 천무밀교의 주력 부대가 머물고 있다면 현재 사평왕이 거느리고 있는 병력만으로는 안심할 수 없었기 때문이다. 더욱이 사평왕으로선 군대의 손실을 최소한으로 줄여야 했다.

그의 최종 목적지는 무산이 아니라 황궁이었기 때문이다.

비록 각지에 자신의 심복들을 심어두어 언제든 많은 수의 군대를 동원할 수 있는 상황이었다. 하지만 그들을 지휘하기 위해서라도 최소한의 병력은 필요했다.

"폐하가 염려하는 것이 무엇인지 잘 알고 있습니다. 그러나 비록 무량귀불이 무산 본전에 머무른다 해도 그들 무사의 수가 5만을 넘지는 않을 것입니다. 정보에 의하면 나머지 세력은 모두 무산에 근접한 사천성과 호북성 일대에 진을 형성하고 있다고 합니다. 혹시라도 무산에 변고가 생기면 곧바로 출동하기 위해서입니다."

"……."

"결국 제4부대인 구황문이 그들과 싸우게 되겠지요. 어쩌면 이번 무산 정벌에서 가장 큰 손실을 보는 곳은 구황문이 될지도 모릅니다."

"음… 그래. 내가 미처 그 생각을 하지 못했군. 하하, 무산에 수십만의

군대가 은둔해 있을 수는 없는 일이지. 하하하……! 어쩌면 이번 기회에 무량귀불과 마주칠 수도 있겠군!'

사평왕은 주먹으로 탁자를 툭, 툭 두드리며 상념에 잠겨들었다. 어쩌면 자신이 이번 싸움을 너무 쉽게 보고 있었는지도 모른다는 생각이 언뜻 든 것이다.

따지고 보면 앞뒤로 적을 둔 상황이다. 어느 한쪽이 무너질 경우 괴멸할 수도 있는 힘겨운 싸움인 셈이다.

아비의 노래(1)

"어머, 두백 오라버니, 여기에서 뭐 하세요?"
"보면 모르오. 생강 까고 있소."
개방을 중심으로 한 무림정파 연합이 머물고 있는 군영.
두백 이재천은 나른한 봄볕을 받으며 양동이 가득 담긴 생강을 까고 있었다. 그만의 취미 생활인만큼 조용히 여가를 즐기고자 하는데, 예쁜 구석 없는 방초가 나타난 것이다.
"아니, 꼬박꼬박 식사가 나오는데 왜 요리 준비를 해요? 간식이라도 해 드시려구요? 호호. 그럼 방초도 같이 먹어요."
"……."
이재천은 대답 대신 생강에 글자를 새겨 넣었다.

방초 바보, 짝궁뎅이!

막 떠오르려던 시심이 방초 때문에 사라지자 그에 대해 나름대로 복수를 가하고 있는 것이다.
"그나저나 이편 오라버니랑 곰탱이는 어딜 간 거예요? 아침나절부터 계속 안 보이네?"
"배은망덕이야 그렇다 치고 유청이는 뭐 하러 찾는 거요? 혹시 관심있소?"
"어머, 두백 오라버니, 그게 무슨 말이에요? 어디 있는지 알면 거길 피해 다니려고 물어본 거랍니다. 방초는 곰탱이가 너무너무 싫어요."
"……"
이재천은 빙그레 웃으며 다시 생강에 글을 새겨 넣었다.

방초 거짓말쟁이, 얼굴 빨개졌대요.

지난번 무당 도장에서 주유청이 목숨을 구해준 이후 방초는 얼마간 주유청에게 관심을 기울이기 시작했다.
하지만 주유청은 색마 수칙이 어쩌고저쩌고하며 방초를 거들떠보지도 않은 채 계속 작업에 들어갔다. 그가 오늘 배은망덕 이편을 데리고 근처 강가로 낚시를 간 것도 그 작업의 일환이었다.
"흥, 두백 오라버니, 그럼 이편 오라버니가 어디 있는지만 가르쳐 주세요. 방초는 일편단심 민들레예요."
"……"

방초 바람둥이. 짝궁뎅이는 다 그렇대요.

"킥킥킥킥……! 푸히히히……!"

생강에 글을 새기던 이재천은 웃음을 참지 못하고 제풀에 자지러졌다.
그 웃음을 보고 가만히 있을 방초가 아니었다.
"두백 오라버니! 아니, 이제 오라버니라고 안 부를 거야. 흥! 이 약골 굼벵이 주접 배신자 구관조야! 시도 지지리 못 쓰는 바보야."
방초는 인상을 구기며 바락 소리를 내질렀다.
하지만 '시도 지지리 못 쓰는' 이라는 치명적인 발언에도 불구하고 이재천은 다시 한 번 허리를 꺾어가며 웃었다.
"큭큭큭큭……! 푸히히히……!"
다른 사람이라면 모를까, 방초의 입에서 나오는 욕들은 어쩐지 욕같이 들리지가 않았던 것이다. 차라리 방초 자신이 '나는 바보, 나는 바보' 하고 소리치는 것만 같았다.
"씨이— 그래, 두백이 너 이따가 보자. 내가 곰탱이 시켜서 널 박살 낼 거야. 흥!"
방초는 차마 싸울 생각은 하지 못한 채 성질을 내며 돌아섰다.
그녀는 지난번에 이재천에게 호되게 얻어맞은 적이 있었던 것이다.
방초가 뒤뚱뒤뚱 짝궁뎅이를 흔들며 멀리 사라진 후에야 이재천은 고개를 갸우뚱하며 입을 열었다.
"어라? 방초가 중요한 순간에 생각해 낸 인물이 주유청 그 곰탱이잖아. 허허, 그 인간… 색마 수업을 받았다더니 제법이군. 하지만 잘될까? 워낙 어설픈 인간이라……. 에라, 모르겠다. 난 생강이나 까자."
이재천의 손에서 신기에 가깝게 휘둘러지고 있는 작도(作刀) 위로 봄날 햇볕이 눈부시게 흩어지고 있었다.

"이 형, 날이 참 좋구려. 하하. 이렇게 취미가 같은 사람이랑 친해지니까 마구 기분이 좋아지는구려. 두백이는 다 좋은데, 움직이는 걸 싫어하는 게 흠이오. 함께 왔더라면 더 즐거웠을 텐데 말이요. 그렇지 않소? 파하하하!"

"……."

"아니, 이 형, 그런데 왜 이렇게 입질이 없을까요? 이놈들이 혹시 우리를 무시하는 거 아닐까요? 파하하하! 나야 그렇다 쳐도 천하의 색마가 던진 미끼를 물지 않다니. 파하하하!"

"……."

주유청의 주접에도 불구하고 배은망덕 이편은 묵묵히 수면을 바라볼 뿐이었다.

물론 목구멍까지 치고 올라오는 욕설을 집어삼키느라 무진장 고생하고 있었다.

'웃기는군. 그래, 날씨 좋다, 곰탱이. 그런데 이 좋은 날씨에 내가 왜 하필 너랑 함께 있어야 하냐? 그리고 취미가 같아? 염병, 스님이 퍽도 낚시 좋아하겠다. 그래, 그것까지는 참을 수 있어. 하지만 우리가 친해? 정말 사람 환장하겠다, 야! 또 두백이는 네가 못 오게 했잖아, 임마. 왜 입질이 없냐고? 야, 미끼도 안 달았는데 당연한 거 아니냐? 니가 물고기면 미끼도 없는 바늘을 덥석 물겠냐? 그래, 물고기 중에서도 너처럼 미련한 물고기가 있다면 그럴 수도 있지. 그렇다고 쳐. 그런데 왜 여기에서까지 색마 운운하는 거야? 남의 아픈 과거가 넌 그렇게도 즐겁냐? 어휴, 내가 스님만 아니었으면 그냥……!'

그렇게 이편이 상념에 잠겨 있을 때였다.

톡, 톡, 또로록…….

이편이 던져 놓은 찌가 몇 번의 입질에 이어 물속으로 가라앉고 있었다.

"어, 이게 웬일이야? 분명히 미끼를 달지 않았는데……?"

이편은 다소 황당해하며 낚싯대를 잡아당겼다.

"어이쿠, 이런……. 도대체 얼만한 녀석이 잡혔기에 이다지도 힘이 좋을까?"

낑낑거리며 물고기와 실랑이를 벌이게 된 배은망덕 이편.

그런데 그 옆에 있던 주유청은 도와줄 생각도 하지 못한 채 망연자실한 표정으로 이편을 바라볼 뿐이었다.

'으으— 과연 내가 저 타고난 색마에게서 방초 낭자를 구해낼 수 있을까? 미끼도 없이 물고기를 낚다니……. 아, 하늘은 어찌 이다지도 불공평하단 말인가…….'

주유청의 머리 속으로는 참 많은 생각들이 스쳐 지나가고 있었다.

특히 황성마물 홍성기가 했던 말은 심금을 울리기까지 했다.

"색마에게 기본적으로 요구되는 것은 복잡한 단계를 생략하는 과감한 정신이니라. 진정한 색마는 미끼를 달거나 덫을 놓고 포획물을 기다리는 일 따위는 하지 않느니라. 오로지 자기 몸뚱어리를 담금질해서 스스로를 미끼나 덫으로 만들어야 하는 것이지."

바로 색마 수칙 제1조에 명시되기도 한 말이다.

'그래, 배은망덕 이편……. 넌 진정한 색마다. 물고기까지 네 몸뚱어리에 안기고 싶어 저다지 요동 치지 않는가. 냄새나는 놈… 하지만 미치도록 부러운 쉬키…….'

주유청은 머리카락을 쥐어뜯으며 길게 한숨을 내쉬었다.

"아니, 주 형, 보고만 있을 거요? 좀 도와주시구려. 이러다간 저 물고기 아가미가 다 찢겨지겠소. 빨리 낚아서 바늘을 뺀 후 살려줘야 할 것 아니오."

배은망덕 이편은 몸까지 휘청거리며 안간힘을 썼다.
하지만 그 모습은 또 주유청을 자극하고 말았다.
'그래, 저 유연한 허리, 저 완벽한 기교……. 강인한 하체와 흠잡을 데 없는 무게 중심……. 아마 황성마물도 이편을 당하기 어려울 거야…….'
주유청은 다시 한숨을 내쉬며 몸을 일으켰다.
뒤에서 확 떠다밀고 싶은 마음이 굴뚝같았지만 주유청은 차마 그러지 못했다. 다분히 협객의 자질을 지닌 그가 뒤에서 남을 공격할 수는 없었기 때문이다.
"도대체 얼마나 큰 물고기이기에 이리 수선이시오. 저리 비켜보시오. 쯧쯧, 힘깨나 써야 할 색마가 왜 이리 약한 모습을… 끄아아악—"
풍덩……!
아무 생각 없이 이편에게서 낚싯대를 가로챘던 주유청은 그대로 강물에 빠져 버리고 말았다. 월척도 보통 월척이 아니었던 것이다.
하지만 물에 빠지는 것으로 끝난 것이 아니었다.
"이 혀어엉— 푸아, 나, 나 수영을 하지 못… 푸하아아—"
주유청은 낚싯대를 잡은 채 강물 중앙으로 딸려 들어가며 연신 물을 마셔댔다.
"후— 정말 환장하겠군. 미련 곰탱이 같은 위인이 이제 아주 희한한 방법으로 사람 피곤하게 하네. 어휴, 내 팔자야."
배은망덕 이편은 재빨리 옷을 벗어 던진 후 주유청을 구하기 위해 물속으로 뛰어들어 갔다.
풍덩……!
봄볕을 받아 물고기 비늘처럼 반짝이던 물살이 사방으로 튀어 오르며 알알이 맑은 구슬처럼 흩어졌다.

"팽이야, 저놈들은 왜 우리를 쳐다볼 때마다 늘 똥 씹은 표정을 짓는 게냐?"

"글쎄다. 가서 물어볼까?"

"아니다. 보아하니 노인 공경이라고는 모르는 막돼먹은 놈들 같구나. 아예 상종을 말자꾸나."

"하긴 싸가지없는 놈들을 상대하다 보면 성질나게 되고, 그렇게 되면 또 자연히 주먹이 나가겠지. 가뜩이나 어려운 상황에서 불화를 일으킬 필요가 없지. 인성 교육 제대로 된 우리가 참자꾸나."

팽이와 일소천은 주둥이에서 항문까지 철봉으로 꿰뚫은 개를 모닥불에 굽고 있는 중이었다.

약 한 시진 전, 개방 제자들이 들개랍시고 잡아온 것을 가로채 굽고 있는 것이다.

물론 들개 목에 방울 달린 목걸이가 걸려 있는 게 이상하긴 했으나 성격 좋은 그들은 개방 제자들을 문책하지 않았다. 사람은 가끔 실수도 할 수 있으니까.

"음… 오늘은 운이 좋구나. 들개를 다 먹게 되다니. 푸히히……!"

철봉을 휘휘 돌리며 고기가 익기를 기다리던 팽이가 오관필 등을 의식하며 큰 소리로 말했다. 특히 '들개'라는 부분이 강조되었다.

하지만 천검 오관필과 백검 백승목은 상당히 못마땅한 눈길로 일소천과 팽이를 노려볼 뿐이었다. 마치 일소천과 팽이가 개방 제자들에게 개를 훔쳐 오라고 사주하기라도 했다는 듯이.

"백 대협, 정녕 저자들이 정파의 자질을 지니고 있다고 생각하십니까? 아무리 정도무림이 위기에 처해 있다지만……."

"맞습니다, 오 대협. 정파무림에 소속시킬 때도 시험을 치러야 합니다. 오늘날 우리 무림맹이 위기에 처하게 된 것도 다 저런 부적격자들 때문입니다."

"양민의 개라는 걸 알면서도 저렇게 태연스럽게 잡아먹을 수 있다니……. 먹을 것만 주면 무림맹도 팔아먹을 위인들입니다그려."

"아……! 끓어오르는 정의감대로 하자면 당장 뒤집어엎어야 하겠으나 저들의 배분이 우리보다 높으니……."

오관필과 백승목은 얼굴까지 붉게 물들이며 현 무림의 흐트러진 기강에 대해 분개했다.

그들 역시 승신검 일소천과 열해도 팽이의 위명은 익히 들어 알고 있었다.

하지만 막상 직접 겪어본 그들은 사특하고 노망기 넘쳐 나는 폐물들에 불과했다. 기회가 닿는다면 언제라도 한판 붙어보고 싶은 마음이었다.

"팽이야, 혹시 저놈들이 개고기가 먹고 싶어서 저러는 게 아니냐?"

"글쎄다. 둘이 먹기에도 모자란 감이 있지만 끼워줄까? 속 좁은 놈들이 괜히 마음에 상처를 입을라."

"그래야 하는 걸까? 하지만 그냥 주기도 뭣하지 않느냐. 발라 먹을 장이라도 구해오라고 시킬까?"

"음… 현명한지고. 소천아, 나는 가끔 그런 생각을 하느니라. 우리 두 늙은이가 아니면 정도무림은 이미 오래전에 맥이 끊겼을 것이라고."

말을 마친 팽이는 어느 정도 익은 다리 하나를 떼어냈다.

김이 모락모락 나는 가운데 구수한 냄새가 코끝에 맴돌았다.

그런데 마침 그때 천우막과 석금이가 모습을 드러냈다.

"어, 형님들, 여기 계셨구려!"

"히히, 영감들, 여기 있었구나!"

그들은 순박한 미소를 봄볕처럼 흩뿌리며 모닥불 근처로 다가왔.

마치 산책 도중 우연히 그들을 발견했다는 듯한 표정이었다.

물론 그렇지 않았다. 군막 안에 누워 고기가 익기를 기다렸다가 팽이가 다리 하나를 떼어내는 것을 확인한 후 나타난 것이다.

"푸헤헤! 그래, 우막이하고 석금이는 무척 바쁜 볼일이 있는가 보구나. 우린 신경 쓰지 말고 어서 가보거라."

"푸히히, 아까 새끼 거지들이 너희들을 찾더구나. 무슨 일인지 모르겠으나 무척 다급해 보이던걸? 우린 신경 쓰지 말고 어서 가보거라."

일소천과 팽이는 뻔뻔스런 표정으로 거짓말을 하며 손가락으로 거지 무리들이 있는 곳을 가리켰다.

하지만 그런 거짓말에 속아 넘어갈 천우막이 아니었다.

천우막은 '어 정말?' 하며 걸음을 옮기려던 석금이의 뒷덜미를 잡고 자리에 앉혔다.

"하하, 형님들, 벌써 만나고 오는 길입니다. 형님들이 음식 준비 다 해놨으니 가서 배가 터지도록 먹어보라고 합디다. 파하하하!"

"……"

"……"

멀지 않은 곳에는 그들의 실랑이를 지켜보며 걷고 있는 두 사람이 있었다.

화산의 백의천과 무당의 장소천이었다.

"낙화유검, 과연 저들에게서 어떤 희망을 찾을 수 있겠습니까."

백의천은 일소천 등이 보이고 있는 한심한 작태에 쯧쯧, 혀를 차며 물었다.

"맹주, 이미 소림사의 범현 거사와 아미파의 적선 사미, 그리고 많은 영웅들이 세상을 떠났소. 우리 역시 머지않았다는 생각입니다. 하지만 우리가 죽는다 해도 희망 자체가 사라지는 것은 아니지요."

장소천은 지극히 담담한 음성으로 대답했다.

방금 전 백의천은 초화공을 통해 무산(巫山) 원정에 관계된 전략의 개요를 설명 들었다.

장소천을 불러낸 것도 그에게 무당파와 개방, 용문파 등 임시 정파 연합군이 해야 할 일을 설명하기 위해서였다.

백의천은 평소 장소천과 많은 갈등을 빚어왔다. 서로의 생각이 다른 만큼 자주 부딪칠 수밖에 없었던 것이다.

하지만 장소천에게 무산 원정 전략에 대해 말하는 백의천의 표정은 밝지 않았다. 그것이 그들을 죽음으로 몰아넣는 행위나 다름없다는 것을 잘 알고 있었기 때문이다.

"맹주, 어차피 여기 모인 우리는 모두 죽음을 각오하고 있소이다. 그렇게 어두운 표정 지을 필요 없소. 물론 모두의 의견을 들어보아야 하겠으나 그들이 반대한다 해도 나 장소천은 맹주의 뜻에 따를 거요. 나로 인해 벽운산에서 죽어갔던 숱한 무림인들의 원혼을 달래주기 위해서라도."

"……"

백의천은 아무 말도 하지 못한 채 하늘을 올려다볼 뿐이었다.

어디에서부터 꼬이기 시작한 것인지는 알 수 없으나 모든 일이 백의천의 뜻과는 다르게 흘러가고 있었다.

그는 무림맹주에 올라 천무밀교를 제압함으로써 자신과 화산파의 이름을 강호 역사에 남기고 싶었다.

하지만 현재로선 자신의 모습이 더없이 초라하게 느껴질 뿐이다. 비록 맹주의 자리에 오르긴 했으나 자기 의지대로 할 수 있는 일은 아무것도 없었다.

천무밀교의 세력은 막연히 짐작했던 것과는 비교하지 못할 만큼 거대했다.

반면 무림맹은 이미 쑥밭이 되었다. 힘겹게 명맥만을 유지하고 있을 뿐 자체적으로 할 수 있는 일은 아무것도 없었다.
 설사 운이 좋아 천무밀교를 제압하게 된다 하더라도 강호의 패권은 새롭게 개입한 구황문에 돌아가게 될 것이다.
 그들의 세력은 최소한 무림맹의 열 배 이상 크다. 더욱이 사평왕과의 연대로 대륙 정벌 이후의 기득권까지 보장받은 상태다.
 단 하나 위안이 되는 것은 취운의 존재다. 그가 있는 한 화산파와 무림맹의 명맥은 어렵게나마 유지될 수 있을 것이므로……
 '아, 나 백의천이 한평생 꿈꾸어왔던 것은 이런 모습이 아니었거늘……. 동지들을 죽음으로 몰아넣고, 또다시 한 가닥 희망에 의지한 채 암흑기를 살아가야 하는 것인가……!'
 얼마간의 죄책감과 무력감 때문에 백의천의 입에서는 연신 한숨만이 새어 나왔다.
 "맹주, 누가 옳고 누가 그른지, 진정 누구의 선택이 바람직했는지는 아무도 알 수 없소. 그대와 나는 오랜 세월 서로 다른 방식으로 정파무림을 사랑해 온 것이오. 나는 이미 실패했으나 맹주는 아직 실패하지 않았소. 적어도 맹주는 지금, 나보다 행복한 사람이오. 그러니 제발 한숨을 거두시오."
 "……"
 백의천은 걸음을 멈춘 채 장소천의 얼굴을 빤히 쳐다보았다.
 올해의 가장 밝은 햇빛이 그의 얼굴에 머물고 있었다.

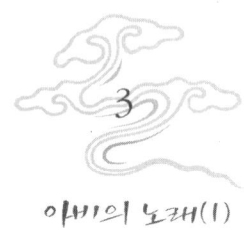

아비의 노래(1)

아미산의 거대한 위용이 어둠 속에 묻혀 버린 지 두 시진째.

두 명의 복면인이 담을 넘어 드넓은 사찰의 마당을 가로지르고 있었다. 그들의 움직임은 상당히 표홀한 것이어서 미풍조차 흩뜨리지 않았다.

경내의 곳곳에 구황문의 보초와 매복조, 순찰무사들이 자리 잡고 있었다. 하지만 어찌 된 일인지 하나의 작은 전각에 다다를 때까지 아무도 그들의 움직임을 제지하지 못했다.

그런데 어찌 된 일일까, 그들이 지나친 곳에서 불어온 바람에 미세한 혈향이 감지되고 있었다. 모두 16명. 보리검과 무량이 전각에 닿을 때까지 은밀하게 제거한 구황문 무사들의 숫자다.

[자넨 이곳에서 기다려 주게.]

보리검은 잠시 무량의 눈을 바라보다가 이내 고개를 돌렸다.

[조심하시오, 사부.]

[혹시… 상황이 다급해지면 미련 떨지 말고 곧바로 달아나게. 그게 나를

돕는 거야. 될 수 있는 한 많은 추격대가 자네를 쫓아야 내가 편해지니까.]
[원래 이렇게 말이 많습니까? 빨리 끝내고 오시오, 사부.]
무랑은 투덜거리듯 전음을 날린 후 마루 안으로 몸을 숨겼다.
잠시 후 보리검이 전각의 지붕 위로 날아올랐고, 어둠을 가르며 또 어딘가로 빠르게 신형을 날렸다.
아미파의 본채.
50여 명의 무사들이 전각을 둘러싼 채 삼엄하게 보초를 서고 있었다.
방금 전 본채의 맞은편 전각 지붕에 내려앉은 보리검. 그는 한동안 보초들을 주시하다가 주머니에서 둘둘 말린 천을 꺼내 기와 위에 펼쳤다. 완전히 펼쳐진 천에는 30여 개의 표창이 꽂혀 있었다.
보리검은 우선 다섯 개의 표창을 꺼내 손에 쥐었다. 그 다음 허리에 꽂혀 있던 3촌 길이의 짧은 피리 네 개를 꺼냈다. 그중 묵죽(墨竹)으로 된 것을 고른 보리검은 그것을 입에 대고 짧게 몇 번인가 불었다.
……
잘못 만들어진 피리였을까, 그곳에서는 아무런 소리도 나지 않았다.
잠시 후 보리검은 청죽(靑竹)으로 만들어진 피리를 골라 입에 대고 처음에 그랬던 것처럼 다시 몇 번을 불었다.
……
이번에도 마찬가지였다. 피리는 먹통처럼 아무런 소리도 내지 못했다.
그런데 어찌 된 일일까, 사찰 뒤편의 봉우리에서 기이한 소리들이 들려오더니 검은 구름이 달빛을 밀어내며 본전 쪽을 감싸기 시작했다.
끼이익… 끼이익……!
구름이 아니었다.
끔찍한 소리를 내며 본전을 둘러싼 보초들에게 달라붙고 있는 것은 분명 수천 마리의 박쥐 떼였다.

"으아악!"

"쳐라, 으… 으아악! 흡혈박쥐다……!"

"횃불을 휘둘러라!"

끔찍한 비명 소리에 이어 호위무사들이 검과 횃불을 휘둘렀다.

전각 주위는 순식간에 아수라장으로 변해갔고, 드디어는 지원을 요청하는 호각 소리가 경내에 울려 퍼졌다.

갑작스런 소란에 놀란 구황문의 무사들이 사방에서 쏟아져 나왔다.

전각에는 이제 천 명이 넘는 무사들이 모여들었다.

무사들에게 달라붙어 피를 빨아대던 박쥐들이 칼에 난자되거나 불이 붙은 날개를 파닥이며 바닥으로 떨어져 내렸다.

하지만 소란은 좀처럼 수그러들지 않았다. 이제까지와는 달리 새롭게 몰려든 무사들을 중심으로 외곽부터 비명이 터지기 시작했던 것이다.

"아아악!"

"배, 뱀에 물렸다!"

"바닥을 조심해라. 배, 뱀이다!"

박쥐들에게 정신이 팔려 허우적거리던 무사들이 하나둘 바닥으로 쓰러져 버렸다.

언제 몰려든 것인지 전각 앞에 펼쳐진 드넓은 마당 위로 꿈틀거리는 뱀들이 옮겨 다니고 있었던 것이다.

지붕 위에서 그 모습을 지켜보고 있던 보리검은 천천히 혈죽(血竹)을 입에 가져다 댔다. 그리고 힘껏 불었다.

삐이익—

이전과는 달리, 피리는 맑고 가는 소리를 뿜어냈다.

"와아아—"

"와아아—"

잠시 후 사방에서 함성 소리가 울려 퍼지며 사찰을 감싸기 시작했다.

 병장기 부딪치는 소리와 비명 소리가 곳곳에서 울려 퍼졌다. 정문을 위시한 많은 곳에서 누군가가 구황문 무사들과 대치하고 있는 듯했다.

 보초를 서고 있던 무사들 대부분이 전각으로 몰려든 상태다. 사찰 외곽이 순식간에 적에게 점령당할 수 있는 상황인 것이다.

 "적의 침입이다! 청황단(靑凰團)은 본전을 지키고, 그 외 단원들은 소요가 이는 곳으로 급히 이동하라!"

 본전에 있던 호위무사 중 한 명이 외쳤다.

 그의 명령이 떨어지자 본전 앞에 있던 구황문의 무사들은 급급히 조를 이루어 정문과 후문, 그 외 소란이 이는 곳으로 몰려갔다. 이제 본전 앞에는 명령을 내린 사내와 80여 명의 청황단만이 남게 되었다.

 "무슨 소란이냐?"

 전각 안에서 한 사내의 음성이 들려온 것도 그때였다.

 잠시 후 황색 도포를 입은 인물이 모습을 드러냈다. 그의 뒤로는 검은 도포를 입은 노인 아홉 명과 20여 명의 무사들이 도열해 있었다.

 '저자가 구황 추역강이겠군.'

 황색 도포의 사내를 바라보는 보리검의 눈에 이채가 스쳐 지났다.

 보리검은 마지막으로 네 번째 피리를 꺼내 입에 가져다 댔다. 그리고 짧게 몇 번을 불었다. 첫 번째, 두 번째와 마찬가지로 피리에서는 아무 소리도 나지 않았다.

 잠시 후.

 찌직, 찌지지직……

 소름 돋는 소리와 함께 붉은 물결이 담을 넘어 본전으로 몰려들기 시작했다.

 "이건 또 뭐야……! 막아라!"

방금 전 무사들에게 명령을 내리던 무사가 다급히 명령을 내렸고, 80여 명의 청황단은 영문도 모른 채 검을 치켜세우고 주위를 둘러보았다.

"혈안서(血眼鼠)다……! 으아악!"

누군가의 입에서 다급성과 함께 비명이 터져 나왔다.

본전 마당은 순식간에 붉은 물결로 넘실거리고 있었다.

혈안서! 남만 지방 밀림에 사는 쥐로, 눈이 붉은색이어서 혈안서라는 이름으로 불린다. 덩치는 일반 쥐보다 조금 크지만 떼로 몰려다니며 살아 있는 짐승을 잡아먹는다.

독을 지니지는 않았으나 호랑이나 멧돼지 등 거대한 덩치의 짐승들도 그것들을 상대로 반 각을 견디지 못한 채 뼈만 남게 된다고 한다.

그런데 그 쥐들이 아미산에 모습을 드러낸 것이다.

"으아악!"

"끄아아아—"

본전 마당의 상황은 그야말로 지옥이었다.

청황단의 무사들은 쥐 떼에 뒤덮여 허물어지듯 무너져 내렸다. 외곽에 있던 무사들 중에는 이미 하얗게 뼈를 드러낸 이들도 있었다. 찰나간의 일이었다.

"신형을 날려라!"

황색 도포의 사내 뒤로 도열해 있던 아홉 명의 노인들 중 한 명이 큰 소리로 외쳤다.

동시에 노인들이 일제히 쌍수를 뻗어 장력을 날렸다.

콰, 콰, 콰, 쾅……!

"으아아악—"

섬돌 아래로부터 일제히 폭사가 일었다.

근 10여 장 넓이에서 쥐 떼와 벗겨진 땅거죽이 갈기갈기 흩어지며 비산했고, 차마 날아오르지 못했던 무사들도 처참하게 강기에 휘말리며 바닥으로 떨어져 내렸다.

찌직, 찌지지직……

그 폭사 속에서도 살아남은 수백 마리의 쥐들이 섬돌을 향해 빠르게 기어오르기 시작했다. 본능적으로 위험을 감지하고 마당에서 벗어난 것이다.

하지만 그 쥐 떼는 분명히 방향을 잘못 잡았다.

화르륵……!

이제껏 묵묵히 상황을 지켜보고 있던 황색 도포의 사내가 가볍게 좌수를 털어냈다. 그러자 쥐 떼의 몸에 불이 옮겨 붙으며 삽시간에 잿더미로 변했다.

'소문대로군……!'

지붕 위에서 그를 지켜보던 보리검이 낮게 한숨을 토해냈다.

하지만 그것도 잠시, 보리검은 황의 도포의 사내를 향해 우수에 쥐고 있던 다섯 개의 표창을 날렸다.

쉬―익―

다섯 개의 표창이 빠르게 쏘아져 들어갔다.

보리검의 솜씨는 그야말로 귀신같았다.

방금 전 그의 손을 떠난 표창은 어둠을 흩뜨리지 않은 채 조금의 파공성도 없이 황색 도포 사내가 피할 수 있는 오방을 점하며 들어갔던 것이다.

그것을 아는지 모르는지 황색 도포의 사내는 다시 한 번 좌수를 털어내 자신에게 달려들고 있는 쥐 떼를 태우고 있었다.

화르륵……!

그사이 보리검은 지붕 위에 펼쳐 둔 천에서 열 개의 표창을 더 꺼냈다.

먼저 던진 표창이 채 황색 도포의 사내를 덮치기도 전 열 개의 표창이 다시 허공을 가르고 있었다. 상당히 숙련된 동작이었다.

하지만 두 번째로 날아간 표창 중 황색 도포의 사내를 향한 것은 하나였다. 나머지는 그의 뒤편에 서 있던 아홉 명의 노인을 향한 것이었다.

처음 다섯 개의 표창이 황의의 사내에게 닿으려는 찰나 사내의 도포 자락이 먼저 신형을 감쌌다.

투투투, 투둑…….

예리하게 어둠을 가르던 표창들이 힘없이 그의 도포 자락에 튕겨 바닥에 떨어져 내렸다.

그런데 그 뒤를 이어 또다시 날아드는 열 개의 표창…….

이번엔 아홉 명의 노인이 황색 도포 사내의 앞으로 다급히 나서며 우수를 휘저어 표창을 잡아냈다. 그런데 이번엔 상황이 달랐다.

"헉!"

"크흡!"

노인들의 입에서 낮은 신음이 동시에 터져 나왔다.

네 명의 노인은 표창에 손이 찢긴 채 그대로 어깨나 옆구리 등에 표창을 박고 있었으며, 다섯 명의 노인은 힘겹게 표창을 잡아낸 상태에서 두세 걸음 뒤로 물러섰다.

다만 황색 도포의 사내만은 처음과 마찬가지로 그 표창을 도포로 튕겨냈을 뿐이다.

"지존! 조심하십시오. 보통 강한 자가 아닙니다."

뒤로 밀려났던 노인들 중 한 명이 다급히 황의사내 앞으로 나서며 말했다. 언젠가 구황 추역강과 함께 가엽사를 거닐던 사내, 바로 구천일뢰(九天一雷) 장각(張覺)이었다.

"게다가 영리하기까지 하구려. 그대들이야말로 조심하시오."

황의사내, 즉 구황 추역강은 묘한 표정으로 맞은편 전각의 지붕을 바라보았다.

보통의 경우라면 추역강은 표창 하나 받아내지 못하는 구대호법에게 언성을 높였을 것이다. 하지만 자신이 직접 그 표창의 위력을 확인한 만큼 그럴 수가 없었다. 맨 처음 자신을 향해 날아들었던 표창은 그저 가벼운 손짓으로 쳐낼 수 있었다.

그런데 두 번째로 날아든 표창에는 상당한 내력이 실려 있었다. 비록 무사히 그것을 쳐내긴 했으나 막상 그 위력에 추역강 자신은 당혹스러웠다.

첫 번째 표창의 위력이 약해 무심결에 방심을 하고 있었던 것이다. 구대호법에게 주위를 주지 못한 것도 그 때문이었다.

상대는 심오한 내공과 여우처럼 교활한 머리를 지닌 살수였다.

'저자인가?'

추역강의 눈길이 닿은 곳에선 지금 막 한 사내가 달려오고 있는 중이었다.

보리검이었다. 그는 두 번째로 표창을 날린 후 곧장 본전의 마당으로 내려서서 추역강을 향해 달려들기 시작한 것이다.

보리검의 좌수에는 남은 열다섯 개의 표창이 들려 있었다.

섬돌에서 약 15장 정도 되는 거리에 닿을 무렵 보리검은 마당에 내려선 20여 명의 무사들을 향해 빠르게 그것들을 흩뿌렸다.

챙, 채챙……!

"크헙!"

"윽……!"

무사들 중 일부는 검으로 표창을 쳐냈으나 몇 명의 무사는 심장에 표창을 꽂은 채 바닥으로 허물어져 내렸다.

섬돌에서 7장가량 되는 거리. 보리검은 등에 메고 있는 검집에서 검을 빼 들었다.

사르룽……!

맑고 부드러운 마찰음과 함께 앞을 가로막던 무사들이 피를 흩뿌리며 쓰러졌다. 눈에 보이지 않을 만큼 쾌속한 움직임이었다.
"멈추어라!"
구황문의 구대호법이 한꺼번에 마당으로 신형을 날려 보리검의 앞을 막아섰다.
언제 뽑힌 것인지 그들의 손에는 검과 도, 륜(輪)과 금랑수(金狼手), 철봉 따위의 무기가 들려 있었다.
구대장로는 한 차례 방심해 보리검의 표창에 당하긴 했으나 그렇게 호락호락한 인물들이 아니었다. 구황문이 오늘처럼 강성한 세력을 유지하게 된 것 역시 그들의 힘 덕분이었다.
"정체를 밝혀라!"
구천일뢰 장각이 한발 앞으로 나서며 말했다.
그의 손에는 족히 60근은 나갈 듯한 거대한 도가 들려 있었다. 몸에서 풍겨나는 기도 역시 보리검에 못지 않았다.
"나는 보리검! 구황 추역강의 수급을 거두러 왔다. 시간을 끌 여유가 없으니 한꺼번에 덤벼라."
"하하하! 무명의 살수치곤 제법 정갈한 기도를 지녔군. 하지만 아는가, 지금 그대가 서 있는 곳은 사혈(死穴)이다."
장각은 천천히 도를 들어 보리검을 겨누며 말했다.
보리검은 잠시 주위의 소리에 귀를 기울였다. 소요가 가라앉은 것인지 사찰 도처에서 들려오던 비명성이 줄어들고 있었다.
"이미 말하지 않았는가. 나에겐 시간이 없다. 그러니 그대와 나 사이에도 더 이상의 말은 필요없겠지."
보리검은 장각을 향해 빠르게 검을 뻗어 나갔다.

8장
아비의 노래(2)

검 위로 흐르는
한 방울 피,
죽음의 맹서(盟誓),
망자(亡者)의 노래.

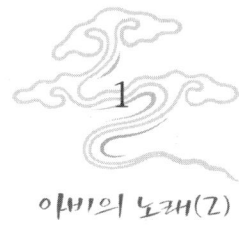

1
아비의 노래(2)

'언제까지 이러고 있어야 하는 거지?'

마루 밑에 웅크리고 있던 무랑은 한순간 불안한 마음에 몸을 떨었다.

아니, 보리검과 함께 이곳에 오는 동안 줄곧 마음이 편치 않았다. 보리검은 분명 평소와는 다른 분위기를 풍기고 있었던 것이다.

지난번 소림에서 일소천 일행을 도운 이후 천무밀교에선 보리검과 무랑을 바라보는 시선이 곱지 않았다.

현장에 있던 무사들 중 일부가 보리검과 복면인을 동일인으로 의심하고 있었기 때문이다. 그럼에도 수뇌부에선 아직 그들에 대한 어떤 문책이나 조사도 벌이지 않았다.

처음에 무랑은 확실한 물증이 없기 때문이라고 생각했다.

하지만 꼭 그런 것 같지도 않았다. 예전부터 느끼고 있었던 것이지만 천무밀교와 보리검 사이엔 묘한 기류가 흐르고 있었다.

……

이미 밖의 소란은 얼마간 진정 국면을 맞고 있었다.

사찰을 공격하던 소수의 구세불검 단원들이 밀물처럼 빠져나가기 시작한 것이다. 그들은 이미 자신들의 역할을 모두 수행한 것이고, 날이 밝기 전에 사천성 외곽의 진지로 돌아가야 한다.

사실 이번 일은 보리검이 단독으로 추진하고 있는 일이었다.

여기에 동원된 인원은 무량 자신까지 합해 모두 20여 명. 그나마 무량은 이 일에 합류한 구세불검 단원들의 얼굴조차 보지 못했다.

이미 말했듯 천무밀교의 구세불검은 철저하게 무량귀불 1인이 이끄는 직속 부대다. 최고 권력 기관인 천록원(天錄院)조차도 그들의 정체나 규모를 제대로 파악하고 있지 못했으며, 그들을 통제할 엄두를 내지 못했다.

하지만 예외로 무량귀불 외에 그들에게 명령을 내릴 수 있는 인물이 한 명 있었다. 바로 보리검이다. 구세불검의 모든 살수들이 보리검에게 검법을 전수받았다는 점을 상기한다면 쉽게 이해할 수 있는 부분이다.

보리검이 오늘 그들을 동원할 수 있었던 것도 그런 명령 체계 때문이었다.

'아무래도 불안하다.'

무량은 손에 쥐고 있던 검을 어루만지며 가볍게 몸을 떨었다.

이곳에 오기 전 보리검은 자신의 검을 무량에게 건넸다. 묵빛의 검날을 가진 보검으로, 보리검 자신의 법호와 같은 이름을 가진 검이다.

"이 검은 곧 나 자신이다. 만약 내게 무슨 일이 생긴다면 무량 자네가 이 검의 주인이 될 것이다. 더불어 내 법호 역시 자네의 것이 될 것이다."

보리검은 마치 죽음을 예감한 사람처럼 그렇게 불길한 말을 건넸다.

'분명 이곳은 사지(死地)다. 하지만 굳이 이 검을 나에게 건넬 필요가

있었을까? 사지로 뛰어든 것은 보리검 사부 혼자만이 아니다. 나도 함께 온 것이다.'

무량은 불길한 마음을 떨치기 위해 힘껏 머리를 저었다.

구황 추역강의 암살에 관한 보리검의 계획을 처음 들었을 때만 해도 무량은 그것이 지난번 소림사에서의 배교(背敎) 행위를 만회하기 위한 어쩔 수 없는 선택이라고 생각했다.

하지만 그렇게 단순하게 생각하기엔 뭔가 미심쩍은 부분이 있었다.

보리검이 이런 결정을 내린 것은 자객에 의해 무량귀불이 독을 당한 직후였기 때문이다.

독을 당한 무량귀불의 상태에 관해선 아직까지 알려진 바가 없었다. 다만 생명에 지장이 없다는 보고만을 접했을 뿐이다.

어쨌거나 그 일로 인해 천무밀교 내부는 얼마간 혼란스러워졌다.

무량귀불도 무량귀불이지만, 천무밀교의 본전에 자객이 침투했다는 것만으로도 수뇌부 모두는 충격에 휩싸였다. 이제껏 그들은 무산의 본전을 철옹성이라고 믿어왔던 것이다.

자객이 나타난 것은 농귀와 엽수가 사평왕을 염탐하고 돌아온 지 한 달쯤 지났을 무렵이다.

얼마 전 사평왕의 움직임을 염탐하던 농귀와 엽수가 예정보다 일찍 본전으로 복귀했다.

그들 정도의 고수라면 비록 발각되었다 해도 자신들의 몸만은 쉽게 빠져나올 실력이 되었다. 그런데 놀랍게도 엽수는 손목이 잘려 나가는 상처를 입고 있었다.

농귀와 엽수를 통해 보리검은 사평왕과 무림맹, 그리고 구황문의 연대에 관한 자세한 사정을 보고받았다. 사실 그의 표정이 어둡게 변한 것도 그때부터였다.

그런데 기어코 자객이 등장한 것이다.

천록원에선 끝내 밝혀지지 않은 자객의 정체를 사평왕의 수하라고 단정 짓고 있었다. 엽수와 농귀를 살려 보낸 후 그들의 뒤를 쫓아 무산 본전의 위치를 알아냈으리라 짐작한 것이다.

하지만 보리검의 생각은 얼마간 달랐다.

"사평왕이나 무림맹의 소행은 아니다. 이렇게 대담한 행동을 할 수 있는 것은 구황문뿐이야. 더욱이 교주가 당한 독은 과거 북천문에서 사용하던 것이다. 이번엔 실패했지만 다음엔 어떻게 될지 모른다. 교주의 상태가 어떤지 밝혀지지 않은 상황에서라면 해독약을 찾는 것도 급선무다. 선수를 쳐야 해. 더욱이 추역강이 사평왕과 연합한다면 천무밀교의 대륙통일은 쉽지 않을 것이다. 언젠가 나는 추역강의 무공을 목견한 적이 있다. 그는 이미 인간의 한계를 넘어서 있어. 게다가 그의 세력은 결코 경시할 수 없을 정도의 규모다. 지금 제거해야 해. 무랑 자네, 나와 함께 사지로 뛰어들 수 있겠는가?"

당시 보리검은 그답지 않게 초조한 음성으로 물었다.

무랑은 별 생각 없이 고개를 끄덕였으나 아무래도 이상했다.

보리검은 평소 천무밀교의 활동에 별다른 관심을 보이지 않았다. 그저 자신에게 위탁된 무사들에게 검법과 구세불검의 수칙 등을 가르치고, 그때그때 적당한 인물을 선정해 임무를 부여했을 뿐이다.

물론 그 과정을 통해 구세불검의 무사들은 보리검에게 강한 충성심을 갖게 되었다. 즉 그들은 무량귀불과 함께 보리검을 주인으로 섬기게 된 것이다.

하지만 무랑은 얼마간 다른 경우에 속했다. 그는 무량귀불은 물론 보리검에게도 아직 충성심이라고 할 만한 것을 가지고 있지 않았다.

다만 보리검이 낭만파 계휼임을 알게 된 이후 그에게 묘한 존경심을 가진 것은 사실이다. 특히 소림사에서 일소천 일행을 위해 함께 싸운 이후엔 묘한 가족애까지 생겨났다.
무랑이 보리검의 제의에 선뜻 고개를 끄덕일 수 있었던 것도 그 때문이었다.
그가 정작 보리검과 천무밀교의 관계에 대해 알게 된 것은 어젯밤이었다. 무랑과 보리검은 이미 닷새 전에 이곳에 도착해 구황문의 움직임을 관찰했다. 그들의 하루 일과는 물론 경내에 배치된 무사들의 수, 순찰 경로와 시간 등등…….
하지만 그동안 구황은 단 한 차례도 모습을 드러내지 않았다.
보리검은 별수없이 암습 대신 오늘과 같은 공격 방법을 계획해 내게 되었다. 그는 급히 전서구를 띄워 사천성 외곽에 잠복하고 있던 구세불검 단원들을 소집했다.
어쨌거나 닷새 동안 사찰의 경내가 훤히 내려다보이는 산등성이에 잠복해 있는 동안 보리검과 무랑은 많은 이야기를 나누게 되었다. 그리고 어젯밤 무랑은 그동안 궁금하게 여겨왔던 것들을 묻게 되었다.
"보리검 사부, 도대체 어떻게 천무밀교에 들어오게 된 겁니까?"
무랑은 별 기대 없이 그렇게 물었다.
그런데 한동안 고민하던 보리검이 긴 한숨과 함께 입을 열었다.
"자네, 고아라고 했지?"
"네."
무랑은 잠시 당혹스런 표정을 지으며 대답했다.
"음… 부모에 대해 원망해 본 적이 있겠군."
"아마도."
"하지만 분명 무슨 사정이 있었을 거야. 품 안의 자식을 버려야 하는 부모의 슬픔은 자네가 겪은 아픔 못지 않았을 테니까."

"……."

무랑은 아무 말 없이 보리검의 눈을 바라보았다.

비록 어둠에 가려져 있기는 했으나 그의 눈에서 얼마간의 물기가 내비치고 있었다.

"하하, 자네의 질문에 대한 답이 될지 모르겠지만 슬픈 아비에 관한 이야기를 들려주도록 하지."

유난히 별이 밝았기 때문일까, 보리검은 이제껏 아무에게도 들려주지 않았던 자신의 과거를 이야기하기 시작했다.

보리검, 아니, 낭만파 계휼. 그는 장의사(葬儀社)에서 태어났고 아버지에게서 장례 의식을 배우며 성장했다.

그의 아버지 계이박은 젊은 시절 지독한 술주정뱅이였다. 그리고 그의 어머니는 계휼이 어릴 적에 달아났다. 남편 계이박의 주먹과 지긋지긋한 삶에서 벗어나기 위해.

계휼은 미천한 신분 때문에 어려서부터 단 한 명의 친구도 사귀지 못했다. 어린 나이에 사람들의 멸시와 천대를 견디는 것이 쉽지 않으나 세상의 질서를 바꾼다거나 하는 생각은 가지지 못했다.

계휼의 나이 12세 되던 해 계이박의 집에 아홉 명의 노인이 찾아왔다.

계이박은 어두운 표정으로 그들을 맞았다. 그들 역시 시종 어두운 표정이었고, 차 한 잔을 대접받은 후 곧 그곳을 떠났다.

노인들이 다녀간 뒤 계이박은 초저녁부터 술을 퍼마시기 시작했다.

다음날 아침 마을에 한차례 소란이 일었다. 밤새 술을 퍼마신 계이박 때문이었다.

그가 저자에 나가 상인들이 팔기 위해 내놓은 건어물에 소변을 보고,

항아리를 깨고, 과일을 쏟아내는 등 난동을 부리기 시작한 것이다.
"쯧쯧, 미친개가 또 지랄을 떠는군. 이놈, 술 깬 다음에 보자꾸나."
상인들은 감히 그의 행동을 말릴 생각도 하지 못한 채 뒷전에 물러나 그렇게 수군거렸다.
한두 번 겪는 일이 아닌 만큼 어떻게 계이박을 상대해야 할지 잘 알고 있었던 것이다. 어차피 상한 물건은 다음날 곱으로 계산해 그에게 청구하면 된다. 술이 깬 상태라면 계이박은 허리를 굽실거리며 두말없이 손해에 대한 값을 치를 것이다. 늘 그래 왔으므로.
하지만 자칫 술에 취한 그를 상대했다가는 머리가 깨지고 앞니가 부러져 나가기 십상이다. 술에 취한 계이박은 미친개에 불과했기 때문이다.
"휼아, 네 아비가 또 지랄을 하는구나. 오늘 깨먹은 것만 해도 족히 관 아홉 개 값은 될 것이다."
옆집 할멈의 이야기를 들은 계휼은 아버지를 데리러 가기 위해 저자로 나갔다.
"이박아, 그만 집에 가야지?"
계휼은 미친개의 귓불을 잡아당기며 말했다.
미친개 계이박을 다스릴 수 있는 것은 계휼뿐이었다. 그는 미친개를 어떻게 다루어야 하는지 잘 알고 있었으므로.
"멍! 멍! 흐히히, 우리 휼이가 왔구나."
계이박은 계휼을 번쩍 안아 들고는 저자를 벗어나기 시작했다.
주정뱅이 계이박, 그는 이제 집에 돌아가야 했던 것이다. 미친개의 주인, 불쌍한 아들, 계휼이 자신을 데리러 왔으므로.
"휼아!"
"왜, 아버지?"
"아비는 오늘부터 사흘간 관 세 개를 만들어야 해. 그리고 그 관을 주인에게 가져다 주기 위해 아주 멀리 갔다 와야 해. 그러니 휼이는 어제저녁에 나를 찾아왔던 할아버지들을 따라가렴. 이 아비가 찾으러 갈 테니까. 알았지?"

"언제 오는데, 아버지?"

"응, 아주 먼 곳이라 언제 올지 아버지도 잘 몰라."

"……."

집에 돌아온 계이박은 정성스럽게 세 개의 관을 짰다. 꼬박 사흘 동안.

그날 저녁 계이박은 수레에 관을 싣고 집을 떠났고, 다시 보름 후 아홉 명의 노인이 계휼을 데리러 왔다.

노인들을 따라나선 그가 한 달 만에 닿은 곳은 무산(巫山). 계휼은 그곳에서 돌아오지 않는 아버지를 기다렸다.

계휼의 나이 30세. 그는 자신을 무산으로 데려온 아홉 명의 노인 중 한 명에게 아버지에 대한 이야기를 듣게 되었다.

계이박의 법호는 유비검(柳悲劍). 천무밀교 적무단의 핵심 단원 중 한 사람으로, 역대 무사 중 가장 뛰어난 인물이었다.

하지만 그는 33년 전 우연히 설희라는 이름을 지닌 한 여인을 만나게 되었다. 시간이 흐르며 그녀를 사랑하게 되었고, 그녀로 인해 천무밀교를 배신했다.

나중에 안 사실이지만 유비검이 사랑한 여인은 북천문에 소속된 기녀였다. 당시 북천문은 급속도로 세력을 넓혀가는 천무밀교를 견제하기 위해 그녀를 정보원으로 활용했던 것이다. 즉 그녀와 유비검의 우연한 만남 역시 모두 계획적인 것이었다.

그 일로 인해 천무밀교는 한 차례 홍역을 치러야 했다. 설희를 통해 새어 나간 정보 때문에 많은 천무밀교의 비밀 요원들이 죽임을 당한 것이다.

보통의 경우 교를 등진 자들에겐 가혹한 죽음이 내려진다.
유비검이라고 해서 다를 바 없었다. 그는 천무밀교의 살수들에게 끊임없이 쫓기게 되었고, 연인에 대한 배신감에 치를 떨어야 했다. 차라리 죽음으로 천무밀교의 동료들에 대한 죄를 씻고 싶었다.
그런데 어느 날 그 앞에 연인 설희가 나타났다.
그녀 역시 북천문을 등진 상태였으며, 자신의 목숨과 유비검에 대한 사랑을 맞바꾸기로 한 것이다.
유비검은 그녀에게 겨누었던 칼을 거둔 후 그녀를 힘껏 안았다.
이후 유비검과 설희는 신분을 감춘 채 새 외로 달아나 장의사를 차렸고, 아들 하나를 낳게 되었다. 비록 천한 직업이지만 그들은 인생에 있어 가장 행복한 나날을 보낼 수 있었다.
하지만 그것도 잠시, 시간이 지나며 유비검은 술주정꾼이 되어갔다. 자신으로 인해 죽은 동료들의 망령이 끊임없이 그를 괴롭혔기 때문이다.
한시도 술 없이는 살 수 없었으며 술은 광기를 불러일으켰다. 그리고 그런 광기는 여과없이 아내 설희에 대한 폭력으로 이어졌다.
계휼의 나이 다섯이 되었을 때 견디다 못한 설희는 집을 떠났고, 계이박의 광기는 점차 잦아들기 시작했다.
그렇게 세월은 흘렀고 계휼의 나이 열둘이 되었다. 그런데 그때 비로소 천무밀교의 구대호법이 계이박, 즉 유비검을 찾아낸 것이다.
하지만 그들은 계이박을 죽이는 대신 설희의 부고를 전해주었다.
설희, 그녀는 당시 북천문주이던 서검(瑞劍) 매구연을 암살하려다 실패해 죽임을 당한 것이다. 설희는 그 죽음을 남편 계이박에 대한 속죄행으로 생각했던 것인지도 모른다.
어쨌든 그 일은 천무밀교에까지 알려졌고, 무량귀불(전대 무량귀불)은 유비검에 대한 암살 지령을 거두었다.

하지만 유비검 자신은 끝내 자신을 용서하지 못했고, 세 개의 관을 준비한 채 북천문의 본전을 향해 떠났다. 자신의 아들을 부탁하는 전서구를 천무밀교에 띄운 채.

"그 세 개의 관이 누구의 것이었는지 아는가? 하나는 이미 땅속에 묻혔을 내 어미의 관이었고, 또 하나는 북천문주 매구연의 관이었네. 그리고 마지막 하나는 내 아버지의 것이었지. 물론 내 아버지 역시 끝내 뜻을 이루지 못한 채 죽음을 맞았지만……. 이후 나 역시 아버지와 비슷한 삶을 살았다네. 하하, 하지만 그 이야기는 나중에 다시 하도록 하지."

보리검의 이야기는 그렇게 끝을 맺었다.

무랑은 여전히 풀리지 않은 의문을 가지고 있었으나 그에게 더 많은 것을 묻지 못했다. 어렴풋이 그의 슬픔을 맛보았으므로.

'음… 역시 불안하다. 이러고 있을 수만은 없지 않은가.'

사찰의 여러 곳에서 소란을 일으키던 적무단원은 이미 썰물처럼 빠져나갔다.

대신 본채에서 들려오는 굉음만이 새들의 잠을 깨우고 있었다.

무랑은 주위를 살핀 후 조심스럽게 마루 밑에서 몸을 빼냈다. 보리검이 걱정되어 견딜 수가 없었던 것이다.

채채챙……!

보리검의 검은 장각의 도를 밀어내며 좌측에서 밀려들어 오는 검을 쳐냈다. 그리고 교묘하게 손목을 비틀어 자신의 우측 옆구리 사이로 검을 찔러 넣었다.

"흐읍!"

뒤쪽에서 금랑수를 내리찍던 노인의 입에서 신음이 새어 나왔다.

노인은 빈틈을 노려 순식간에 금랑수로 공격해 들어왔으나 보리검이 옆구리 사이로 빼낸 검에 정확히 심장을 찔린 것이다.

그 순간 터져 나온 피가 보리검의 등을 적셨다.

하지만 보리검은 그 뜨뜻미지근한 피의 감촉을 느낄 새도 없이 빠르게 회전해 오르며 몸을 거꾸로 세웠다. 밀려갔던 장각의 도가 다시 자신을 향해 뻗어왔기 때문이다.

차르릉……!

보리검의 검은 장각의 도 위로 미끄러지듯 흘렀고, 그 탄력을 이용해 그의 머리 위로 재주를 넘었다.

탓!

몸을 바로 세워 내려서던 보리검이 발꿈치로 장각의 뒤통수를 가격했고, 곧장 섬돌의 중간 부분으로 신형을 날렸다.

구황 추역강과의 거리는 4장 정도. 곧바로 뻗어간다면 단숨에 승부를 걸 수 있다.

"타핫!"

생각과 동시에 보리검은 검을 뻗어내며 몸을 날렸다.

하지만 그 순간 두 개의 채찍이 그의 양쪽 발목을 감았다.

"흡!"

보리검은 검단으로 섬돌의 계단을 찍어내며 역회전했다. 양쪽 발목에 감긴 두 개의 채찍이 보리검을 끌어당긴 것도 거의 동시였다.

"히압!"

야수처럼 본능으로 뭉쳐진 신체였다.

보리검은 빠르게 역회전하던 신형을 급히 횡으로 꺾으며 좌측에서 채찍을 쥐고 있던 노인의 가슴에 검을 찔러 넣었다.

"크흡!"

노인은 믿을 수 없다는 표정으로 보리검을 바라보았다.

하지만 보리검은 이미 바닥을 구르는 중이었다. 그것도 잠시, 그는 팔과 다리를 활처럼 휘었다 펴며 우측의 노인을 덮쳐 가고 있었다.

"헉!"

채찍을 쥐고 있던 또 한 노인의 입에서 신음이 새어 나왔다.

'너무 지체했다……!'

보리검은 온몸으로 뻗어가는 긴장감을 느껴야 했다.

비록 세 명의 호법을 쓰러뜨리기는 했으나 처음의 자리에서 1장가량밖에 전진하지 못한 것이다.

이미 경내의 무사들이 본전으로 모여들고 있었고, 30여 명의 무사들이 섬돌 위로 올라서서 구황 추역강을 호위했다.

홀몸인 보리검으로선 시간이 흐르면 흐를수록 일이 어려워진다는 것을 잘 알고 있었다.

한편 구대호법들은 당혹스런 얼굴로 보리검을 쳐다보고 있었다.

특히 이미 한 차례 검을 섞어본 데다 뜻밖의 공격까지 당했던 장각은 표정이 싸늘히 굳어 있었다.

'내 평생 저렇게 강한 상대는 처음이다. 현 강호에 저런 인물이 있었단 말인가?'

장각은 이마를 찡그리며 도를 부여잡았다.

'설사 이들을 뚫는다 해도 추역강을 베기 위해선 동귀어진의 수를 쓸 수밖에 없다. 하긴 무엇을 두려워하리. 그렇게라도 할 수 있다면…….'

보리검은 노인의 가슴에서 검을 빼내며 가볍게 웃음을 배어 물었다.

그 짧은 시간 동안 그의 머리 속으로 몇 사람의 모습이 스쳐 갔다.

아비의 노래(2)

낭만파 계휼……!

그의 나이 서른아홉에 한 여인을 사랑하게 되었다.

아비가 다 치르지 못한 죗값을 치르기 위해 그는 천무밀교에 충성했다. 숱한 적들을 암살하고, 때로는 전쟁에 나가 미친 듯 사람들을 베었다. 그러는 동안 그는 최고의 검객이 되었으나 목석처럼 메마른 사내로 변해갔다.

그런 그 앞에 한 여인이 모습을 드러냈다.

자신의 사부이자 천무밀교의 구대호법 중 한 사람인 좌몽의 손녀. 그녀의 이름은 예가선이었다.

예가선은 마치 성녀(聖女)처럼 맑고 아름다웠으며, 꽃보다 향기로운 미소를 지닌 여인이었다.

그들의 만남은 지극히 자연스러웠다.

전쟁에서 부상을 입고 돌아온 계휼은 좌몽의 집에서 한동안 요양을 하게 되었다. 두 사람은 그곳에서 처음 만났다.

계휼과 예가선은 첫눈에 호감을 가졌고, 상처를 치료하는 동안 서로 사랑하게 되었다.

예가선은 계휼에게 낭만파(浪卍破)라는 호를 붙여주었으며, 메마른 영혼에 향기를 불어넣어 주었다.

그녀와 많은 시간을 함께하는 동안 낭만파 계휼은 비로소 행복이 무엇인지 알게 되었다. 냉혹한 검객의 마음에 사랑이 싹튼 것이다.

하지만 둘의 사랑이 깊어갈 즈음 뜻하지 않은 일이 벌어졌다.

무량귀불이 자객에 의해 독을 당한 것이다. 문제는 그 자객의 정체가 밝혀지지 않은 상태에서 내분이 일어났다는 점이다.

무량귀불은 혼수상태에 빠졌고, 그 와중에 구대호법 중 한 사람이던 좌몽이 첩자의 누명을 쓰게 되었다.

그런데 그 근거가 터무니없는 것이었다.

당시 좌몽은 구대호법 중 유일하게 무산(巫山)의 본전이 아닌 섬서성 서안에 머물고 있었다. 더욱이 무림 각 파에 지기들이 있어 평소 많은 교류를 가져왔다.

따라서 무량귀불의 암습 사건에 대한 희생양을 필요로 했던 천록원에서는 좌몽을 첩자로 지목한 것이다. 아무런 증거도 없이.

어느 날 밤 천무밀교의 자객 50명이 좌몽의 집을 암습하는 일이 벌어졌다.

이미 부상에서 완쾌된 계휼은 좌몽과 예가선을 달아나게 한 후 천무밀교의 자객들을 상대로 혈전을 벌였다.

힘겹게 싸움을 하던 계휼은 새벽녘이 되어서야 좌몽 부녀의 뒤를 쫓았다.

하지만 끊임없이 그들을 추격하는 살수들을 상대해야 했고, 그사이 좌몽 부녀는 완전히 종적을 감추었다.

그렇게 9개월의 시간이 흘렀다. 연인을 찾아 헤매던 그의 발길은 어느새 중원을 벗어나 파미르 고원과 고비사막의 접경에 닿아 있었다.

그때 만난 사람이 바람 승신검 일소천.

당시 승신검은 대륙을 뒤흔들어 놓던 기인으로 늘 풍문을 몰고 다녔다. 그의 싸움을 지켜보기 위해 많은 무사나 시인들이 뒤를 좇았으며 싸움이 벌어진 다음날이면 어김없이 전설과도 같은 풍문이 대륙에 퍼졌다.

낭만파 계휼이 일소천의 길을 막아선 이유는 단 하나였다. 그와의 일전을 통해 풍문의 힘을 빌고자 한 것이다.

두 사람은 석양을 배경으로 비무를 겨루었고, 그 싸움은 꼬박 사흘 동안 이어졌다.

계휼이 천 년의 잠을 깬 호랑이였다면 일소천은 하늘 빛을 깨뜨리며 등천하는 용이었다. 일소천이 거대한 산이었다면 계휼은 마치 그 산을 잠식하는 만년의 파도와 같았다.

마치 자기 그림자와의 싸움인 양 둘은 함께 호흡하고, 함께 짜릿한 희열을 느꼈다. 최강자만이 느낄 수 있는 완벽함의 경지를 서로에게서 발견한 것이다.

비록 계휼이 싸움에서 이기기는 했으나 승신검은 계휼의 가슴에 아주 깊게 각인되었다.

만약 승신검이 조금만 젊었더라도 칼을 거둔 것은 승신검이 아니라 낭만파 자신이었을 것이다.

승신검이 쓸쓸한 모습을 감춘 후에도 계휼은 그 자리를 떠나지 않았다.

낭만파라는 외호가 대륙에 퍼진다면 좌몽은 분명히 그곳으로 자신을 찾아올 것이므로.

한 달여의 시간이 흐른 후에야 두 사람이 계휼을 찾아왔다. 하지만 그들은 좌몽 부녀가 아니라 천무밀교의 전령들이었다.

낭만파 계휼은 이글거리는 눈빛으로 그들을 바라보며 검을 뽑았다. 예가선을 사랑한 만큼 천무밀교에 대한 분노 역시 지독했던 것이다.

그런데 뜻밖에도 천무밀교의 전령들은 그 앞에 부복한 채 좌몽 부녀의 소식을 전했다.

"좌 호법께서 단장을 급히 찾으십니다."

"……"

전령들을 통해 알게 된 사실이지만 무량귀불은 이미 한 달 전 세상을 떠났다. 그리고 그의 암살을 주도한 진범이 잡혔다. 좌몽 부녀의 누명은 벗겨졌고, 더 이상 쫓기지 않아도 되는 것이다.

하지만 정작 놀라운 사실은 예가선이 계휼의 아들을 낳다가 죽었다는 사실이다. 무량귀불이 죽은 바로 그날.

"으아아아아악—"

계휼의 입에서 피가 뿜어져 나왔다.

하늘을 찢어버릴 듯한 사자후가 사막에 울려 퍼졌고, 소식을 전한 두 명의 전령은 오공으로 피를 토한 채 그대로 바닥에 나동그라졌다.

낭만파 계휼의 분노가 폭발한 것이다.

그 분노는 천무밀교를 향한 것이기도 했고, 자신의 모든 것을 앗아간 하늘에 대한 것이기도 했다. 그리고 바로 자신의 저주받은 운명에 대한 분노이기도 했다.

그날 이후 예가선을 사랑하고, 그녀 하나만을 위해 존재했던 낭만파는 지상에서 사라졌다.

그 대신 그녀의 배를 가르고 나온 아들을 위해 모든 것을 버린 한 사내가 새로운 이름으로 살아가게 되었다. 보리검(菩提劍)……!

모든 것이 예정된 것이었을까, 예가선이 낳은 아들의 이마에는 '만(卍)'이란 글자가 명확히 찍혀 있었다.

비록 햇빛 아래에서는 드러나지 않으나 어둠 속에서 그 글자는 야광처럼 빛을 발했다. 무량귀불의 환생체임을 증명하는 표식이다.

본래 무량귀불의 환생체는 천무밀교의 신도 집안에서 탄생한다. 또한 수뇌부에서 아기를 찾아낼 때까지 그 사실을 비밀로 한다.

하지만 예가선이 죽고 계휼은 행방불명인 상태였으므로, 좌몽은 부득불 무량귀불의 현신을 천무밀교에 알렸다. 그때는 이미 밀교 내부에서도 모든 오해가 풀린 상태였으므로 급히 좌몽과 아기를 본전으로 데려갔다. 그리고 다급히 계휼을 찾은 것이다.

보통의 경우 환생체의 가족은 비밀을 유지하기 위해 승려로 한평생을 살게 된다.

그러나 계휼은 그런 규율을 따르지 않았다.

스스로 구세불검을 조직하고, 그 조직을 이끌었다. 그것을 가능하게 한 것은 그의 장인이자 구대호법 중 한 사람이었던 좌몽이 천록원을 설득할 수 있었기 때문이다.

물론 보리검이 끝내 자신의 신분을 비밀로 한다는 약속을 전제로…….

'아무도 내 아들의 길을 막을 수 없다.'

노인의 몸에서 검을 빼낸 보리검은 곧장 자신의 절기를 펼쳤다.

"보리불검 제5검 보리파불검(菩提破佛劍)!"

우우웅— 우우우웅……!

예리한 검명이 그를 중심으로 퍼져 나가기 시작했다. 자욱한 금빛의 검광이 어둠을 밀어내며 앞을 가로막고 있는 장각 등을 향해 뻗쳐 갔다.

한편 어느새 장각 주위로 몰려든 여섯 명의 노인 역시 검과 도를 휘두르며 보리검의 검기에 맞섰다.

"봉황공명(鳳凰共鳴)!"

서로 다른 여섯 가닥의 검기와 함께 수십 마리의 봉황이 우는 듯한 음공이 보리검의 검명과 뒤섞였다.

그 순간 땅거죽이 갈라지며 위로 치솟았고, 전각의 기와들이 바르르 떨다가 굉음을 내며 터졌다. 그리고 그 파편이 마당을 가득 덮기 시작했다.

'굉장한 노익장이군. 후한(後漢) 광무제(光武帝) 때의 명장 마원(馬援)이 저러했겠지? 후훗. 과연 무량귀불이군. 저렇듯 뛰어난 인재를 두고 있다니……'

자객을 목전에 두고도 구황 추역강은 내심 흥미롭다는 표정을 지을 뿐이었다.

자신을 호위하고 있는 30여 명의 무사들은 음공과 폭사되는 강기로 인해 다리를 후들거리며 힘겹게 신형을 세우고 있는 형편이었다. 그들에 비한다면 보리검이나 그와 겨루고 있는 구대호법은 과연 절정고수들이었다.

'하하, 과연 한 명의 고수는 일만의 병력보다 무섭다. 하지만 안타깝지 않은가, 저런 자가 나의 적이라니……'

추역강은 가볍게 한숨을 내쉬었다.

그런데 그때였다.

콰콰콰콰쾅……!

서로 뒤엉켜 떠돌던 강기가 곳곳에서 폭사했다.

"흡!"

보리검은 약간의 선혈을 쏟아내며 2장가량 뒤로 물러섰다.
"크헙!"
"파훗……!"
그와 맞서고 있던 여섯 명의 노인들 역시 3장가량 뒤로 물러서며 손으로 가슴을 부여잡았다.
잠시 후 장각을 제외한 다섯 명의 호법들이 바닥에 주저앉았다. 보리검의 강력한 검기로 인해 기혈이 뒤틀린 것이다.
'아, 세상은 넓다. 나 보리검은 결국 뒤로 1장이나 밀려난 것이 아닌가. 과연 구황문이다. 하긴… 그렇기에 내가 지금 이 자리에 서 있는 것이 아닌가. 추역강, 그대는 너무 강하다.'
보리검의 눈에서 예리한 살광이 뻗어 나왔다.
그것도 잠시.
"커흡!"
생각보다 내상이 심했던 것인지 그의 입에서 한 모금의 선혈이 쏟아져 나왔다.
하지만 그 모습을 지켜보며 안도의 한숨을 내쉬던 장각의 눈이 놀랍다는 듯 확대되기 시작했다.
"간다!"
금방이라도 쓰러질 것 같던 보리검이 검을 뻗으며 빠르게 달려들고 있었던 것이다.
차르르릉……!
장각은 다급하게 도를 뻗어 보리검을 제지했다.
그는 내상을 입은 만큼 불완전한 자세였으나 그대로 보리검에게 길을 열어줄 수 없었던 것이다.
"헛!"

장각의 입에서 당혹스런 신음이 새어 나왔다.
보리검이 검을 놓은 채 머리 위로 날아오르고 있었기 때문이다.
"어딜!"
장각은 자신의 머리 위로 날아오른 보리검에게 도를 휘둘렀다.
하지만 그 순간 보리검의 손을 떠났던 검이 장각의 복부를 파고들었다. 보리검은 검에 내력을 실어 장각에게 날린 후 몸을 날렸던 것이다.
"흡!"
장각이 복부를 거머쥔 채 신형을 비틀거리는 찰나 보리검은 그의 어깨를 박차며 힘껏 도약했다.
휘휙……!
두 개의 단검이 어정쩡하게 서 있던 호위무사들의 틈을 파고들며 추역강의 가슴을 향해 날아갔다. 그 순간 이미 보리검의 손에는 허리춤에 꽂혀 있던 한 자 길이의 검이 들려 있었다.
채챙……!
호위무사들 사이에 섞여 있던 한 사내가 무량귀불에게 쏘아져 들어가는 단검을 쳐냈다. 그리고 곧장 자신을 덮쳐 오는 보리검을 향해 마주 날았다.
차르릉……!
두 개의 검이 서로에게 칼끝을 세운 채 마주 파고들었다.
사내의 검단이 보리검의 손목에 닿기 직전 보리검은 힘겹게 손을 비틀어 사내의 검을 밀어냈다. 하지만 힘에 밀려 검을 놓쳤고, 다급히 섬돌 위에서 멈춰 서야 했다.
"큽!"
보리검은 짧게 신음을 뱉어냈다.
사내의 검을 밀어내는 순간 등 뒤에서 날아온 철심 세 개가 등에 박혔던 것이다.
 철심 두 개는 척추 뼈를 간신히 빗겨 나갔고, 나머지 하나는 심장 바로 윗부분을 관통하고 있었다.
 보리검은 신형을 비틀거리며 천천히 고개를 돌렸다.
 구천일뢰 장각이 몇 개의 철심을 손에 쥔 채 보리검을 마주 보고 있었다.
 그사이 추역강의 호위무사들이 보리검을 에워싸며 검을 겨누었다. 그 중간에는 방금 전 보리검의 검을 쳐냈던 사내가 서 있었다.
 검단과 보리검의 거리는 불과 한 자 거리. 더욱이 보리검은 검까지 놓친 상황이었다. 그의 암습은 결국 실패로 끝난 셈이다.
 추역강이 잠시의 침묵을 깨고 보리검의 검을 막아냈던 사내에게 물었다.
 "구절심, 저자의 실력이 어느 정도라고 생각하는가?"
 "……."
 구절심. 방금 전 보리검과 대적했던 사내는 바로 구절심이었다. 하지만 그는 아무 말 없이 보리검을 바라보고만 있었다.
 그의 눈빛은 달빛처럼 무심했으나 한순간 파르르, 경련했다.
 '무엇이 이 노인을 이렇게 무모하게 만들었을까?'
 냉혹한 살수 구절심.
 그 역시 지금의 보리검처럼 무모하게 죽음을 향해 검을 겨눈 적이 있었다. 그래야만 할 만큼 큰 사랑을 가슴에 품고 있었다.
 아니, 아직껏 그 사랑을 품고 있다.
 지금 그가 이 자리에 서 있는 것도 그런 이유에서다. 그는 아직도 죽은 가연의 몸 안에 그녀의 백치 같은 영혼이 머물고 있다고 믿고 있다.
 구황 추역강을 따르는 것 역시 그녀의 육체와 영혼을 붙잡아두고 싶은 마음 때문이었다.
"구절심, 저자의 실력이 어느 정도일 것 같냐고 물었다."
추역강은 자신의 질문을 무시한 채 보리검에게 시선을 주고 있는 구절심을 향해 다시 질문을 던졌다.
화가 나 있는 것 같지는 않았으나 목소리엔 냉기가 어려 있었다.
추역강으로서도 도저히 통제할 수 없는 인물이 구절심이었다.
그는 자신이 끝내 구절심의 마음을 사지 못할지 모른다고 언뜻 생각하게 되었다.
"빠르고 강하오."
구절심은 짧고 단호하게 대답했다.
"자네와 비교한다면?"
추역강은 묘한 미소를 머금은 채 물었다.
구절심은 보리검에게 겨누고 있던 검을 거두며 무표정한 얼굴로 추역강을 바라보았다. 건조하며 냉막한 시선이었다.
"그런 호기심은 생명을 단축시킬 뿐이오. 구황, 그대 역시 다를 바 없소."
"······."
구절심의 말로 인해 주위는 한순간 정적에 사로잡혔다.
장각을 비롯한 호법과 호위무사들이 움찔하며 그를 노려보았고, 보리검 역시 의외라는 표정으로 구절심을 쳐다보았다.
하지만 추역강은 여전히 가벼운 미소를 머금고 있을 뿐이다.
"구절심, 나는 사내다. 사내는 본능적으로 강한 것을 추구하게 마련이다. 내가 너에게 집착하는 이유도 그 한 가지다. 자, 저자를 벨 수 있겠는가?"
"······."

구절심은 잠시 보리검의 눈을 쳐다보았다.

그의 눈빛에선 어떤 두려움도 읽어낼 수 없었다. 그저 주위를 밝힌 횃불들이 그의 동공에 잠겨 일렁이고 있었을 뿐이다.

구절심은 보리검과 호위무사들을 헤치며 섬돌을 내려갔다. 그리고 마당에 떨어져 있던 보리검의 검을 집어 들고는 다시 계단을 올랐다.

"당신의 검이오. 검을 집겠소?"

보리검 앞에 선 구절심이 그에게 검을 내밀며 물었다.

"그대의 명호는?"

보리검은 기이한 표정으로 구절심을 빤히 쳐다보았다.

"구절심 천형."

"후회하지 않겠는가?"

"나는 구황의 꼭두각시요. 후회라거나 하는 감정들은 어울리지 않소."

구절심의 대답에 보리검은 보다 기이한 표정을 지었다.

얼마간의 망설임 끝에 검을 다시 집은 보리검. 그는 이번엔 구황 추역강을 쳐다보며 느릿하게 입을 열었다.

"추역강, 그대 역시 후회하지 않겠소?"

"파하하하! 보리검이라고 했던가? 만약 그대가 꺾인다면 그대의 배후와 나를 노린 목적이 무엇이었는지 말해 줄 수 있겠는가?"

추역강은 허리를 젖혀 웃다가 갑자기 웃음을 딱 멈춘 채 되물었다.

"그때까지 나나 그대가 살아 있다면!"

"나 역시 후회하지 않겠다."

"배려에 감사하는 의미에서 그대의 수급은 고통없이 거두겠소."

보리검은 호위무사들을 밀어내며 섬돌 아래로 걸음을 옮겼다.

구황 추역강의 웃음소리가 경내를 울린 것도 그 순간이었다.

"파하하하하……!"

…….

'마치 젊은 시절의 내 모습을 보는 듯하군.'
검단과 일직선을 이룬 보리검의 시선은 구절심의 무표정한 얼굴에 닿아 있었다.
가슴속에 사랑하는 한 사람을 담고 있는 사내의 표정. 경험해 본 사람이라면 누구나 느낄 수 있는 애절함이 그의 표정에 담겨 있었다.
'그래, 이곳은 강호다. 강호에 몸을 담고 있는 이들은 누구나 저마다의 사연을 품고 살아가게 마련이지. 오늘 그대 혹은 나는 그 사연을 품은 채 죽게 되겠지…….'
보리검은 왜 자신이 지금 이곳에 와 있는지 명확히 깨달을 수 없었다.
처음엔 그저 자신의 아들을 암살하려 했던 자들에 대한 분노 때문이었다. 그리고 어느 순간부터는 자신이 아들을 위해 해줄 수 있는 마지막 일이 될 것이라고 생각했다.
예가선의 부고를 전해 들은 보리검은 그동안의 모든 분노를 자신의 아들에게 쏟아 부었다. 아내 예가선을 죽게 한 것은 결국 천무밀교도 불공평한 세상도 아닌 핏덩어리의 아기라고 믿었기 때문이다.
지독히도 단순한 생각이었으나 당시의 그로서는 그럴 수밖에 없었다.
하지만 막상 무산에 닿아 어린 아들을 품에 안았을 때 보리검의 눈에선 뜨거운 눈물이 흘러내렸다. 모든 분노가 절대사랑으로 바뀌어 버린 것이다.
그나마도 계휼이 아들을 안을 수 있는 기회는 그것이 마지막이었다.
어린 아들은 무량귀불의 환생체였으므로.
이후 그는 스스로 아들과 주종의 관계를 맺게 되었고, 아들에게 자신의 신분을 숨긴 채 부하로서 살아왔다. 행복한 시간이었고, 더없이 괴로운 시간이기도 했다.

'누구도 내 아들의 길을 막을 수 없다.'

잠시 감상에 젖어 있던 보리검이 검을 쥔 손에 내력을 실었다.

그는 어떻게 해서든 구절심을 꺾고 섬돌 위 대청의 구황 추역강을 제거해야 했으므로.

그러나 그것은 마음뿐이었다. 장각이 던진 철심에 독이 묻어 있었던 것인지 몸이 서서히 마비되고 있었다. 일 촌의 시간이라도 아껴야 했다.

'쾌검으로 승부하는 수밖에……'

보리검은 검을 거꾸로 세운 후 깊게 심호흡을 했다.

잠시 후 그는 구절심을 향해 빠르게 달려갔다.

'4장, 3장, 2장……'

눈 깜짝할 사이에 두 사람의 거리가 좁혀졌다. 그런데도 두 사람은 바닥을 향해 검을 늘어뜨렸을 뿐 상대를 벨 생각을 하지 않았다.

'지금이다!'

보리검과 구절심의 몸이 빠르게 교차했다. 그리고 다음 순간.

"흡!"

"헛!"

두 사람의 입에서 짧은 신음성이 터져 나왔다. 그것도 잠시……

"구황……!"

"지존……!"

장내는 소란에 휩싸였다.

구절심의 검에는 족히 한 자 이상 되는 피가 묻어 있었다. 그 검에 베어진 보리검은 허리가 동강나다시피 꺾인 채 바닥에 쓰러져 있었다.

그런데 쓰러진 보리검의 손에는 검이 없었다.

그 검은 구절심을 베는 대신 대청 위에 서 있던 구황 추역강의 오른쪽 가슴에 깊숙이 박혀 있었던 것이다.

"보리검 사부……!"

무량의 입에서 나직한 침음성이 새어 나왔다.

그는 본전의 맞은편 지붕 위로 막 신형을 옮겨오는 길이었다. 하지만 이미 늦었다. 결국 그의 불길한 예감이 현실로 드러난 것이다.

그런데 웬일인지 그는 보리검의 죽음에서 슬픔을 느낄 수 없었다. 오히려 얼마간의 편안함을 감지해 냈을 뿐이다.

'잘 가시오, 아마도 저세상에선 안온한 휴식이 사부를 기다리고 있을 거요…….'

살아생전 보리검의 표정처럼 무심한 달빛이 아미산에 자리한 한 사찰의 장내를 비추었다. 그리고 어디선가 또 밤새가 울고 있었다.

아비의 노래(2)

 불영사(佛影寺)의 탑림, 남근 모양으로 변해 버린 미륵석상 앞.
 "여화, 이제 어떻게 해야 하는 거야?"
 무산은 무당 여화에게 은밀히 은 닷 냥을 건네며 물었다.
 당수정의 뱃속에 든 암평아리를 수평아리로 바꾸기 위해 무산은 그동안 잘 간직하고 있던 은 닷 냥을 덥석 내놓은 것이다.
 "네놈이 뭘 어쩌고 자시고 할 것도 없어. 은 닷 냥으로 넌 아비 구실 다 한 거야. 나머지는 우리 신령님이 다 알아서 할 거야."
 "아니, 뭐 부적이라든지 그런 것도 없어? 나는 은 닷 냥이나 냈는데 이러면 괜히 손해 본 느낌이잖아."
 무산은 의심의 눈초리로 여화를 쳐다보며 물었다.
 "아, 그놈 좀스럽기는……. 부적 따위는 필요없어. 하지만 딱 하나 주의할 게 있기는 있지."
 "그게 뭐야?"

"우리 신령님을 의심하지 마."

"……."

여화의 말에 무산은 가슴이 뜨끔해지는 것을 느꼈다.

사실 의심을 하지 않으래야 않을 수가 없었다. 무산의 몸속에 붙은 물귀신 하나 떼어내지 못하는 사이비 무당이 여화였기 때문이다.

"저… 여화? 한 가지 궁금한 게 있는데……."

"뭐야?"

"대개 자식에 관계된 건 신령이 아니라 귀자모신(鬼子母神)이 담당하지 않아?"

"우리 고려에선 그냥 삼신할미가 다 알아서 해. 삼신할미도 신령이거든. 그래서 그냥 신령이라고 하는 거야. 그런데 귀자모신? 그게 뭐야?"

여화는 어리둥절한 표정을 지으며 무산을 쳐다보았다.

"응, 우리 대륙에서는 아기를 점지하고 수호하는 여신으로 귀자모신을 모시거든. 귀자모신은 야차 판치카의 아내인데, 애들을 5백 명이나 낳았대. 그런데 못된 습성이 있어서 남의 애기를 잡아먹곤 했다네. 그래서 사람들이 석가모니에게 도움을 청했대. 석가모니는 피양카라는 귀자모신의 막내아들을 숨겼고, 귀자모신은 그제야 자신의 잘못을 뉘우치게 되었다는 거지. 그래서 그동안의 잘못을 사죄하고 이후 아이들을 수호하는 신이 되었대."

"뭐? 애들을 잡아먹은 야차의 마누라한테 애들을 맡겨? 확실히 떼놈들은 좀 이상한 데가 있군. 나 같으면 그렇게 못해. 어쨌든… 우리 삼신할미는 절대 애들을 안 잡아먹어. 그러니까 더 훌륭한 신령이야."

"음… 다행이군. 그런데 그 할미가 여화랑 친해?"

"오호호호, 당연하지. 거의 모녀 관계에 가깝다고 생각하면 돼. 그러니까 괜한 의심하지 말고 금 한 냥만 준비해. 그럼 내가 네놈 몸속에 있는 물귀신까지 깨끗하게 떼어내 줄게. 알았니?"

 여화는 사특한 미소를 지으며 은 닷 냥을 품속에 갈무리했다.

 좀체 믿음이 가지 않는 무당이긴 했으나 사람을 현혹시키는 데는 남다른 재주가 있었다.

 [휘두백, 네놈 생각은 어떠냐? 좀 용한 구석이 있는 기 같긴 허냐?]

 잠시 망설이던 무산은 휘두백에게 전음을 보냈다.

 아무래도 무당 보는 눈은 멀쩡한 자신보다는 물귀신이 더 낫겠다 싶은 마음에.

 「글쎄요. 일단 영적인 힘은 느껴지는데, 돈 밝히는 무당치고 제대로 된 무당을 본 적이 없어서. 더욱이 산달이 코앞인 아기의 성별을 바꿀 수 있다는 것도…….」

 [그건 걱정하지 마라. 나 무산, 결코 호락호락한 사내가 아니다. 만약 아들 못 낳으면 내가 저 못된 무당 머리카락을 몽땅 뽑아버릴 거야.]

 「저… 주인님, 부탁이 있는뎁쇼.」

 [뭔데?]

 「그러니까 그게… 그동안 제가 주인님 내외 분을 위해 애쓴 점을 생각하셔서라도 꼭 들어주셔야 하는 부탁입지요.」

 휘두백은 얼마간 뜸을 들이며 바르르 귀체(鬼體)를 떨었다.

 [뭐냐니까?]

 「헤헤, 이왕 떼어낼 거라면 절 저 미륵석상에 붙게 해주세요.」

 [응? 너 같은 물귀신이 돌부처에……?]

 「헤헤, 제가 갑자기 불심이 생겨서…….」

 휘두백의 어설픈 대답에 무산은 잠시 고개를 갸우뚱했다.

 하지만 잠시 후 미륵석상을 쳐다보던 무산의 입에서 깊은 한숨이 새어나왔다. 휘두백의 마음을 얼마간 이해할 수 있었기 때문이다.

'무서운 놈……! 그동안 저 미륵석상을 보며 얼마나 마음이 설레였을까?'

무산의 눈앞에 서 있는 남근 모양의 미륵석상은 오늘따라 더욱 우람해 보였다.

「헤헤, 눈치 채셨습니까요?」

[…….]

사흘 후 술시(戌時)로 접어드는 시각.

"헉! 헉! 허억……!"

온몸이 흠뻑 땀에 젖은 당수정은 연신 가쁜 숨을 내쉬며 고통스런 표정을 지었다.

반 각마다 찾아오던 진통의 주기가 더욱 짧아졌고, 고통의 정도도 심해지는 것 같았다. 얼마 후 급기야는 양수가 새기 시작했다. 곧 애기가 나오려는 징조다.

"부인, 조금만 견디시구려. 이제 곧 부인과 나를 꼭 닮은 수평아리가 나올 것이오."

무산은 당수정의 손을 꼭 움켜쥔 채 방긋 웃었다.

아내 당수정이 고통스러워하는 모습에 마음이 아팠지만 한편으론 곧 태어날 아들의 얼굴이 눈앞에 어른거렸던 것이다.

무산의 행복한 눈과 마주친 당수정은 얼마간 편안한 표정을 지었다. 하지만 그것도 잠시, 그녀는 다시 고통스레 숨을 할딱이기 시작했다.

"서, 서방님……!"

"왜 그러시오, 부인?"

"꼬, 꼭 드릴 말씀이 있어요. 귀 좀 가… 가까이……."

"알았소. 내 무슨 부탁이든 다 들어주리다."

무산은 당수정의 머리카락을 쓸어 올려주며 얼굴 가까이 상체를 들이댔다.
 정말이지 너무 안쓰러워서 자기가 대신 그 고통을 겪어주고 싶을 정도였다. 그런데 부부 일심동체라고 했던가, 당수정 역시 무산과 비슷한 생각을 하고 있었다.
 "으아아악!"
 무산은 갑자기 비명을 내지를 수밖에 없었다.
 당수정이 그의 머리채를 휘어잡은 채 어깨를 물어뜯기 시작했던 것이다.
 "아악, 아아아아! 부인, 도대체 왜 이러시오?"
 "헥헥, 서방님! 우리 고통을 분담해요. 헥헥, 서방님 애기를 낳는데 왜 나, 나만 헥헥, 이런 고통을 겪어야… 아아아아……!"
 "으아아악!"
 숨 가쁘게 말을 잇던 당수정은 산통이 오자 다시 무산의 어깨를 물어뜯었고, 무산은 어쩔 수 없이 또 비명을 내질러야 했다.
 "흠… 개수, 우리는 잠시 나가세나. 수정이가 무산 저 아이에게 할 말이 많았나 보이."
 "고맙습… 아니, 그… 그러시지요."
 가까운 곳에서 당수정을 지켜보고 있던 취설과 당개수가 슬그머니 자리에서 일어났다.
 그곳에 더 있다가는 무슨 봉변을 당하게 될지 알 수 없었던 것이다.
 "여화, 그대도 나오는 게 낫지 않을까? 어차피 아이가 나오려면 한 시진은 더 있어야 할 것 같은데……"
 물어뜯기는 무산을 보며 빙그레 웃고 있는 여화에게 취설이 한마디 던졌다.

재미없는 당개수와 나가는 것보다는, 나이에 비해 풋풋한 여화를 데리고 나가 황혼을 붉게 물들이고 싶었으므로.

"오호호호, 알았습니다. 수정이를 보니 저도 서방님의 아기를 낳고 싶어지는걸요?"

여화는 요염한 미소를 내비치며 벌떡 몸을 일으켰다.

"흠, 흠……. 나이를 생각해야지."

취설은 괜히 헛기침을 하며 짐짓 나무라는 표정을 지어 보였다.

하지만 은근히 마음이 동한 것인지 곧 당개수에게 다가가 귓속말을 전했다.

"이보게, 개수. 자네는 아직 몸이 성치 않으니 옆방에 가서 누워 있게나. 나는 여화와 긴히 할 얘기가 있어서 은밀한 곳에… 아니, 조용한 곳에 가야 할 것 같으니……."

"부럽습니다, 사숙."

"흠, 흠……."

당개수의 노골적인 말에 취설은 다시 헛기침을 할 수밖에 없었다.

"으… 으아아악! 다… 다시는 애기 안 낳을 거야……!"

그들의 뒤편에서는 다시 무산의 처절한 비명이 터져 나오고 있었다.

…….

…….

시간은 이미 자시(子時)를 넘겼지만 당수정은 여전히 산통에 시달리고 있었다.

벌써 두 시진……. 난산이다.

당개수는 차마 방에 들어오지도 못한 채 옆방에서 마음을 졸였고, 머리털이 반쯤 뽑혀 나간 무산은 탈진 상태로 방 한구석에 누워 있었다.

온몸에 검불을 묻힌 채 돌아온 취설과 여화 역시 걱정스런 눈으로 당수정의 상태를 살폈다.

"흠… 제 아비를 닮아 무던히도 속을 썩이는군."

취설은 길게 한숨을 내쉬며 다시 당수정의 안색을 살폈다.

"호호, 서방님, 어쩔 수 없는 일입니다. 암평아리가 수평아리가 되어 나오려니 당연히 고통이 따르는 것이지요."

"그건 또 무슨 말이오?"

"오호호호, 그냥 놀고 있기가 뭣해서 부업 삼아……."

"어허, 여화, 내가 사술을 쓰지 말라고 몇 번이나 당부했소? 당신이 암평아리를 수평아리로 바꾸는 재주가 있는 것은 사실이지만… 뱃속에 든 아기의 성별까지 감별해 내지는 못하잖소. 저번에는 원래 수평아리였던 녀석을 다시 수평아리로 바꾼답시고 수선을 떨다가 고추 두 개 달린 녀석이 태어나지 않았습니까. 또 그런 일이 벌어지면 어쩌려고……."

…….

구석에 쓰러져 있던 무산이라고 해서 그 말을 못 들었을 리 없다.

'성별을 감별해 내지 못해? 고추 두 개 달린 녀석? 끄아아아—'

무산은 사색이 되어 벌떡 상체를 일으켰다.

비로소 무산을 의식한 것일까? 취설이 애매한 표정으로 흘낏 무산을 쳐다보았다. 그러다 눈이 마주치자 취설은 재빨리 고개를 돌리며 말을 돌렸다.

"하하, 하긴 그런 일이 일어날 확률은 5할밖에 없지. 괜히 몸에 달라붙은 귀신 떼어낸답시고 애매한 사람 정수리에 구멍을 내는 것보다는 안전하기도 하고……."

…….

'5할……! 반반의 확률? 정수리에 구멍을 내서 귀신을 쫓아? 헤헤, 취설 저 능구렁이 같은 인간이 나 겁먹으라고 농담하는 걸 거야. 흐, 흐, 흐……! 그런데 왜 이렇게 불안한 거야?'

무산은 바닥을 엉금엉금 기어 취설에게 다가갔다.

"취 사부, 농담이지요?"

취설의 얼굴을 빤히 쳐다보며 무산은 씩 웃었다.

하지만 취설은 당혹스런 표정으로 천장을 쳐다보며 헛기침만 할 뿐이었다.

"흠, 흠……."

"이… 이런 염병할! 우리 마누라 뱃속에 암평아리가 들었다며!"

무산의 눈빛이 표독스럽게 변하며 여화에게 꽂혔다.

"얘, 니가 하도 수평아리 수평아리 해서… 용돈도 궁하고……. 오호호. 얘, 아예 안 달린 것보다는 두 개 달린 게 낫지 않니? 오호호, 저번에 그 아이도 무사히 성장해서 장가갔으니 너무 걱정 말거라. 게다가 마누라를 둘이나 얻었느니라."

"으아아악! 정말 환장하겠군."

무산은 반쯤 남은 머리를 쥐어뜯으며 밖으로 뛰쳐나갔다.

교교히 흐르는 달빛.

'미치겠군. 내 인생엔 왜 이렇게 많은 사이비들이 득실거리고 있는 것일까. 믿을 수 있는 사회, 상식이 통하는 사회, 용한 무당만 있는 사회에서 살고 싶어……!'

무산은 검을 휘두르며 탑림 곳곳을 누볐다.

그의 표홀한 움직임은 달 그림자에 숨은 고양이처럼 은밀했고, 나뭇가지를 떠난 꽃잎의 흐름처럼 부드러웠다.

태역검법을 연마한 지 이미 한 달가량이 지났다. 처음엔 이해하지 못했던 비급 속의 그림들은 이제 얼마간 자연스럽게 연결되고 있었다.

더욱이 일소천으로부터 배운 용등연검법 역시 태역검법을 모태로 하고 있기에 그 접목이 쉬웠다. 문제는 검법을 최종식까지 펼쳤음에도 어딘가 어색한 부분이 느껴진다는 점이었다.

'무엇이 빠진 걸까? 그나저나 우리 꽃사슴이 고추 둘 달린 녀석을 보고 까무러치는 일은 없어야 할 텐데…….'

무산은 머리 속을 어지럽히는 생각들을 떨쳐 버리기 위해 더욱 빠르게 검을 뻗어 나갔다.

우르릉… 콰쾅……!

어느 순간 마른하늘에 날벼락이 일기 시작했다.

멀리 북쪽 하늘을 울리던 천둥과 번개는 점차 불영사 쪽으로 몰려들었다.

태풍이라도 밀려오려는지 바람은 심상치 않게 변해갔다. 달빛·역시 먹구름에 가려 날은 점점 어두워졌다.

"젠장, 이게 무슨 불길한 징조야……? 여화 그 선무당 때문에 하늘이 노한 게 아닐까? 정말 고추 둘 달린 녀석이 태어나기에 알맞은 날이야……! 아주 불길해……. 으아아악! 안 돼—"

무산은 마치 자신과 아기를 향해 덮쳐 오는 끔찍한 운명과 맞서기라도 하겠다는 듯 거세게 검을 휘두르기 시작했다.

"태역검법 제1식 건위천(乾爲天)! 하늘의 운행은 한시도 쉬지 않으니, 무릇 흐르는 검은 이와 같아야 한다."

무산의 검은 자유로이 유영하는 물고기처럼 탑과 탑 사이를 누볐다.

그런데 곧 이상한 일이 벌어졌다.

고아로 자라며 겪어야 했던 숱한 수모, 자신에 대한 저주……! 언젠가 사경을 헤맬 때 경험했던 끔찍한 환각과 환청……. 그 모든 악몽들이 허깨비처럼 무산의 길을 막아섰다.
 '혹 심마가 든 것일까?'
 그것들의 형체가 늘어나면 늘어날수록 무산의 검은 미친 듯 빠르게 움직였다.
 "태역검법 제2식 곤위지(坤爲地)! 대지는 모든 생명의 근원이니 기의 생성 또한 이와 같아야 한다."
 탑을 휘돌던 그의 검에 은은한 검기가 감돌고 있었다.
 하지만 그 검기에 스친 허깨비들은 끔찍한 비명을 내지르며 두 개, 세 개로 수를 늘려 나갈 뿐이었다.
 "태역검법 제3식 진위뢰(震爲雷)! 천둥을 머금은 검. 검을 다루는 자, 강함을 다스릴 수 있어야 한다."
 빠르게 회전하며 흩뿌린 검기가 사방에서 폭사했다.
 하지만 그것은 수백 개로 늘어난 허깨비들을 스치지도 못했다. 검기와 검기의 상충이 무산을 중심으로 거대한 검망을 만들어낸 것이 고작이다.
 후두둑……. 후두두둑……!
 굵은 빗방울이 탑림으로 쏟아져 내리기 시작했다.
 "태역검법 제4식 손위풍(巽爲風)! 검객의 검은 바람이다. 여린 풀잎 한 포기 다치게 하지 않는 배려가 있는가 하면, 작은 빈틈이라도 뚫고 들어가는 예리함이 있다."
 무산은 약 2장가량의 높이로 뛰어오르며 천(天), 지(地), 뇌(雷), 풍(風), 수(水), 화(火), 산(山), 택(澤) 팔방(八方)에 검기를 격출했다.
 콰, 콰, 콰, 콰, 쾅……!
 탑림의 탑들이 들썩일 만큼 강한 폭사! 하지만 허깨비들은 여전히 괴이한 울음소리를 내며 아우성거리고 있다.
 "태역검법 제5식 감위수(坎爲水)! 감(坎)은 난괘(難卦). 위기와 맞설

땐 그 심한 격류에 몸을 던져라. 검림지옥을 헤쳐 나가는 검객의 검처럼……."

눈에 보이지 않을 만큼 빠른 검의 회전.

찰나의 순간에 무산은 248방에 위치한 허깨비들의 요소요소를 찔러들어갔다. 질징에 오른 공격.

하지만 그 순간 496방의 허깨비들이 일제히 그에게 달려들었다.

더욱 거칠어진 빗발…….

"태역검법 제6식 이위화(離爲火)! 이(離)는 태양, 곧 밝음과 지성이다. 지상의 모든 것이 이 초식 아래에 무릎을 꿇으리라."

한순간 무산의 몸이 허공 높이 치솟았다. 마치 승천하는 용처럼.

검 주위로 맴돌던 검기는 어느새 무산의 몸을 휘돌고 있었다. 무산 자신이 한 자루의 검이 된 느낌이었다.

"태역검법 제7식 간위산(艮爲山)! 이 초식은 움직이지 않는 산과 같다. 멈출 때와 흐를 때를 안다면 세상에 그 무엇이 두려우랴."

무산은 손에 쥐고 있던 검을 놓았다.

하지만 그의 손을 벗어난 검은 그 자리에 가만히 멈춰 선 채 미동도 않았다. 그저 푸르스름한 검기를 갈무리한 채 허공에 꽂혀 있었을 뿐이다.

무산의 몸을 적시며 거칠게 쏟아지던 빗방울들이 그의 몸에서 뿜어지는 강기에 부딪쳤다. 자잘하게 깨져서 떨어지는 물방울들.

"태역검법 제8식 태위택(兌爲澤)! 태(兌)란 지극한 즐거움을 말한다. 이 초식을 아는 자, 세상을 운영하리라."

허공에서는 푸르스름한 안광을 흩뿌리고 있는 무산의 검무가 펼쳐지기 시작했다.

비를 가르며 부드럽게 흐르는 권(拳)과 각(脚)! 예리하게 파고들다 절도있게 멈춰 서고, 빠르게 회전하다가 완만한 곡선을 그으며 낙화처럼 휘는 검(劍).

취설의 설명대로 태역검법은 천(天), 지(地), 뇌(雷), 풍(風), 수(水), 화(火), 산(山), 택(澤) 등 팔괘(八卦)의 자연 현상을 형상화한 초식으로 압축되어 있었다.

하지만 그 하나하나의 초식에는 주역을 이루는 64괘와 음양의 생성 및 변화, 진화가 모두 녹아들어 있었다. 그야말로 선도밀교의 사상이 농축된 검법이었던 것이다.

아니, 검법인 동시에 사상이었다.

"천상천하(天上天下) 무아상생(無我相生)!"

무산은 일갈을 터뜨리며 허공에서 보다 높은 허공으로 빠르게 회전해 올랐다. 그는 곧 검과 하나가 된 채 숱한 잔상을 흩뿌리며 밤하늘을 갈랐다.

언젠가 휘두백에게 귀귀회(歸鬼回)를 시전할 때 느꼈던 설명할 수 없는 거대한 힘이 지금 그의 검끝에 갈무리되어 있었다.

콰르릉……! 쾅……!

거대한 벼락이 무산을 덮치는 순간 무산의 검에서 눈부신 검기가 격출되었다.

"할……!"

콰르릉……! 쾅……!

고막을 찢을 듯한 굉음……. 불영사의 모든 탑들이 뿌리를 드러내며 2장 가까이 솟구쳤다.

탑림을 메우던 수백 개의 허깨비들이 순식간에 찢겨져 사라졌으며, 그의 기혈에 막혀 있던 무엇인가가 순식간에 빠져나갔다.

지금 이 순간 무산은 검법을 완성하는 동시에 선도밀교의 최고 경지에 다다른 것이다.

"밀교의 무공 전수 방식 중에는 영(靈)의 힘을 비는 경우가 간혹 있네. 꿈이나 환각 상태에서 무공을 전수해 주는 것이지. 여기에도 두 가지 방식이 있네. 첫째는 예정된 수순에 따라 특정인을 선택해 영이 빙의되는 것이지. 환각 상태에서 경맥을 티주고 무공을 전수해 준다네."

무산은 취설의 이야기를 떠올리며 가볍게 미소 지었다.
아직 어리둥절한 것이 사실이다.
하지만 그는 비로소 그동안 자신에게 일어났던 기이한 일들이 예정된 수순에 의한 것이었음을 깨달았다. 아니, 사부 일소천과의 만남, 당문과의 인연, 취설과의 만남 등 모든 것들이 지금 이 순간을 위한 한 과정이었음을 깨닫게 되었다.
비는 이미 그쳐 있었다.
먹구름에 가려져 있던 달이 모습을 드러내기 시작했다. 그리고 한순간 교교한 달빛이 무산을 비추었다.
누군가의 전음이 들려온 것도 그 순간이었다.
[태역선도밀교(太易仙道密敎) 제9대 교주 무산은 들으라. 나 구역 진인의 인연이 너에게 닿았도다. 스스로 빛나라. 그러면 세상은 너로 인해 빛나게 되리라.]
……
무산은 자신도 모르게 비에 젖은 땅 위에 엎드려 오체투지의 예를 올렸다.
지극히 짧은 시간 동안 이루어진 성취.
하지만 그것은 누천년의 인연에서 비롯된 것인지도 모른다. 마치 꿈결 같았지만 무산은 자신에게 일어난 변화를 그대로 받아들이기로 했다.

얼마 후 달은 다시 구름 뒤로 숨었고, 세상은 고요해졌다.

'아, 사람의 일은 아무도 알 수 없다…….'

백지처럼 비워진 무산의 머리로 제일 먼저 떠오른 생각이었다.

그런데 그때 또 다른 누군가의 전음이 들려왔다.

「헤헤, 주인님……! 백골난망입니다요.」

[……]

「저 휘두백이 드디어 주인님의 몸을 떠나 이 돌부처에 붙게 되었습니다요. 푸히히. 푸헤헤헤!」

무산은 어정쩡하게 고개를 돌려 남근 모양의 미륵석상을 쳐다보았다. 그제야 정황을 이해할 수 있었다.

방금 전 그의 몸에서 빠져나간 많은 불순물 중에는 물귀신 휘두백도 섞여 있었던 것이다. 무산과 휘두백은 드디어 서로에게서 독립된 셈이다.

[이놈, 소원 성취했구나. 물귀신이 돌에 붙어 살려면 고생이겠지만 아무쪼록 행복하려무나.]

「헤헤. 고생은요, 무슨……. 아무렴 이만한 명당이 있겠습니까요.」

…….

…….

〈제8권 끝〉